殺す

西澤保彦

幻冬舎文庫

殺す

目次

一月九日（金曜日）

「……もしかしたら」それまで黙っていた光門《みつかど》が呟《つぶや》いた。「幸せなのかな、この方が」

去川《さりかわ》警部補は片方の眉《まゆ》を上げて彼を見た。

　光門は口を開けて白い息を吐いている。レインコートのポケットに手を突っ込んで、雨に濡《ぬ》れた髪を額に貼《は》りつかせて、まだ芽の膨らんでいない枝垂《しだ》れ桜を見上げている。

　去川は光門から眼《め》を逸《そ》らした。「青鹿《おうが》女子学園の生徒——という話だが」

「ええ」淡海《おうみ》は光門を横眼で見ながら、白い手袋を嵌《は》めた手で生徒手帳を去川に手渡した。

「小美山妙子《おみやまたえこ》。高等部三年生です」

　去川は、淡海がさしかける傘の下で生徒手帳をめくった。雨に叩《たた》かれて傘が揺れる。

　ショートカットで吊《つ》り眼、受け口の娘の白黒写真が貼られている。その横には彼女の生年月日、そして〈占野《しめの》ホーム〉と記されていた。

「コミヤマと読むのかと思ったけど、オミヤマ、なんですね」

　去川は手帳を淡海に戻した。屈《かが》む。防水シートをめくった。

　水滴にまみれた全裸の娘。小美山妙子。紫色の目蓋《まぶた》と唇。前歯が覗《のぞ》いている。写真に比べると髪が長い。全身に泥が跳ねている。

首に紐《ひも》が巻きついていた。肉に喰《く》い込んだ黒ずんだ輪。

去川は彼女の青白く丸い乳房《ちぶさ》から眼を逸らす。シートを掛けなおした。淡海の手の中の生徒手帳を指さして周囲を窺《うかが》う。「それは——？」

「学生鞄《かばん》の中に入っていました」淡海は、もう一度光門を一瞥《いちべつ》して、「あちらにゴミ箱が設置されているんですが、その中に」

淡海は公園の東入口を示した。伸ばした腕が雨に晒《さら》される。

〈市民公園〉は東部分が池を中心とした庭園。北部分が野外ステージ。南部分が正門へのアプローチを兼ねた石畳の遊歩道。そして西部分が花壇を中心とした庭園という配置になっている。

池は植え込みと桜の木に囲まれ、蓮《はす》の葉が浮いている。飛び石が水面の中央でＹの字に交錯している。

遊歩道と屋外ステージの間には藤棚が伸びており、その下にはベンチとテーブルが並んでいる。段差のついた植え込みが鉄筋コンクリートのトイレを囲んでいる。

西入口の向こう側には、街路樹と横断歩道を挟んで金網が張り巡らされたテニスコートが隣接している。

テニスコートの西側には橋が掛かっている。川はテニスコートを迂回《うかい》する形で〈市民公園〉の北側から流れてきている。

防水シートに包まれた死体が放置されていたのは東部分。池を囲む植え込みの陰だった。

「ゴミ箱の中に入れてあったのか」

「ええ」淡海は頷《うなず》いた。「制服と一緒に」

「制服と一緒に？」去川は首を傾《かし》げて、「制服、というのは——」

「黒のブレザーとスカートの上下です」

「靴などは？」

「革靴と傘は一緒に捨てられていましたが、下着の方が、実はまだ——」

「発見者は」

「あちらに」

淡海について行きかけた去川は足を止めて振り返った。

光門は枝垂れ桜を見上げ続けている。顔面から雨粒がしたたる。白い息を吐いていた。

「大丈夫か、あいつ」淡海は舌打ちした。「入院しろよ。早く」

「おい」去川は光門の腕を摑《つか》んだ。「行くぞ」

カメラのフラッシュを焚《た》いている鑑識課員たちを迂回して藤棚の下へ向かった。

ひとりの老人がレインコート姿の制服警官たちに取り囲まれ、傘をさしかけてもらっている。水色のトレーナーの上下。在京球団のマーク入り野球帽を被《かぶ》っている。

「や」前歯の抜けた口を去川に向けて開けた。「ども」

淡海が訊《き》いた。「あなたのお名前は」

「菊地《きくち》」

「菊地、どなたです」

「ケイゾー」

「この近くにお住まいですか」

「ん」

「死体を見つけたのは、あなたですね」

「ま。そゆことで」

「おそれいりますが、死体を発見した経緯を、お聞かせ願えますか」

「ん。散歩しとって」

「この雨の中を、ですか？」

「そしたら死んどった。あの娘《こ》が」

「何時頃のことですか、それは。あなたは今朝の何時頃、彼女を発見されたのですか」

「六時、かな」

「あなたはいつも、その時間帯に、この公園で散歩をされるのですか」

「ま。たまに」

「死体を発見したあなたは、警察に通報したのですね。それは、どこから？」

菊地は遊歩道の方角を指さした。南入口前に駐車しているパトカーの横に電話ボックスが在る。周囲の道路には野次馬が群れていて封鎖されている公園の中を覗き込んでいた。

「何か不審なものとか——」去川が質問を引き取った。「あるいは不審な人物とかに、気づかれませんでしたか」

「別に。ん」

「ところで」去川は周囲の警官たちに眼配《めくば》せをした。「ズボンのポケットに何を入れているんです」

「へ」菊地はトレーナーの尻《しり》のポケットからはみ出ているものを手で押さえた。尻餅《しりもち》をつきそうになった。警官に腕を取られた。「何、と言われても。な。ん」

去川は身を屈めた。両側から警官に支えられている菊地の顔を覗き込む。「お見せなさい」

「いや、あんた」歯の欠けた口で笑った。「そんな大層な」

「だったら、見せられるでしょ。いま自分で出しておいた方がいいですよ。お爺《じい》さん」

「ん。いや。まあ」警官の腕を払った。「その。な」

「こら」淡海は菊地の腕を押さえた。「まったく。いい歳《とし》をして。何だこれは。え」

「いや。捨ててあったもんで。な」

「いったい、どこに」菊地の尻ポケットから出てきたものを、去川は淡海から受け取った。

「捨ててあったのを拾ったというんですか」

丸まっていたピンク色のものを拡《ひろ》げた。ふたつに分かれる。ブラジャーとパンティ。

「あそこ」菊地は東入口を顎《あご》でしゃくる。「ゴミ箱の中。だから。な。ゴミです。それは。ん。ただのゴミ」

「これは、被害者のものですよ、おそらく。お爺さん。他人の持ち物を失敬すると、立派な罪になるんです」

「いや。だから。な。あんた。これはゴミ箱にあったんじゃて。捨ててあったの。ゴミやがな。ただのゴミ」

「こら。爺さん」淡海は、身をよじって逃げようとした菊地の身体《からだ》を押し止めて、「あんたが拾ったものは、これだけなのか。まだ、何かあるんじゃないだろうな。あるのなら、さっさと出しといた方がいいぞ」

「聞こえませんのか。あんた。ゴミ箱の中にあったんですって。それ。ん。先に拾ったの、わしやがな。返してくれませんの」

「これは被害者のものだと言ってるだろう」

「けど、ゴミやがな」

「爺さん、いい加減にしろよ」

「わしのや」老人は笑いを引っ込めた。「返さんか」

「お爺さん、他に何かしていないだろうね。現場をいじったりとか」

「返せ」

「聞いてるのか。こっちの言うことを」

「返さんか。先に拾ったの、わしやがな。おまわりさんがネコババしたら、あかんがな」

「あのね。もっと素直に受け答えしてもらわないと。ここでじゃなくて、署で改めて話を聞かせてもらわなくちゃいけなくなるんだよ。それでもいいの」

「いいも悪いも。わしのもの、返してもらわんと話にならん。どこへでも行きますよ」

「あ、そう。じゃ、こっちへ来てくれる」

去川は振り返った。さっきまで藤棚を見上げていた光門が、警官たちにパトカーに押し込まれている菊地の方を見ている。

「ゴミ、か」光門は笑った。「なるほど。そう考えればいいわけか」

「――去川さん」

呼ばれて遊歩道の方を向くと、城田理会《しろたりえ》が南入口の前に停《と》めたセダンから下りてくる。立入禁止テープをくぐって傘をさした。

城田は髪についた雨粒を払って耳の後ろに撫《な》でつける。「どうも」

「これは警視。随分お早――」

「あの。いつも申し上げていますが、私のことは名前で呼んでいただけませんか」

去川はセダンを一瞥して、「もう本部の方に連絡がいっているんですか」

「多分。またご一緒することになると思います。どうぞよろしく」

「いえ。こちらこそ」

城田は、菊地が乗せられているパトカーを見やった。「――彼は？」

「発見者なんですが」去川は、淡海が被害者の生徒手帳を城田に手渡す間、口をつぐんだ。

「被害者の下着をネコババしようとしまして」

「下着を」

「単なる出来心でしょう。通報もしてますし。事件に直接関係ないとは思いますが、他に何か心ないことをしているといけませんので。一応」

「青鹿女子学園、ですか」城田は傘を持ちなおして生徒手帳を見る。「青鹿といえば、去川さん、確か、お嬢さんが——」

「いえ。もう退職しました。四年前に」

「そうそう。ご結婚なさったんでしたね。では、もうお勤めの方は？」

「専業主婦です。姑《しゅうとめ》が寝たきりなもので、世話が大変で」

「申し訳ないですが、去川さん、学校の方をお願いできますか」

「は」

「明子《あきこ》さんがまだお勤めだと、何かとやりにくいでしょうが」生徒手帳を淡海に戻した。「もういらっしゃらないわけですし。それに去川さんだったら、お顔を知っている方もいるかもしれないから。何かと」

「ええ、まあ。他の者よりは、やりやすいでしょうね」

「では、光門さんも、そういうことで」城田は光門に傘を掲げて見せた。「去川さんと一緒に学校の方をよろしく」

「警視、あの——」

城田は片手を挙げて去川を制す。光門の背後から、拝む真似《まね》をした。

「いきなり押しつけられましたね、お荷物を」淡海は去川の耳もとで囁《ささや》く。「どこかへ捨てていった方がいいですよ、いっそ」

「さて。淡海さん」城田は踵《きびす》を返す。正門に停めてあるセダンに戻りながら、「被害者の家族だけど。連絡はついているのかしら」

淡海は去川に頭を下げると、小走りに城田の後を追っていった。

「——ところで」去川は、光門の背中を押して覆面パトに向かった。「おまえ、何か変なことを言っていたな、さっき」

光門は、また枝垂れ桜を見ている。

「おい」腕を摑むと、ようやく光門は去川の方を向いた。「さっき、変なことを言ってたな——この方が幸せだ、とか何とか」

「え。言いましたっけ、そんなこと」

「あれは、どういう意味だ」

「意味——」

「誰《だれ》が幸せなんだ、この方が」

「ああ。彼女ですよ」

「彼女って……被害者が？　首を絞められて殺されたのが、どうして幸せなんだ」

「だって」光門は笑った。「もう一生懸命生きていかなくてもいいじゃないですか」

＊

青鹿女子学園の敷地内には、中庭と体育館、全天候型校庭、そしてプールにテニスコートをそれぞれに挟む形で、四棟の校舎が建っている。

外来用の正面玄関があるのは南側の校舎で、白磁タイル張りの四階建て。出入口は二階分の高さのアーチを取ったピクチャアウインドウになっており、自動ドアの横の壁には創始者のレリーフが嵌め込まれている。

去川と光門は、車から下りると自動ドアをくぐった。吹き抜けになった玄関。傘の水滴を切って傘立てに立てる。受付はガラスで間を仕切ったカウンターになっており、その奥が事務室になっているのが見渡せる。

去川が声をかける前に、一番手前の机で仕事をしていた若い女性が、「あら。明子先生のお父さま」と笑いかけてきた。

去川は白髪を掻《か》いた。「……えーと」

「あ。わたし、寿谷《すや》です。先生の結婚式にも招《よ》んでいただいたんですけど」

「そうでしたか。それは失礼しました」

「明子先生に習ったこともあるんですよ。えと。今日はどういうご用で？」

「残念ながら、仕事で」

「仕事、というと」寿谷は眼を瞠《みは》った。掌《てのひら》を唇に当てる。「あの……何かあったんですの」

「小美山妙子という生徒さんが、こちらに在籍していますね」

「ちょっとお待ちください」寿谷は生徒名簿をめくって、「オミヤマ——あ、はいはい。います。高等部三年生。〈占野ホーム〉ですね」

「その、〈占野ホーム〉というのは、何のことなんですか？」

「クラスの名前です。クラス担任の名前が、そのままクラスの名称になっておりまして」

「なるほど。では、その占野先生に、お会いできますか」

「あの……うちの生徒が、何か？」

「占野先生を呼んでいただけますか」

「は、はい」

寿谷は一旦《いったん》引っ込んだ。一番奥の机に座っている腕貫《うでぬき》を嵌めた初老の男性と言葉を交わしておいてから、事務室を出てくる。

去川と光門にスリッパを出す。応接室に案内した。

「こちらでお待ちください」

白いカバーの掛かったソファを勧めて、寿谷は立ち去った。

去川はソファに腰を下ろす。

光門は窓のところで足を止めた。窓を開ける。雨の音が大きくなった。身を乗り出す。

「——何をしているんだ？」

去川は立って彼の肩越しに見てみた。

中庭を挟んだ隣りの校舎。そのピロティで体操服を着た女子生徒たちがバトンを持って踊っている。ラジカセから流れてくるポップスと体育教諭の号令に合わせてポーズを取っている。

光門は窓に頬杖《ほおづえ》をついている。

去川は彼を押し退《の》けた。窓を閉める。

「仕事中だぞ」

光門は彼を見た。笑みを浮かべたまま。

「はあ」

「変な素振りをするな」

「腹が立つこと、ないですか。ああいうのを見ていて」

「ん？」

「彼女たちですよ」顎で窓をしゃくる。「傲慢《ごうまん》で奔放で。女子高生という己れの商品価値を楯に取って、すべてのものを鼻で嗤って否定する。そのくせ自分たちは繊細で傷つきやすいと思い込んでいる。社会に傷つけられるのは常に自分たちの側だと」

「何の話をしているんだ、いったい」

「だから、殺された娘のことですよ。殺した奴《やつ》もきっと、そんな彼女たちの存在自体が許せない気持ちになったんじゃないか、と――」

ノックの音がした。一回。二回目の音と同時にドアが開いた。男が入ってくる。黒縁メガネ。不精髭《ぶしょうひげ》。アルコールの臭《にお》い。ズボンからはみ出たワイシャツ。ベルトを覆う下腹。半分下がった股間《こかん》のチャック。

「えー」頭を掻いてソファに座った。「警察のひと、というのは？」

「はい」去川は光門もソファに座らせた。「占野先生ですか」

「警察が何の用なのよ」

再びノックの音がした。寿谷が入ってくる。湯気の立っているお湯呑《ゆの》みを三人分テーブルに置いた。お辞儀をして出てゆく。

「先生は高三のクラスの担任だとか」

「そう」占野はお茶を含むと音をたてて口を漱《すす》いだ。嚥下《えんか》する。「ようやく、あの連中ともおさらばってわけ」

「連中？」

「高三は、もう授業ないの、三学期は。三月の八日には卒業式。それで、はい、さよなら」

「では、高三の生徒さんたちは、もう登校していないのですか」

「いや。来週いっぱいは一応、登校しなきゃいけないことになってる。でも、授業はない。全部自習で、それも午前中だけ」

「では、昨日も登校しているわけですね、高三の生徒さんたちは」

「だから、そう言ってるでしょ」

「小美山妙子さんも？」

「小美山？　おいおい」占野は湯呑みをテーブルに叩きつけた。立ち上がった。「あいつ、また万引きでもやったのか」

「万引き？」

「勘弁しろよ、ったく。卒業式まで、あとちょっとだってえのに。なんで、おとなしくしていられないんだ。ばかが」

「先生、小美山さんが何かをしたわけではありません」

「何だと？」

「彼女は殺されたのです」

「殺され……た？」占野は一旦座った。すぐに立ち上がり、はみ出ていたワイシャツの裾《すそ》をズボンに押し込んだ。チャックも上まで上げる。また座った。「――手帳」

「は？」

「警察手帳、見せてくれる」去川が言われた通りにすると、占野はタバコを取り出した。ふたりに勧める。「……それで？」

去川はタバコを断わった。「小美山妙子は昨日、学校に来ていましたか」

「来てたよ。いや、来てましたよ」

「三学期は始まったばかりなんですよね」

「一昨日《おととい》の七日が始業式。昨日が授業の一日目でした。でも高等部三年生に限っては、さっきも言ったように、この時期はもう授業はない。理由は判《わか》るでしょ。みんな受験や就職活動であちこち飛び回らなきゃいかんからね。授業どころじゃない。一応午前中だけ登校という形にしてあるのも建前ですよ、単なる」

「しかし、小美山妙子は登校していた」

「彼女、地元の看護専門学校に進学が決まっていますから。この時期、学校に顔を出してるのは、だいたいが進路決定組ってわけで」

「なるほど。彼女が学校から出たのは、何時頃のことです？」

「さあ。自習が終わるのは一応、十二時半てことになってますけどね。掃除したり友だちとお喋《しゃべ》りしたりで、すぐに帰らないんじゃないかな、誰も。でも高三以外は午後から授業がある。居残って騒がれたら邪魔になるから、昼休みが終わるまでには帰れと、一応言ってあるんだけど」

「昼休みが終わるのは何時です」

「一時二十分」

「では、彼女が学校を出たのは、多分、それ以前である、と？」

「じゃないのかな。僕は見たわけじゃないから、何とも言えないけど。あのさ、殺されたって、いったい、どんなふうに？」

「絞殺です」

「こ。だ、誰に」

「彼女はどういう生徒さんでしたか。先生の眼からご覧になって」

「どうって。普通の娘ですよ。別に。ま、多少、家庭が複雑ではあったようだけど」

「複雑とは、どんなふうに？」

「両親が別居しているらしいんですよ。で、父親というのが、どうも金銭的にルーズなひとらしくて、妻や娘たちに渡すべき生活費を渡さないことがあるというんだな。そのせいで、授業料の滞納も何度かあった」

「さっき万引きがどうの、とか、おっしゃっていましたが」

「集団万引きをやらかしたことがあるんです。仲間たちと五、六人で。捕まったのは、その一度だけの筈《はず》だけど、どうも常習犯のような感じだったから」

「処分はされなかったのですか」

「中等部の頃でしたからねえ。確か。停学か何かに、なってたかな。学園長の厳重注意とか、そんな程度じゃなかったかな」

「それはやはり、生活に困って？」

「いや、それならまだ可愛《かわい》げがあるんだが、ほんとうに金に困ってるとか、そういうことでもないみたいですよ、これが。母親というのが、またけっこう派手なひとで。だから本人も単なるスリルというか、面白半分でやってたと思うな、万引きに関しては。ま、確かに問題の多い生徒ではあった。喫煙、飲酒、怠学、遅刻、居眠り、服装違反——やれることは、ひと通り全部、やってたんじゃないかしら」

「それが、普通の娘——ですか。こういう言い方は何ですけど」

「ええ。その証拠に」占野は肩を竦《すく》めた。「ちゃんと卒業できる予定でしたから」

「異性関係はいかがです」

「い」

「やれることは、ひと通り全部やっていた――その中に、不純異性交遊の類《たぐ》いは含まれていないのですか」

「そんなことまでは判りませんよ。少なくとも僕は全然」

去川は壁に掛かっている時計を見た。午前九時五分。「彼女と親しかった生徒さんのお話を伺いたいんですがね」

「え。いや、それは、ちょっと、その……」

「ちょっと、何です」

「いくら警察といえども、学校としては、みだりに生徒の連絡先を漏洩《ろうえい》するわけには――」

「この時間なら、同じクラスの生徒さんたちは、まだ学校におられる筈でしょ？　もちろん、登校していればの話だが」

「判りましたよ」占野は立ち上がった。ズボンをずり上げる。「じゃ、ちょっと待っていてください。学園長にも連絡して。相談しないと」

「先生、昨日の午後は、どちらに？」

「どちらに、って」占野はドアのノブを持った姿勢のまま振り返らない。「学校にいましたよ。もちろん。ずっと」

ドアが閉まる。去川は光門を見た。

光門は膝《ひざ》を揺すりながら窓の外を見ている。その胸を、去川は手の甲で叩いた。

「ちゃんとメモを取ってるのか」

「メモ？　何の？」

「何の、という言い方があるか。おまえが報告するんだぞ、会議で」

「僕が、ですか」

「それがおまえの仕事だろ」

「仕事、か」光門は鼻を鳴らした。手帳を取り出す。「これが僕の仕事、か」

「そうだ。血税で喰わしてもらってるんだ。普段は何をしようと勝手だが、仕事中はもっと真面目にやれ」

「僕が」光門は立ち上がった。手帳をテーブルに叩きつける。湯呑みに当たった。緑茶の染みがカーペットに拡がる。「真面目に生きていない、とでも？」

「おい……」

ノックの音がした。黒いブレザーにスカートの制服姿の娘が、ふたり。占野に付き添われて入ってくる。

「えーと」占野はドアを開けたままで、「常磐《ときわ》に山村《やまむら》です。一応、クラスの中では一番、小美山と親しかった奴らで――」一旦言葉を切る。カーペットに落ちている湯呑みを一瞥した。

「では、私はこれで」

光門は手帳を拾った。占野が閉めようとしたドアを押さえる。

「おい。どこへ行く」

「トイレ」のひとことを残して光門は廊下へ出てゆく。音を立ててドアが閉められた。

「どちらが、常磐さん？」去川は、ふたりの少女に座るように勧めた。身分を明かす。「小美山妙子さんのことについて、ちょっと話を聞きたいんだけど」

ふたりとも座らない。無言。お互いと去川の顔を見比べる。

「きみたち、小美山さんのお友だちだね？」

お互いを盗み見る。

「小美山さんは亡くなられたよ。何者かに殺されたんだ」

ふたりは去川の方を向いた。丸顔の長い髪の娘が呟く。「……いつ？」

「今朝、死体が発見されたばかりだ。それで、きみたちに訊きたいんだが――」

「あいつがやったの？」

「え？」

「占野がやったんじゃないの？」

「占野って、きみたちの担任の先生のことかい。どうしてそんなことを言うんだい」

「あいつ、仲、悪かったもの、妙子と」えらの張った娘は、丸顔の娘に相槌《あいづち》を打った。「そんなふうに男をバカにしてたら、いまにひどい目に遭うぞ、って」

「先生が彼女に、そんなことを？」

ふたりは同時に頷いた。

「小美山さんて、男のことをバカにするような娘さんだったの？」

「ううん。男は好きだったよ、妙子」えらの張った娘は去川を上眼遣いに見つめる。「でも、占野はバカにしてた」

「それはどうして？」

「だって、バカだもん、あいつ」

「あたしたちをバカにしてるよ。ね。オレは女子校教師なんかしているような人間じゃないんだ、おまえらみたいなバカたちを相手にしていられるか、って。もろ、そういう態度だもん」

「留学してたのが、そんなに自慢かっての。だから、みんなあいつをバカにしてる。特に妙子はバカにしてた。だから占野も、妙子のことを一番嫌ってたんだ」

「おまえなんか、いつか、男にボロボロにされて泣かなきゃいけない日がくるんだ、って。

そう妙子に喚《わめ》いてたもん。だから、あいつ、実行しちゃったんだ。そうでしょ、刑事さん？」

「実行した……とは？」

「占野は、妙子をレイプして殺しちゃったんだ。そうなんでしょ？」

＊

去川が応接室から出てくると、占野が小走りに寄ってきた。

「あの。さっき事務の者に聞いたんですが、明子先生のお父さまでいらっしゃるとか」

「そうですが」

「知らぬこととはいえ失礼致しました」二度、三度と頭を下げた。笑顔。「私、明子先生には、ほんとにお世話になりまして」

「こちらこそ」

「ほんとに惜しいですよね。いえ、私、てっきり明子先生は、ご結婚なさらないタイプかなと勝手に思い込んでいたものでして。残念です。いえいえ。優秀な教諭を失ってしまって、という意味ですよ。もちろん」

「おそれいります」

「しかし急でしたよねえ。学園長ですら直前まで知らなかったらしくて。年度末にいきなり辞めると言われて面喰らってましたな。私なんかも失恋したクチで。あ。いやいや。まさか彼女に、結婚するほど深い付き合いをしている相手がいたなんてねえ。すっかり騙《だま》されてましたよ、みんな。何でもお宅に出入りしていた銀行員という話でしたね、ご主人は。あ。いや。別に他意はないんですが。えーと。それはそうと」揉《も》み手をしながら占野は声をひそめた。「何か、有益な話でも聞き出せましたか」

「申し訳ないが、それは——」

「ええ、ええ。判っております。実は、さっき言いそびれていたことが、ありましてね」

「何でしょう」

「小美山の異性関係について、です。さっきは、私としたことが少し動揺してしまって、咄《とっ》嗟《さ》に、そんなことはまったく知らない、みたいなお答えをしてしまいましたが」

「ご存じなのですか、何か」

「どうやら彼女、暴走族の男と付き合いがあったようでして」

「暴走族——それは何という？」

「チーム名ですか。いや、そこまでは。その男の素性もよく知りません。ただ、彼女、三月の卒業式の日に、その男に改造車で校門の前へ派手に迎えにこさせるつもりだ、と友人たちに吹聴《ふいちょう》していたそうですよ」

「校門の前に迎えにこさせる？　というと」

「なに、奴らの、くだらないステータスですよ。卒業式が終わっちまえば天下御免、校則も何も関係ありませんからね。制服姿で堂々と、在校生から送られた花束を手に、迎えにきたボーイフレンドの車に乗り込んで校舎を後にする、というのがカッコいいパフォーマンスとされているんです。男は男で、特に暴走族の連中にとって、青鹿というブランド付きの娘をガールフレンドにすることがステータスになっているから、両者の利害は見事に一致しているって寸法で」

「そんな風景が慣例になっているのですか、この学校では」

「もちろん、ごく一部の生徒の話ですよ。ほとんどの生徒は、そんなバカな真似はしやしません。小美山のような、何か勘違いをしている奴らだけです。ま、見ものは見ものですけどね。化粧をごってり、括《くく》っていた髪をほどいて、しんねり搔き上げつつ改造車の助手席に乗り込んでゆく姿は。映画スターか何かと勘違いしているんですかね、自分のこと。綺麗《きれい》な娘がやる分にはいいんだが、なぜかブスに限ってやりたがるんだよなあ、これが。噴飯ものですよ。ほんと」

「では、卒業式の日に車で迎えにこさせる程度には親しく付き合っていた男が、小美山妙子

「いたんですよ。彼女を殺したのも、その男の仕業ですよ、絶対。どうせ、くだらないことで喧嘩《けんか》か何かになったんだ」

「その暴走族のチーム名だけでも判らないかな。知っていそうな生徒さんはいませんか」

「さっきの常磐や山村は、どうかなあ。ちがうクラスで親しそうだった娘を連れてきましょうか」

「お願いします——あの、ところで、私の連れをご存じありませんか？」

「えと。あのひとなら。ほら。あそこで」

　占野が指さす先を見る。光門が廊下の窓から身を乗り出し、ピロティで屈伸する体操服姿の娘たちを眺めていた。

　去川は彼に近寄った。襟首を摑む。

「あれ」光門は首をねじって、「何ですか」

「仕事中だと何度言えば判る」

「もちろん、判っていますよ」

「だったら——」

「これも仕事のうちなんです」

「何だと」

「被害者の学校の生徒たちを観察することで、解決の糸口が見つかるかもしれない」

「屁理屈《へりくつ》を言うな」

「屁理屈かどうか試してみます？」

「試す、だと？」

「単独捜査、させてくれませんか」

＊

去川は自宅の前で車から下りた。運転席側に回ると、窓から顔を出している淡海に傘をさしかける。

「すまんな」

「待ってましょうか、何なら」

「いや。先に行っててくれ」

「ところで、大丈夫でした？　何か変なこと、やらかしたんじゃ――」

「……光門のことか」

「お守《も》りで仕事にならなかったでしょ。あいつのことだ、女子高生たちに見とれでもしていたんじゃないですか」

「どうしてそう思う」

「林弘子《はやしひろこ》巡査から聞いた話ですけど、女性警官たちのロッカーを覗いていたことがあるとか」

「何だって」

「それで城田さんが注意したらしいんですが」

「城田さんが？　どうして城田さんが――」

「前回合同捜査した時の話です。今や光門は本部でも有名人になってますよ、きっと」

「城田さんが注意して、それで？　どういう反応をしたんだ、奴は」

「馬耳東風だったようですね、どうも。しかも、ほとんどセクハラまがいの態度を取ったとか」

「ほんとうなのか、それは」

「城田さんも臆《おく》せず、いつもの冷静な調子で一喝したらしいですけどね。そしたら光門の奴、こそこそ逃げていったとか。まあ、これは林がそう言っていることですから。多少は脚色が入っているかもしれませんが。でも、光門が使いものにならないことは確かですよ。去川さんも今日、そう思ったでしょ？」

「何と言っていいものやら」

「だから俺《おれ》、言ってるんですよ。とりあえず休養させろって。奴のためにも」

「当麻《とうま》課長は、どう言っている」

「課長は、こう言っちゃあれですけど、ババを引かせるつもりじゃないのかな。誰かに。署長も知らん顔だし。城田さんも前のことで懲りてるんでしょう。だから今日、顔を見るなり厄介払いした。去川さんに押しつけて。まだ正式には合同捜査が始まってもいないのに」

「確かに警視は普段から、いささか手際がよすぎるきらいがあるが。それにしても驚いた」

「それだけ深刻な問題だってことですよ、光門のことは」

「判った。頭にとめておく」

淡海が運転する車が走り去るのを見送って、去川は自宅の玄関をくぐった。

隣地との間の庭で庭石が雨に打たれている。濡れた庭石の表面が家屋からの照明を受けて光っている。

「また、出かける」出迎えた慶子《けいこ》に、そう声をかけた。「いつもの用意をしておいてくれ」

「お食事は？」

「いや。いい」

「明子さんから電話がありました。さっき」慶子は夫に夕刊を手渡した。「この記事を見て驚いてかけてきたみたい。教えたことのある生徒さんですって。泣いていたわ」

「教えたことがある――そうか」

「それじゃ、用意してきます」

「ああ」

慶子は奥の部屋へ引っ込む。

去川はダイニングの椅子《いす》に座った。慶子が引っ込んだ部屋の方を窺う。立ち上がった。

階段を上がる。二階の部屋の戸を開けた。

カバーを掛けたベッド。箪笥《たんす》。ライティングデスク。鏡台。

去川は娘の部屋を見回した。歩き回る。二度、深呼吸をする。

階段を上がってくる足音がした。

開いたままの戸の陰から、慶子が室内を覗き込んだ。「――何を、なさっているの」

「埃《ほこり》が積もってるぞ」鏡台をひとさし指で撫でて見せる。「掃除しとけと言ってあるだろ。いつも」

「誰も使っていない部屋を、ですか」

「いつ必要になるかもしれんじゃないか」

「着替えとタオルを鞄に詰めておきました。これからすぐにお出かけになるの？」

「その前に電話だ」

去川は階下に下りた。受話器を取り、活井《いくい》家の番号を押す。

「――はい」

七回の呼び出し音の後、明子が出た。

「私だ」

「お父さん」

「忙しいか、いま」

「ううん、大丈夫」

「事件の記事を見たそうだな」

「……ええ」

「こんな時に何だが、少し訊きたい」

「小美山さんのことね」洟《はな》をすすり上げる音が混じる。「いいわ。でも、わたし、彼女のこと、あまり知らないのよ。悪いけど。中等部の一年生の時に授業を持ったことがあるだけで。その翌年、わたしは辞めちゃったから」

「判っている。印象に残っていることでいい。何かないか」

「例えば？」

「性格的には、どうだったんだ」

「活発な娘だったわ。英語はあまりできなかったけれど」

「集団万引きをして補導されたことがある、という話だったが」

「ほんとに？　それ、知らないわ。わたしが辞めた後の話ね、きっと」

「当時から、非行に走りそうな兆候でもあったのかね」

「判らない。何とも言いようがないわ。彼女に限らず、中一の時って、みんな同じような感じなのよ。個性がまだ出来上がっていない、というか。いえ、個性の問題じゃないかもしれない。学校の雰囲気に馴染《なじ》んでいないという共通点が、みんなを似たような顔にさせるのかな」

「暴走族のボーイフレンドがいた、という話なんだが」

「それも、少なくとも中一の段階では、まずあり得ないことよ」

「高校生になってから、か。男は」

「生徒によっては、中二になって、いきなり進んでしまう娘もいるけど。小美山さんがそのタイプだったかどうかは、ちょっと……」

「判った。あまり気に病むな」

「不思議ね。よく知らないといいながら。一度教えたことがある生徒というだけで、もう。

何が何だか……」

「正孝《まさたか》くんは元気か」

「相変わらず。今日も遅いと思うけど」

電話の向こう側で音がする。姑が発する音。姑の首から延びているチューブが発する音。

「……ごめんなさい。もう切るわ」

「身体を大事にな」

「お父さんもね」

一月十日（土曜日）

「――被害者の名前は小美山妙子《おみやまたえこ》。性別、女性。十八歳。私立青鹿《おうが》女子学園高等部三年生。この三月に同校を卒業の予定でした」

津村《つむら》は書類をめくる。

「死体発見現場は〈市民公園〉内、池の傍《そば》の植え込みの陰。第一発見者は近所で独り暮らしをしている菊地敬三《きくちけいぞう》、六十九歳。発見当時、被害者は全裸で、学生鞄《かばん》、学校指定革靴、傘、コート、制服の上着とスカート、ブラジャー、パンティ等は東出入口付近に設置されているゴミ箱に押し込まれていました。なお学生鞄から被害者本人のそれも含めて複数の指紋が検出されていますが、この中に犯人のものがあるかどうかは不明です。死因は首を紐《ひも》で絞められたことによる窒息死ですが、頭部に打撲傷があることから、犯人は先《ま》ず被害者を何かで殴って昏倒《こんとう》させ抵抗力を奪った上で、首に紐を巻き付け絞殺したものと推定されます。被害者の外傷はあと、植え込みの陰に運び込まれた際に引きずられてできたとおぼしき生活反応のない擦過傷《さつかしよう》が認められるだけで、性的暴行の痕跡《こんせき》は皆無でした。司法解剖の所見による死亡推定時刻は、八日の正午から午後三時までの間。えー。なおこの件に関しては、のちほど去《さり》川《かわ》係長より追加報告があるとのことです。死体の硬直状態および死斑《しはん》の位置により、被害者は殺害後、仰向けに寝た姿勢で長時間放置されていたものと考えられる。従いまして犯人は犯行後被害者をどこかに隠して夜を待ち、闇《やみ》にまぎれて〈市民公園〉にやってきて、死体を遺棄したものと考えられる。えー。なお付け加えますと、さきほど被害者の衣類はすべて公園のゴミ箱の中に捨てられていたと申し上げましたが、ひとつだけ紛失していると見られるものがありまして、それは彼女の靴下です。正確にいうと黒の厚手のタイツ。それを彼女は八日の朝、登校時に穿《は》いていたことが母親の証言によって明らかになっていますが、このタイツが現場からは発見されていない。公園のどこにも見当たらない」

「それは、犯人が持ち去ったものと考えるべきでしょうか」城田《しろた》は書類から眼《め》を上げずに、

「それとも、例の発見者が再び手癖の悪さを発揮してしまったのでしょうか」

「菊地敬三本人の主張によれば、彼がゴミ箱からつまみ上げたのは、ピンク色のブラジャーとパンティだけだったとのことです。黒いタイツなどは見なかったとか。菊地敬三の身体検査も行いましたが、タイツは持っていませんでした。となりますと、犯人が持ち去った可能性も当然出てくることになるかと。なお、このタイツも制服や革靴等と同様、学校指定の規定のものです」

「もしそうならば、犯人がなぜタイツを持ち去る必要があったのかという理由が問題になっ

てきます。単なるコレクション的な趣味だったのか、それとも犯人の身元特定に繋《つな》がりそうな証拠、例えば体液などを誤って付着させたからなのか。いずれにしろ、タイツの件はみなさん、頭に入れておいてもらいたい。犯人が例えば、女性の靴下に性的興奮を覚えるフェティシストの類《たぐ》いであったとすれば、該当しそうな不審人物をリストアップする。また、証拠隠滅のためにタイツを持ち去ったのであれば、容疑者が浮かんだ時点で、その処分方法、もしくは遺棄場所などを随時推定、チェックする。被害者の学生鞄の中には財布が入っていたが、中の現金などは手つかずのまま残っている。強盗目的ではなさそうだし、死体の状態からして性的暴行目的とも考えにくい。となると、動機は怨恨《えんこん》でしょうか。去川さん」

「その前に」去川は隣りの光門《みつかど》を一瞥《いちべつ》した。咳《せき》払いをする。「さきほどご指摘のあった、死亡推定時刻に関する追加報告をしておきます。被害者は八日の午前八時半、青鹿女子学園に登校し、そして午後一時半頃までいたことが、同校の教諭および級友によって確認されている。すなわち、死亡推定時刻が一時半から三時までの間に短縮されるわけです。生きている彼女の姿が最後に目撃されたのは、同日午後二時過ぎ。繁華街で、乗用車の助手席に乗り込んでいる彼女の姿を見たと証言をしている友人がいるのです。ただし、この友人によると、遠眼であったため、それがほんとうに小美山妙子であったかどうかは、改めて訊《き》かれると自信がないとのこと。小美山妙子には乗用車を持っているボーイフレンドがおり、この友人もその噂《うわさ》を聞いていたため、わざわざ迎えにきたのか、それとも町なかで偶然出くわしたのかは定かではないが、ボーイフレンドの車に乗せてもらっているのだなと、その時はわりとすんなり納得していたのだとか。従ってこの友人は、その車の色や車種をまったく憶《おぼ》えておりません。普通のセダンであったような気がする、という程度で」

「仮に、その友人が目撃したのがほんとうに被害者だとするならば、死亡推定時刻はさらに、午後二時から三時までの間に短縮される、というわけですね。その場合、小美山妙子は車に乗せられて間もなく殺された、ということになる。換言すれば殺害現場はその車の中ではないか、と。当然、犯人は車を運転していた人物と考えられる。さきほどの津村さんの説明と併《あわ》せて考えますと、犯人は犯行後、死体を、例えばリクライニングさせた助手席に寝かせたまま衣類を剝《は》いで夜まで待った――そんなふうにも想像できる。その際、犯人が乗用車をどこに停《と》めていたのかは不明ですが、あるいは死体を毛布か何かで覆って隠すなりの処置をしていたかもしれない。〈市民公園〉は全出入口、車の乗り入れができないようになっている。従いまして、犯人は先ず公園の東出入口に車を停めて死体を助手席から下ろし、そのまま発見現場へと引きずっていった。死体の背中にその際にできたと見られる擦過傷が残っていることは、さきほど津村さんからご指摘があった通りです。東入口から発見現場の植え込みの陰まで、その距離、およそ五メートル。成人ならば男性女性を問わず単独で引きずってゆける距離と判断してよろしいでしょう。そして被害者の衣類や鞄を近くのゴミ箱に捨てたわけですが。去川さん。この点をどう思われますか」

「何のためにわざわざ被害者を全裸にしたのか、という問題ですか」

「性的暴行の痕跡がないからといって犯人の目的がそれではなかったとは断定できませんが、あるいは何か別の目的があったのでしょうか。というのも〈市民公園〉は周辺に官公庁や学校が多いため、平日なら午後六時乃至《ないし》七時頃までひと通りが絶えないのだとか。ひとけがなくなるのは通常、午後八時くらいからではないかというのが住民たちの間で一致している認識のようです。つまり犯人が死体を遺棄しにきたのは、早くてもそれ以降と思われる。死亡推定時刻から五時間余り経過しています。当然死後硬直は始まっている。何が言いたいのかというと、さっき津村さんが指摘したように、犯人はおそらく犯行後、死後硬直が始まる前に、すぐに被害者の衣類を剝いでいる、という点です。死体を遺棄するに当たって急に思いついたのではなく、最初から衣類を剝いだ上で夜を待っていたふしがある。その行為に何か意図的なものを感じるのは私の考え過ぎでしょうか。どう思われます」

「どうでしょう。例えば、問題のタイツを持ち去った事実を糊塗《こと》したかったのかもしれない。少し突飛な考え方ですが」

「タイツが現場から消えていることをごまかすために、敢《あ》えて被害者を全裸にしてカモフラージュを図ったというわけですか。その場合、あるいは犯人の目的は最初から被害者のタイツを奪うことにあった。そのために彼女を襲い結果的に殺人を犯した、などという可能性も──」

「そこまでは、さすがに何とも」

「そうですね。いささか脱線致しました。えー。さて。問題の被害者のボーイフレンドですが。これも去川さんに」

「名前は桐島《きりしま》といいまして、二十歳。ガス会社の配管工らしいです。彼に関しての詳細は、光門の方から」

名前を呼ばれても光門は反応しない。去川に肘《ひじ》を衝《つ》かれて伏せていた顔を上げた。「え？」

「桐島に関する報告を」

「桐島、って。えーと。暴走族……の？」

会議室に集まっている者たち全員の視線が光門に集まる。そのうち何人かは、すぐに彼から眼を逸《そ》らした。

「被害者は、その桐島と」城田も書類に眼を落として、「どの程度の付き合いだったのです」

「どの程度って。まあ、少なくとも肉体関係ぐらいは、あったのではないか、と」

「本人はどう言っているのです」

「本人？　あ、桐島が？　まあ、それは多分、それなりに――」

「認めているのですか？　小美山妙子と深い仲であったことを」

「まあ、多分、それなりに」

「彼の八日のアリバイはどうなっています？」

「アリバイ？」

「配管工ということは、その時間帯、仕事をしていたのですか」

「え。配管工？　だって暴走族なんでしょ？」

誰《だれ》かが溜《た》め息をついた。

「おまえ」去川は光門の耳もとで囁《ささや》く。「ちゃんと桐島に話を訊きに行ったんだろ？」

「え？」

「話を訊いてきたんだろ？」

「僕が？　どうして」

「まさか、おまえ……」

「だって、さ――」

「訊いてこいと言っただろうが」

「なんで僕が暴走族なんて恐ろしい連中に会わなきゃいけないんですか。たった独りで」

「おい。そもそも独りでやらせろと言ったのは、おまえの——」去川は口をつぐんだ。城田に向きなおる。「すみません。桐島に関する報告は後にさせてください。確かに、被害者を車に乗せた人物が桐島だった可能性は高いが、例えば見ず知らずの人物だったということも考えられます。というのも小美山妙子は物怖《ものお》じしない、けっこう大胆な性格であったようで、特に今の時期、進路も決まり卒業式を目前に控えて解放された気分になっていたことは充分にあり得ます。初対面のドライバーに声をかけられて、つい誘われるままに車に乗ってしまったのかもしれない。さきほど警視が提示された動機の問題については当面、怨恨だけではなく、通りすがりの衝動的な犯行という線も視野に入れておくべきかと」

「よろしいですか」鳥越《とりごえ》が挙手をした。「その、衝動的な犯行に関してですが、凶器が問題になってきます。犯人が被害者の頭部を何で殴打したのかは不明ですが、所見によると、かなり硬度と重量のある物、例えばダンベルとかではないかと見られる。そんな物が普通、乗用車の中に常備されているものなのか。絶対に常備されていないとは、もちろん断定できないが、犯人が確実に被害者を昏倒させることを狙《ねら》って用意していたという可能性は見逃せません。同じことは紐にも言えまして、死体の頸部《けいぶ》に巻きついていたのは荷物の梱包《こんぽう》に使用されるビニール製の、ごくありきたりの物ですが、ありきたりといっても普通、乗用車の中に置いてあったりするものなのか。仮にビニール紐は偶然あったとしても、相手を確実に昏倒させられる物も併せて偶然そこにあったなどとは、考えにくいのではないかと」

「犯人が顔見知りの者なのか、あるいは通りすがりの者なのかは別として、犯行が計画的である可能性は充分にあるということですね。当面、問題の乗用車の目撃者探しに重点を置かなければ。えー。ところで、これは今後の捜査方針に影響を及ぼすものかどうかは定かではありませんが、非常に気になる知らせがひとつ。先ほど青鹿女子学園のある生徒の保護者から、娘がまだ帰宅していないとの通報が、ありました」

数人が、それぞれ自分の腕時計を見た。午後七時過ぎ。

「保護者によると、今日のお昼から母親と一緒にデパートへ買物にゆく約束をしていたのだそうです。なのに、まったく連絡がないのだとか。生徒の名前はオサダユウコ。他人の他に田んぼの田と書いて、他田《おさだ》です。タダ、ではなく、オサダ、と読むのですが――」

「他田……」去川は顎《あご》を撫《な》でた。「もしかして、ユウコというのは、ネに右の子ですか」

「そうです。その祐子《ゆうこ》です。去川さん、ご存じなのですか？」

「いえ……だが、確か、どこかで見たか聞いたかしたような覚えが――」

「実は彼女、高等部三年生で〈占野《しめの》ホーム〉の生徒なのです」

「何ですって」

「もしかして、その関係で――？」

「いや……どうも、昨日今日に聞いたのではなくて、もっと昔のことだったような気がして仕方がないのですが」

「学校に問い合わせたところでは、他田祐子は午前中の自習が終わった後、すぐに下校しているらしい。普段の土曜日の午後ならば、まっすぐ帰ってこないこともよくあるらしいのですが、さっき言ったように今日は母親との約束があった。大学の入学式用の服を選びにゆく予定だったそうです。それなのに何の連絡もない。こんなことは初めてだと両親は不安がっています。事故にでも遭ったのではないかと。あるいは、小美山妙子の事件の報道があった直後だけに、よけいに心配なのかもしれませんが」

＊

「去川さん」会議室を出たところで、城田は彼を呼び止めた。「ちょっと」

「――申し訳ありません」階段の踊り場に連れてゆかれて、去川は頭を下げた。「私が付いていながら」

「というよりも、あなたが付いていなかった、というふうに聞こえましたが」

「どうしても独りでやらせろと、ごねたものですから。それなら試しに桐島に当たってみろと――軽率でした」

「よりによって一番大事な相手に。同じ独りでやらせるにせよ、他を当たらせるべきでした」

「それが、奴《やつ》に女子生徒たちへ話を聞きにいかせるのが、どうも不安だったもので」

「なるほど。それは……」

頭上で男たちの声と物音が入り乱れた。「このばか」「うるさい」

城田は口をつぐんで視線を上げる。

「やめろ」誰かが怒鳴った。「こら。頭を冷やせよ」

去川と城田は階段を上がった。

廊下で光門と淡海《おうみ》が向き合っている。光門は津村に、淡海は鳥越に、それぞれ、はがいじめにされていた。

「いい加減にしろ」淡海は交互に足を振り上げて宙を蹴《け》っている。「いつもいつも、ひとに迷惑ばかりかけやがって」

「他人の事情に」光門は唾《つば》を吐いた。「お気楽に口を出すんじゃない」

「役立たず。さっさと入院しろ」

「何事ですか、いったい」

「は」城田に声をかけられた淡海は、はがいじめを解こうとする動きを止めた。「彼が、いきなり殴りかかってきましたので」

「おまえが変なことを言うからだ」

「ほんとうですか、光門さん」

「彼が悪いんです」光門は鼻を鳴らした。「他人の価値観を批判するようなものいいをして」

「ほんとうに彼に手をかけたのですか。もしそうなら事態の深刻さを認識しなさい。公務中の捜査官に手をかけたんですよ、きみは。それが何を意味するかぐらい、知らない筈《はず》はないでしょう。すぐに淡海さんに謝りなさい。みんなに迷惑をかけたくなければ」

「お言葉ですが、謝らなければいけないのは彼の方です。他人に説教することが、どんなに傲慢《ごうまん》であるか判《わか》っていない」

「説教されなければいけないような真似《まね》をしているのは」淡海は城田を見て声量を落とした。

「どこの誰だよ」

「人間、誰しも完全じゃない。欠点は誰にだってある。欠点は罪じゃない。だが他人を批判する行為は罪だ。卑怯《ひきょう》だ。他人を貶《おとし》めることでしか自己を肯定できない。そのくせ批判精神は思慮深い性格の反映だと自己正当化する。こんな卑怯な態度があるか。こんな傲慢な態度があるか。謝らなきゃいけないのは、おまえだ」

「光門さん」

「何度言われても同じですよ」光門は津村の手をふりほどこうと、もがく。「彼が謝らなければ僕は謝らない」

「いい加減にしなさいっ」城田は怒鳴った。「空虚な正論をふりかざす前に、自分の立場と責任をわきまえたらどうなの」

光門は城田を上眼遣いに見た。吊《つ》り上がった唇が、ぴくりと震える。

「ったく」淡海は、はがいじめを解かれた。鼻を鳴らして笑う。「幼稚園に戻れよ、おまえは。真面目《まじめ》に一からやりなおしてこい」

光門は笑いを引っ込めた。もがくのを止《や》める。頭《こうべ》を垂れた。

深呼吸。「……すみません」と呟《つぶや》いた。

はがいじめにしていた津村は腕を抜いた。光門から離れる。

光門は俯《うつむ》いたまま顔面を撫でている。

「いいですか」城田は溜め息をついた。「今回はここだけの話にしておきます。ですが——」

光門は淡海に飛びかかった。自分の顔を撫でる恰好《かっこう》のまま。

「お、おいっ」

津村や鳥越たちの手を振り切る。淡海に体当たりした。

淡海の後頭部を押さえつけた。彼の額を廊下の窓に叩《たた》きつける。

「落ち着け」

去川が止めに入る。光門は後ろ向きのまま彼の腹を蹴り上げた。去川の膝《ひざ》が崩れる。

淡海の頭を持ちなおす。二度。三度。光門は彼の額をガラスに叩きつける。

「やめろっ」

体勢を立て直した去川は、鳥越とふたりがかりで、光門を淡海から引き離そうとした。光門は彼から離れない。九度目に淡海の額が叩きつけられた時、ガラスに罅《ひび》が入った。光門は手を止めず、さらに彼の後頭部を構えなおす。

「やめんかっ」

去川は平手で光門の頬《ほお》を打った。

光門は淡海から離れた。去川の胸ぐらを摑《つか》む。振り払うと去川の鼻に爪《つめ》を立てた。皮が裂けた。血が滲《にじ》む。

別の手で去川の耳たぶを引っ張ってきた。振り払うと頭髪を毟《むし》ってきた。

「馬鹿野郎」

鳥越が光門の足を押さえた。光門は前のめりに倒れそうになる。去川から手を離す。

去川は光門の腕を押さえつけた。後ろ手に捩《ねじ》り上げる。そのまま鳥越とふたりがかりで光門を廊下の床に腹這《ば》いにさせた。

起き上がろうとする彼の側頭部を、津村が膝で押さえつけた。

「卑怯者たちめ」光門は呻《うめ》いた。「こっちは独りなのに。そうか。そういうつもりか。おまえら。よく判った」

「何事ですか」制服姿の警官が階段を駈《か》け上がってくる。「城田警視、これは」

「いったい」別の警官が、額から血を流して座り込んでいる淡海を助け起こした。「何が」

「手錠を」

「は……？」

「彼に」城田は、三人の男たちに押さえつけられている光門から眼を逸らした。「手錠を掛けてください」

「覚えてろよ。なあ」津村の膝の下で光門は笑い声を洩《も》らした。「おまえらの了見はよく判った。それならこちらも卑怯者になるまでさ」

「あ、あの……」

「どうしようもありません。彼の行為には明らかな殺意が認められました。逮捕しないわけには、いかないでしょう。ほんとうにもう、どうしようもないのです」

＊

午後十時。知事公舎の裏の河川敷で若い女性の死体が発見されたとの一報が入った。去川は淡海と鹿又《かのまた》の覆面パトに同乗して現場に向かう。

「大丈夫なのか」

「ええ。まあ」助手席の淡海は、後部座席の去川を振り返った。絆創膏《ばんそうこう》を貼《は》った額を撫でる。

「さっきちょっと、ぼうっとしちまったんで。明日CTスキャンをやってもらっておいた方がいい、と城田さんは言ってるんですけど。去川さんこそ、大丈夫でしたか」

「咄嗟《とっさ》に腹筋を締めたからな。何てことはない。気分が悪くなったら、すぐに言うんだぞ」

知事公舎の裏は桜並木で、現場の河川敷はその下。芽の膨らんでいない桜の木の横でパトカーの赤色灯が回る。手すり付き階段には既に立入禁止のテープが張り巡らされている。

去川たちはテープをくぐって河川敷に下りていった。投光機が全天候型ランニングコートを照らしている。光の中で雨粒がさらめいている。

黒い傘が、ひとつ、ランニングコートと草むらの間に転がっていた。開いて逆さまになり生地の裏で雨を受けている。

「通報してくださった堺美津子《さかいみつこ》さんです」城田は傘の柄を持った手で、毛皮のコートを着た女性を示した。「被害者を発見するまでの経緯をお話し願えますか」

「経緯っていってもねえ」美津子は透明のビニール傘をさしたまま鰐革《わにがわ》のハンドバッグから

タバコを取り出した。銀色のライターを点火する。「特に話すようなことは——」

「あの。申し訳ありませんが、現場でのタバコはご遠慮ください」

「あら」ライターの蓋《ふた》を閉じて、「でもあたし、さっきもう喫《す》っちゃったわよ。二本くらい。おまわりさんたちが来るのを待つ間」

「ここで、ですか？」

「えーと。どこかその辺」

「二本ですね？」

「か、三本」

「あなたが若い女性の死体を発見したのは、何時頃のことです」

「ほんのさっき。そうね。まだ十分くらいしか経《た》っていないと思うけど」

「失礼ですが、お仕事は何を？」

「別に。専業主婦」

「重ねて失礼ですが、こんな場所で、こんな時刻に何をされていたのです」

「だって連れてこられたから」

「連れてこられた、といいますと」

「飲んでたの、独りで。そしたら、その店で若い男の子に声をかけられてさ」

「若い男の子、というのは」

「名前？　さあ。知らない。聞く前に逃げちゃったし」

「逃げた？」

「だからね。どこかふたりきりになれる場所へ行こうっていうからさ。面白そうだと思って。彼の車に乗ったわけ」

「車というのは、どういう」

「どうって別に。普通の白。それで、ここなら邪魔は入らないからって」

「乗り入れてきたのですか、車で」

「うん。あそこから」

町のイルミネーションを背景にした橋を、火のついていないタバコで指した。橋の袂《たもと》から舗装された坂道が河川敷へと下りてきている。

川は増水していた。投光機の光が雨に跳ねる茶色の水面を照らす。

「その辺まで。そしたら、エンジンを切る間もなく、そこの」美津子は、ランニングコートの向こう側で防水シートを挟んで作業をしている鑑識課員たちをタバコで指した。「草むらから、ひとが飛び出してきて」

「あそこから？　男ですか、女ですか」

「男の子たちだった」

「たち？」

「三人くらい、いた。もっといたかもしれないけど。見たのは三人」

「男の子、というと、相当若い？」

「そうね。高校生くらいに見えたな。うちの息子より、ちょっと上って感じ」

「というと、顔を憶えておられる？」

「だから、エンジンを切る前だったからさ。ヘッドライトがついてて。顔は、まあわりと、よく見えた。といっても、そのうちのひとりだけ。あとのふたりは、いまいち」

「なるほど。それで」

「その子たち、随分慌てていたようだったから。さしてた傘を放り出してゆくんだもの。何だろうなって思うじゃない。だから、あたしとその彼、車から下りて。見にいったのよ。あそこを。そしたら……ってわけ。彼、どうしようなんて言うけど、警察を呼ぶしかないじゃない。ところが、面倒なことに巻き込まれるのは嫌だ、なんてごねるのよね、これが。ばかなこと言ってる場合じゃないでしょって叱《しか》ったら、じゃ、あんた独りで好きなようにしてよ、だって。さっさと車に乗って逃げていっちゃった。失礼しちゃう。こんな場所に放ったらかしにして。しかも雨の中を」

「それで、あなたは？」

「携帯で」ハンドバッグを叩く。「警察に通報したってわけ」

「パトカーが来るまで、この場所を離れませんでしたか？」

「ええ。ずっとここで雨に晒《さら》されてたわ。感謝状か何かもらえるの？　金一封でもいいけど」

「ずっとタバコを喫いながら――」

「あ。だめみたいね」

「逃げていってしまった失礼な彼の車、ナンバーを憶えていますか」

「いいえ。こんなことなら、ちゃんと見ておくんだった」

「その彼というのは、何か特徴でも」

「さあ。普通の顔よ。何てことない。二十歳くらいかしら。学生っぽい感じはしたけど。眉《まゆ》を剃《そ》って形を整えてたわよ。そういえば。ちょっと女っぽい造作で」

「後日、似顔絵作りに協力していただくことになるかもしれませんが――」

「似顔絵って。その彼の？」

「現場にいた少年たちの方です。もちろん、独り逃げ出した薄情な彼の特徴も詳しく憶《おも》い出していただくとありがたいですが」

「判ったわ。もう帰っていいの？」

「他に何か気づいたことはありませんか。不審な物とか不審な人物とか」

「ないわ。これで全部」

「連絡先を教えていただけますか。できれば身分証明書と一緒に」

「はいはい」

「昼間はご自宅に？」

「だいたいね。別に夜でもいいわよ」

「しかし。ご家族にこのことは——」

「ん？　へえ。けっこう気を回してくれたりもするのね、警察って。それならさ、免許の点数、何とかしてくんない」

「それは管轄《かんかつ》がちがいますので」

「何だ。じゃ、家まで送っていってよ。いいでしょ。それぐらい」

「パトカーでも、かまいませんか」

「上等、上等」

美津子は警官たちに連れられていった。

「——少年グループ、か。去川さんは、どう思われます？」

「その少年たちの犯行なのかどうか——ということですか」

「いま、検視されているのですが、どうも殺害現場はここではないようです。死体の状況からして、殺された後どこからか運ばれてきたようだ、と」

「その三人が協力して死体を担いできたのかもしれません。運搬に使った車をここまで乗り入れてきたか。それとも桜並木の方に停めて運び下ろしたのかはともかく」

「車で、ですか。というと、彼らは高校生ではない、と？　年齢的なことはともかく学校の生徒ではないのではないか、と——」

「いや、殺害現場がこの付近の住宅だとしたら、あるいは車を使わずに直接担いできたのかもしれませんが。ただ、目撃者が顔を見ていない人物の中に免許を持った社会人がいたのかもしれない。あるいはドライバーは上の桜並木に車を停めて、その中で待っていたかもしれない。警視。もしかして高校生という点に、何か引っかかっておられるのですか？」

「被害者の」去川に手渡されたのは『青鹿女子学園』と記された生徒手帳だった。「持ち物と思われます」

去川がめくった生徒手帳を、鹿又と淡海が覗《のぞ》き込んだ。おさげに丸顔の少女の写真の横に『他田祐子』とある。

「……まさか」

「悪い予感が当たっていたようです」

「これは？」

「そこのゴミ箱に。制服の上下や下着と一緒に学生鞄が捨てられていたのですが。その中に」

「靴下」

「制服等が捨てられていた、ということは」

「被害者は全裸でした。それと、どうやら靴下だけが見当たらないようです。どこにも」

「他田祐子が、どんな種類の靴下を穿いていたのかはまだ不明です。まさかこの季節、素足に直接革靴を履くとも思えません」

「もしかして、彼女……？」淡海は自分の首に指を当てて見せる。

城田は頷《うなず》いた。「絞殺です。見たところ梱包用のビニール製の紐らしい。それが首に巻きついたままで。頭部には打撲傷がある」

「何から何まで同じですね、小美山妙子と」鹿又は指折り数える。「殺害方法。別の場所で殺害した後、衣類を剝いで靴下以外は捨ててゆく。ふたりとも青鹿女子学園の生徒。学年も同じ高等部三年生」

「そう。そして〈占野ホーム〉です。が。ただ、他田祐子は陰部に裂傷が認められる、とか」

「すると……？」

「ええ。どうやら体液も残留しているようです。それが小美山妙子の場合とは一番大きなちがいと言えば言える。ただし、ふたつの事件が同一犯人の仕業ではないと断定できるほどの材料ではない。小美山妙子の場合も当初は暴行目的だったのが、何らかの事情で断念せざるを得なくなってしまったのかもしれないわけですし」

「城田さん。私、これから占野の家に行ってみようと思うのですが――」

「お願いしようと思っていました。では、そのついでに淡海さんを自宅まで送って行ってあげてください」

「え」

「今夜はもう帰りなさいと、さっき言った筈ですよ。ゆっくり休んで。明日はちゃんと脳神経外科へ行くこと。判りましたね」

「そんな」淡海は笑って、「それほどのもんじゃありませんて。こんな傷」

「その時は大したことないと思っても侮ってはいけません。こと頭に関しては。検査して異常なしと判ったら出ていらっしゃい。いいですね」

＊

淡海のアパートの前で彼を下ろして、去川は鹿又と一緒に占野宅へと向かった。

占野の自宅は山を削ってできた新興住宅地の一角にある。建売住宅が数十戸並んでいる。灯《とも》の灯っている家は一軒もない。

「まだそんな時刻でもないのに。ゴーストタウンみたいだな、何だか」

「ひとが住んでいないみたいですね。あまり売れていないのかな。分譲が開始された時は大々的に宣伝されてたけど」

占野宅も暗闇に包まれている。門灯も灯っていない。

鹿又はインタホンを押した。応答がない。もう一度押した。応答はない。

「もう寝入っているんですかね」

「いや」去川は郵便受けからはみ出ている夕刊を指さした。「少し待ってみよう」

ふたりは車へ戻った。雨がフロントガラスを叩いている。

バックミラーに光が反射した。ヘッドライト。一台のトラックが水を跳ね上げて占野宅の前を通り過ぎていった。住宅地を抜けてゆく。

ヘッドライトが消えると暗闇。フロントガラスを叩く雨の音。

「――去川さん」

「何だ」

「どうなるんですか、光門は」

「当麻《とうま》――課長がどう考えるかだ」

「あれでよかったんでしょうか。あの場合」

「逮捕のことか。警視が判断したことだ。やむを得まい」

「ああいうことは前例があるんですか」

「署内での職員同士のいさかいというだけなら別に珍しいことじゃない。警察官が逮捕されることも自体も珍しくないと言えば言える。だが、ああいう形というのは記憶にないな」

「ああいう形というのは――本部から合同捜査に来たキャリアが所轄《しょかつ》の巡査を逮捕する、というケースですか」

「それも含めてだが」

「あれが城田警視じゃなかったら、ちがう判断が下されていたんでしょうか」

「彼女は潔癖すぎる、か」

「いや。そういう意味ではありませんが」

「光門の行動は常軌を逸していた。殺意が認められたという見解は私も同感だ。城田警視でなくとも同じ判断が下された可能性は高い」

「そうですね。でも……」

「でも？」

「いえ。変な奴だな、と思って」

「光門か」

「何かといえば己れの正当性を主張しますよね。いかに自分が真人間であるかとか。まちがっているのは周囲の人間たちの方だとか。でも実際には彼は、ろくに仕事なんかしたことがない人間でしょ。その点に自分で矛盾とか感じないんでしょうか？」

「感じていないみたいだな。というより、何を考えているのか、よく判らない」

午前零時過ぎ。占野宅の前にタクシーが停まった。たたんだ傘を持って占野が下りてくる。タクシーが走り去る。傘はたたんだまま占野は玄関へと歩く。

去川と鹿又は車から下りた。

「こんばんは。先生」

「ん」占野はズボンをずり上げた。アルコールの臭《にお》い。「何だ。どなたかと思えば。明子先生の。何かご用ですか、こんな時間に」

「ちょっとお話がありまして。先生のクラスの生徒さんのことで」

「しかし」占野は濡《ぬ》れた髪を掻《か》き上げた。鹿又を横眼で見る。「小美山のことなら、もう何もかも——」

「別の生徒さんです。他田さんという」

「他田……？」

「入ってもよろしいですか」

占野は夕刊を郵便受けから抜き取る。玄関のドアを開けた。「どうぞ」

ダイニングと続きになった居間へ入る。

ダイニングテーブルの上には缶ビール、ペットボトル、新聞、週刊誌、食べかけの惣菜《そうざい》パックなどが、居間のソファには洗濯物の下着やシャツが放置されている。テレビにはビデオゲーム機が接続されており、周辺にはケース入りや剝《む》き出しのままのゲームソフト、潰《つぶ》れたビール缶、吸殻が溢《あふ》れている灰皿、食べかけのポテトチップスの袋などが散乱している。

積木ブロックや絵本、アニメキャラクターのぬいぐるみなどが居間の隅っこにまとめて積み上げられていた。

「随分静かですね、この辺りは」

「そりゃ」ソファに掛けてあったタオルで頭を拭《ふ》く。「誰も住んでませんからね。いや、探せば誰かいるんでしょうけど。こういう場所じゃ、思うように売れないでしょ、家は」

「ご家族の方は？」

「ちょっと」下着やシャツをかたづけて、去川と鹿又にソファを勧める。「女房の実家に」

「他田祐子さんというのは、先生のクラスの生徒さんですね」

「そうですよ」ネクタイを外した。ウイスキイの瓶《びん》とグラスを持ってくる。「いかがですか」

「おかまいなく。他田さんというのは、どういう生徒さんですか」

「なかなか優秀な生徒ですよ。うちのクラスには珍しく」

「珍しく、というのは？」

「うちのクラスは落ちこぼれ組ですからね、はっきり言ってしまえば。国公立とか有名私大へ行けるような生徒はいないんです。最初から。そういうふうにクラス分けされているから。それぞれの成績によって。それをもとに進路も決まる。うちは小美山のように専門学校とか、あるいは就職希望の娘《こ》が大半で。あとは短大」

「他田さんも？」

「いいえ。他田は地元の国立大学への推薦入学が決まっています」

「先生のクラスには珍しく、というのは、そういう意味ですか」

「まさしく、ね。他田は性格はともかく学業は優秀です。クラスでは断トツのトップだし。学年でも上位に喰《く》い込んでいる。優秀クラスにいようと思えばいられる奴です」

「そんな生徒さんが、どうして先生のクラスに振り分けられているんです――いや、これは別に他意はないのですが」

「振り分けられたんじゃなくて、本人が希望したんですよ。中等部から高等部に進学する際にね。たまにいるんです。そういう、知恵が回るというか、狡猾《こうかつ》な生徒が。ここだけの話ですが、うちの高等部は優秀組とそうでない組とでは定期考査の内容がちがう。当然優秀組の方が難度は高い。従って、優秀な生徒が落ちこぼれ組のクラスへ入れば上位を簡単にキープできる理屈です。成績は面白いように上がるから、推薦入試には格段に有利になるという寸法」

「そんな戦略を、高校生になった時から、もう巡らせているものなんですか」

「滅多にいませんよ、そこまで悪賢い奴は。たいていの生徒は、何とか優秀組に入ろうと躍起になる。落ちこぼれ組に入れられるのは体裁が悪いからと優秀組を希望する。でも優秀組の中でも、ほんとうに優秀な生徒なんて、ほんのひと握りですから。運良く入れても結局下位を這いずり回るのがオチ。それぐらいならいっそ最初から落ちこぼれ組を希望して、そこで頭角を現した方が将来の推薦入試には絶対有利ってわけです。大学側はクラスによって定期考査の内容がちがうなんて事情までは考慮しませんからね。しかし、さっき言ったように、そこまで計算できる生徒なんて滅多にいませんよ」

「大人の考え方であり戦略ですね。他田さんはそういう計算ができる、ある意味で稀有《けう》な生徒さんだ、と」

「とにかく頭はいい奴です。何しろ英語のテストは百点しか取ったことがない」

「ほう」去川は鹿又と顔を見合わせた。「それはすごい」

「いや、たった一度だけ九十八点だったことがあったな。そういえば。確か中一の年度末試験で。一問だけイージーミスをして。配点が二点だったもので九十八点になったらしい」

「中一のって。五年前のことでしょ。そんな以前のことを、よく憶えておられますね」

「明子先生にお聞きしたものでね。印象に残っているんですよ。答案を他田に返したら、ひと目見るなり、どうして百点じゃないんだって大騒ぎして。それは大変だったとか」

「ちょっと待ってください。明子が答案を返したということは、明子が授業を受け持っていたわけですよね、他田祐子の」

「そうですよ、当然」

「では、もしかして他田祐子は、今年だけではなくて、中一の年も、小美山妙子と同じクラスだったのですか」

「小美山と……?」占野はダイニングテーブルから、空のビール缶を取ってきた。タバコに火をつける。「さて。どうだったかな」煙を吐いて空き缶に灰を落とした。「さすがに、そんなことまでは憶えちゃいませんが」

「しかし明子は、小美山妙子が中一の時に彼女を教えた、と言っていましたよ」

「だからといって小美山と他田が同じクラスだったとは限りませんよ。ひとりの教師が同じ学年のクラスを複数受け持つのは、よくあることだし。特に英語は習いはじめが肝心ですから。中一は慣れている先生が二クラス、あるいは三クラス同時に教えるのが普通です。一学年六クラスだから三クラスずつをふたりで受け持つとかね。特に明子先生は中一を教えるベテランでしたし」

「お訊きしたいんですが、青鹿では中一から高三まで、学年ごとにクラス編成が変わってゆく仕組みなのですか」

「そうです。進級するたびにクラスは解体されて新しく組みかえられる」

「そんな中で、例えば偶然にも六年間通して同じクラスになった、という場合も」

「あり得るでしょう。何しろ一クラスに四十名からいるわけですから。組みかえるといっても限度がある。ただ、何回か同じになるならともかく、六年間ずっと同じクラスとなると極めて稀《まれ》だとは思いますが」

「小美山さんと他田さんが、その稀なケースだったという可能性は？」

「それは調べてみないことには何とも。学校の教務に聞けば、すぐに判ると思うが」

「小美山さんと他田さんというのは、お互いに親しかったのでしょうか。あるいは逆に仲が悪かったとか」

「特に親しかったようには見えなかった。かといって特に仲が悪かったとも思えない。要するに、あまり付き合いがなかったんじゃないかな。もちろん私が見る限りは、という意味ですけどね。お互いにタイプがまったくちがうし。相性は悪いだろうという印象はありますね。といっても、教師を教師とも思わない、という意味では、ふたりはよく似てるのかも」

「すると他田さんは、学業は優秀だけれども、反抗的なタイプの生徒だ、と？」

「反抗的というほど問題は起こさないですけど。でも教師を小馬鹿にしてるんですよ。明らかに。特に英語の教師をね。何しろ、さっきも言ったように、六年間たった一度を除いて、ずっと百点を取り続けた娘ですからね。そのセンスと独学の量は半端じゃありません。だからこそ、教師なんかよりも自分の方が語学力は上だという自信があるんでしょう。その自分が教師たちにテストの採点をされなければいけない立場自体が不本意なんだと思います。実際、私なんかも授業では、ほんの些細《ささい》なミスも許してはもらえませんからね。そんなんで先生、ほんとに留学してたの、という感じで皮肉っぽく——」

「そういえば留学されてたそうですね、占野さんは。どちらの方に？」

「四年ほどオーストラリアに」

「では英語は堪能《たんのう》で」

「生徒はそうは思ってくれませんけどね。実際、学校で教える分には何の役にも立っていないわけだし。あの。ところで。他田が、どうかしたんですか。もしかして、彼女が疑われているんですか？　小美山のことで」

「残念ながら、他田さんは亡くなられました」

占野の手がグラスをひっくり返した。ウイスキイがテーブルから床へとこぼれ落ちる。

「ついさきほど発見されたばかりですので、詳細はまだ何とも――」

「そ、それなら」占野は喘《あえ》いだ。「それなら、なんで。なんで私のところへ来たんだ」

「被害者の生徒手帳を見たら〈占野ホーム〉と記されていましたので。それで」

「嘘《うそ》つけ」占野は立ち上がった。空き缶が床に落ちる。「あ。あんたら。疑っているんだろ。おおお。俺《おれ》のことを。そうだろ。俺がやったと思っているんだな」

「少し落ち着いてください」

「俺がやったと。小美山も。他田も。俺が殺したと。そう言いたいのか」

「そんなことは言っておりませんよ。なぜ、そんなふうにお考えに？」

「知ってるくせに。みんな言ってる。噂しているんだ。俺がやったって。小美山をやったのは占野だって。みんなみんな。そう言ってる。今度は他田か。他田も俺がやったと言うつもりか」

「みんなというのは、どなたのことです」

「あいつらだ。うちのクラスの。朝クラスへ行ったら。みんなで。そういう眼で俺のことを睨《にら》んでいる。聞こえよがしに言ってる奴まで。ひと殺しめって。そんなことを言う奴がいるんだぞ。俺の前で堂々と」

「どうしてそんなことを」

「小美山が俺のことをばかにしてたから。それを根に持って。だからやったと。そう言っているんだ。今度は他田か。ああ。他田も俺のことをばかにしてた。だから彼女も殺したと。そう言うに決まってるんだ。あいつら。ちくしょう」ウイスキイの瓶を殴り倒した。キッチンへ走る。「俺が何をした。俺がいったい、あいつらに何をしたっていうんだ。ちくしょう」

占野は包丁を取り出した。その腕を鹿又が摑んで手首を捩る。包丁が床に落ちた。刃先が跳ねた。占野の足の甲に落ちて転がる。

「痛い。さ。刺さった。血が。あ。ち。ちが」

「大丈夫ですよ」去川は包丁を拾った。包丁立てに戻す。「靴下も無傷。切れてません全然」

「し。死なせてくれ」

「どうか落ち着いて」

「もう嫌だ。あいつらに会うのは。もう嫌だ。何もかも。死にたい。死ぬ。死なせろ。嫌だ。あんな学校、もう嫌だ」占野は泣き出した。鹿又は彼から離れる。「あんな学校、行きたくなかったんだ。最初から。女子校の教師なんか、やりたくなかった。俺はあんな仕事、やりたくなかったんだ。あんなバカたちのお守りなんか」

「まあ、お座りなさい。先生。あれこれ口走る前に落ち着いた方がいい」

「殺されりゃいいんだ。あんなバカどもは。小美山みたいに。他田みたいに。殺されりゃいい。ぼろぼろに犯されて」

「先生。気になることをおっしゃいましたね。犯されて、というのは、どういう意味です？」

「え。だ、だって犯されてたんだろ、小美山は。どうせ他田だって」

「そんなことを誰に聞きました？」

「みんな言ってるよ。生徒たちは。俺が小美山をレイプして首を絞めたんだって」

「小美山さんには乱暴された形跡はありませんでしたよ。それはテレビや新聞でも報道されている筈ですが」

「そんなこと関係ないんだよ。あいつらには。あの単細胞どもは。裸にされてたってだけで、レイプされたんだって決めつけてる。犯人は俺だって決めつりる」

「ほんとうに、あなたがやったんですか」

「ほら。みんなそう思うんだ」

「では、この際だからお訊きしますが、八日の午後二時から三時の間どこにおられました？」

「そんなこと憶えちゃいないよ。普通なら学校にいる時間だけど」

「高三の生徒さんたちは午前中の自習が終わったら帰るのでしょう。では先生も――」

「高三の担任だからって、授業の受け持ちが高三だけとは限らない。それに教師は、何の仕事がなくても原則的に夕方の五時までは学校にいなくちゃいけない規定になっている」

「あなたが八日の午後、学校にいたことを証明してくれる方は？　まだ一昨日《おととい》のことですよ。落ち着いて。よく考えてみてください」

「知らない」占野は座った。「でも同じ職員室の先生なら。あるいは誰かが」

「職員室はいくつ在るんです」

「中等部と高等部に、ひとつずつ」

「では、職員室におられたのですね？」

「八日というと木曜日だっけ。木曜日の午後は授業がないから……多分」

「憶えておられませんか、何時頃どの先生と言葉を交わした、とか」

「そんなこと憶えちゃいないよ。まだ一昨日のことだっていうけど、昨日の昼に何を食べたかだって、もう忘れてる」

「では、今日のことなら憶えておられるのではないですか」

「え……」

「今日の放課後、どこにおられました？」

「放課後って。い。いつのことだよ。何時から何時までの間」

「他田祐子が学校を出たのは、自習が終わった十二時以降と見られている。土曜日は先生方は何時まで学校にいなければいけないんですか？」

「一時半……」

「その時間までは学校におられた？」

「や。やっぱり疑っているのか。他田も殺したって。そうなんだな。そうなんだな。あくまでも俺に罪をなすりつけるつもりなんだな。みんなして」

「自分が疑われているなどと言い出したのは、先生、そもそもあなたご自身ですよ」

「俺じゃない。あのばかどもだ」

「だったら、その疑いを晴らす方法を考えましょうよ。とりあえずアリバイが立証されるのが一番早道です」

「アリバイがなかったらどうなるんだよ」

「だから。落ち着いてよく考えましょうと申し上げているんです」

「他田もそうなのか」

「え？」

「他田も同じ犯人に殺されたのか。小美山をやったのと同じ奴に」

「それをいま調べているのです」

「小美山は乱暴されていなかったと言ったけど。それじゃ他田も何もされていなかったのか。性的なことは。ただ殺されただけで。レイプされたわけじゃないんだな。な。ないんだな？」去川と鹿又は即答しない。占野は立ち上がった。「さ。されてたのか。そうなんだな。他田は。やられてたんだな」

「そうは言っていません」

「もうお終《しま》いだ。今度こそ」髪を掻き毟る。額を壁にぶつける。「今度こそ。今度こそあいつら。大声で言うぞ。俺がやったって。言いふらすにちがいないんだ。他田をレイプして殺したのは占野だって。他田みたいなブスをやろうなんて血迷う奴は占野しかいないって。四年も留学していてその程度かってバカにされてた仕返しをしたんだって。言われる。みんなに。絶対に。月曜日からもう。ずっと。ずっと言われるんだ。お終いだ。俺はもう破滅だ。

身の破滅だ。なんでこんなことになったんだ。なんで」

「ご自分でそんなことを口走るのは、おやめになった方が」

「なんでこんなことになったんだ。なんで。あんなところに就職するんじゃなかった。俺は女子校の教師なんてやる器じゃなかったのに。妥協したのがいけなかった。現実に妥協するべきじゃなかったんだ。教員免許なんか取らなきゃよかった。語学一本でやってりゃよかった。やるべきだったんだ。やれた筈なのに。俺ならやれてた。もうちょっと。ほんのもうちょっと頑張ってれば。やらずに済んでたんだ。あんな低能娘たちのお守りなんて屈辱的なこと。あんなこと、教師しかやれない奴らがやってりゃいい。俺に回すんじゃない。この俺に。この俺にそんなくだらない仕事を。ちくしょう。だ。だいたい。あんたの娘がいりないんだぞ」

「何をおっしゃっているんですか？」

「あんたの娘だよ。年度末になって急に結婚するから辞めるなんて言い出したあんたの娘だ。だいたいそんなつもりがあるのなら新年が明ける前に学校に報告しておくのが常識だろうが。お蔭《かげ》で代替教員が見つかるまで大変だったんだぞ。俺まで負担が増えて。あんな無責任なひとだとは思わなかった。仕事をおっぽり出して。修羅場を独り抜け出して。ぼ。ボクを。ボクを……うう」

去川の上着の裾《すそ》を摑んだ。

＊

「何か隠そうとしたんでしょうかね、あれは」鹿又はハンドルを操りながら、「だからわざとあんなふうに振る舞ったのか。それとも、ほんとうに一時的に度を失ってしまったのか——どう思われます」

「だいぶ酔っぱらっていたからな。好意的に解釈すれば、日頃のストレスが一気に爆発した、といったところか。本人の言い分を鵜《う》呑《の》みにするわけじゃないが、ただでさえ普段から生徒たちとの折り合いが悪くて鬱憤《うっぷん》が溜まっているところへ、立て続けに教え子たちが殺された。そのことで妙な噂を立てられたら神経がまいってしまっても、おかしくはない」

「それで一時的に自暴自棄になった、と？」

「娘からちらっと聞いたことがあるが、男性教諭にとって女子校というのは、いろいろむつかしいらしいからな」

「でも、被害者のふたりが〈占野ホーム〉という共通項で結ばれているのは事実です。しかも被害者ふたり、それぞれと仲が悪かったことは奴自身認めている。だから犯人だとは言わないまでも、少なくとも事件について何か知ってるんじゃないか。そんなふうにも思えますが」

「まだ何とも言えん。それよりも、さっき思いついたんだが。他田祐子という名前。さっき会議の席上で、どこかで聞いたことがあるような気がするという話をしただろ」

遠くでマフラーを外したエンジン音が轟《とどろ》いている。パトカーのサイレンが、その後を追いかけていった。

「ようやく憶い出した。あれは健王部佳人《たけるべよしと》が握りしめていた名前だ」

一月十一日（日曜日）

「ま、俺《おれ》にはもう関係ない話だけどさ」桐島《きりしま》は指で鼻を掻《か》いて、「最初から別件だったんじゃないだろうな、これって」

「明け方まで騒音をまきちらしてたのは、どこの誰《だれ》だ。それに、関係ない話とは聞き捨てならないな。小美山妙子《おみやまたえこ》の事件、知らなかったわけじゃあるまい」

桐島は欠伸《あくび》をした。

「知らなかったのか。彼女が殺されたことを」

爪《つめ》の垢《あか》をほじくる。

「聞いてるのか」

上眼遣《うわめ》いに津村《つむら》を見た。「知ってたよ」指にのせた爪の垢を吹き飛ばす。

「知ってて走りに出てたのか」

「土曜の夜だもん」

「あんな雨の夜にか。ご苦労なことだ。追悼集会ってとこか、さしずめ」

「追悼？　誰の。妙子のかよ。まさか。言っただろ。俺にはもう関係ないって」

「関係ならあるだろ。おまえ、彼女と付き合ってたんだろ」

「何回かはね」

「何回か、何だ」

「やりましたよ」欠伸をすると肩を揉《も》む。「だから？」

「青少年保護育成条例って知ってるか」

「聞いたこと、あるね」

「未成年者と淫《みだ》らな行為に及ぶのは、淫行《いんこう》といって、罰せられることになってるの」

「あのさあ。妙子はもう死んでるんだろ。どうでもいいけど。死人が、わたし淫行されました、とかって訴えるっての」

「おまえいま、自分で認めたじゃないか。彼女との関係を」

「だから何なのよ。あのね。何度訊《き》かれても同じことを答えるだけだけどさ。もう妙子とは何の関係もないの。俺は」

「肉体関係があったんだろ」

「そんなのチャラだよ、もう。だって死んじまったら、やれねえじゃん」

「おまえ、仮にも恋人だったんだろ、彼女の。その彼女が殺されて、悲しいとか口惜《くや》しいとか感じないのか」

「そんなこと、言われてもなあ」

「悲しくないのか?」

「そりゃ、妙子が地球で最後の女っていうんなら別ですけどね。あの程度のタマなら、町なか歩いてりゃ、すぐに見つかるし」

「そう突っぱらからずに。素直になればいいじゃないか」

「はん？」

「そもそもは、おまえの方が妙子にのぼせ上がったという話じゃないか。町でナンパして。彼女の方は最初はそんな気はなかったのに、おまえに押し切られて深い仲になったという話じゃないか。それとも、それはでたらめかね」

「別に普通だろ。男から声をかけるのはよ」

「一度は別れようとした彼女を、殴る蹴るの暴力で引き止めたとも聞いてるぞ」

「あったね、そういえば、そんなことも」

「それだけ惚《ほ》れてた女が殺されたんだ。悲しくない筈《はず》はあるまい」

「惚れてた、だって？」桐島は吹き出した。小指で鼻をほじる。「何を言うかと思えば。あんただって男だから判《わか》るでしょうに」

「何が？」

「タバコ、くんない」

「何が判るっていうのかな」

「確かに妙子にちょっかいかけたのは俺の方ですよ。もう会いたくないって駄々を捏《こ》ねた時に、ちょっと喧嘩《けんか》になったのもその通り。でも、普通そうなるだろ。男としては。ね。もうあんたとはイヤなんてふざけたこと言われたら、多少荒っぽい展開にもなるってもんでしょう。でも最後は、きちんとエッチで締めたけどね」

「つまり、彼女を強姦《ごうかん》したんだな、おまえは」

「俺が？　強姦？　まさか。合意の上ですよ。ちゃんと。合意の上」

「別れたいと言った彼女を殴ったんだろ。暴力で言うことを聞かせたんだろ」

「あんたねえ。そりゃ誤解ですよ。喧嘩をした後で仲なおりのためにエッチをしただけじゃん。そういうものだろ、男と女って。パターンですよ。パターン」

「どうもおまえ、日本語の意味がよく判っていないようだな。そういうのは喧嘩とは言わないんだよ。ただの一方的な暴力だ」

「女に別れ話を持ちかけられたら、あんた、逆上しない？　するだろ、絶対。俺もした。だから妙子と喧嘩になった。それだけさ。その喧嘩の後で妙子は、俺と別れてもよかったんだよ。ほんとうに別れたければさ。でも別れなかった。結局は俺と一緒にいる方を選んだ。彼女自身がね。それだけじゃん」

「おまえは彼女に執着してたんだ。していなかったとは言わせないぞ。執着していなければ、別れたいと言い出した彼女と喧嘩する必要はなかったんだからな。そうだろ」

「そうですよ。ええ。執着してましたとも」

「だったら、彼女が殺されたっていうのに、もう関係ない、なんて言い種《ぐさ》はないだろ」

「だって、もうやれなくなった女なんかに執着する男がどこにいるのよ。相手が生きているからこそ執着するし、大事にもするんじゃないの。そんなの判りきったことだと思うけどね」

「要するに、おまえの言いたいことはそれか。もうやれなくなった女は自分には関係ないと」

「そうじゃないって男がいたら、お目にかかりたいもんですね。ったく。あーあ。俺も見る目がないよな。誰かに殺されるような、めんどくさい女と知ってりゃ、かかわり合いになんか、ならなかったのによ。ややこしいこと、してくれちゃって。同じ死ぬにしても、ひとに迷惑かけないように死ねっての」

＊

活井《いくい》家は木造の平家だ。敷地にはトタン屋根のガレージ。雨が、その屋根を叩《たた》いている。その下に黒いセダンが一台。

玄関の戸を開けると土間がある。頭上には黒ずんだ梁《はり》。土間を挟んで右側が住居。左側が母屋《おもや》になっている。母屋から明子《あきこ》が出てきた。土間でサンダルを履きながら、「そっちに上がってくれる？」と住居を指す。

土間の奥には靴箱がある。その上に丸くて赤いガソリンタンクが置いてある。去川《さりかわ》はガソリンタンクを一瞥《いちべつ》しておいてから、三和土《たたき》に靴を脱いだ。唐紙障子を開けて畳に上がる。

「お邪魔するよ」

中央に炬燵《こたつ》。床の間には置き時計と電話、染みの浮いた掛け軸が飾られている。テレビとビデオデッキの台座が畳を押しつぶしていた。

障子を開けると縁側で、庭に下りるガラス戸の向こう側には、ガレージが見える。

雨がトタンの屋根を叩く音。

縁側の、戸袋と障子の間には衣装戸棚が置かれていた。去川がそれに近寄った時、湯呑《ゆの》みを載せた盆を持って明子が入ってきた。

「あ。それ、さわらないでね」

「変なところに置いてあるんだな」

「他に置く場所がないから」

「しかし――」

「正孝《まさたか》さんのなの、それ」

「戸棚をここに置くのなら、こんな日は雨戸を閉めておいた方がいいんじゃないか？」

「そうだけど。いちいちめんどくさいし」

「この前、電話で言ってた例の閂《かんぬき》」去川は雨戸の戸袋を覗《のぞ》き込んだ。「なおしたのか？」

「ううん。でも一応、嵌《は》まるし」

「すぐ落ちるんじゃ話にならん。私が口を出すことじゃないが」娘の方を振り返る。「改築どきだぞ。そろそろ」

「ま。そのうちに、ね」

「畳だって――」

「こういう古い家ってね、なまじ頑丈にできているから。へたにいじると大変なのよ」

「だから、部分的に改装するのはやめて、いっそ改築したら」

「そうはいかないわよ。なかなか。何代も続いてきた家だもの。彼だって、この家を継ぐために地元へ帰ってきたようなものだし。そうそう。もうすぐ洋子《ようこ》さんが来るから」

「洋子さん、というと？」

「寿谷《すや》洋子さん」炬燵の上に透明の灰皿とライターを置いた。「この前、お父さんに会ったと言ってたわよ。学校で」

「憶《おも》い出した。あの事務のひとか。明子」去川はタバコの箱を手に取って、「おまえ、いつからタバコを？」

「あら。知らなかったの？　車で外出する度に一本ずつ」

「全然気づかなかった」

「注意力散漫ですこと。そんなことで、ちゃんと事件を解明することができるの」

「だから、おまえも、ちゃんと協力してくれないと——」

「ええ。市民の義務の範囲で、ね」

「寿谷さんは、どうして？」

「だから、お父さんに頼まれてたこと。彼女に調べてもらったの」

「しかし、事務のひとに判るのか」

「彼女、教務の仕事も手伝っているから。お父さん、もしかしてタバコ——」

「うん。やめた」

「慶子《けいこ》さんに何か言われたの？」

「そういうわけじゃないが。何となく」

「じゃ、コーヒーでも入れてこようか」

「正孝くんは？」

「仕事」

「日曜日に？」

「といって出かけたけど」

「いつも、そうなのか」

「ま、時々」

「お義母《かあ》さんは？」

明子は襖《ふすま》の方に顎《あご》をしゃくった。「寝てる」

去川は時計を見た。午後二時。

「生活習慣が、ちょっと不規則なの。だいたい一日に二回は寝てる」

「二回、というと」

「お昼頃から夜まで一度寝て。十時頃から夜中まで起きていて。明け方またちょっと寝た後、昼まで起きていて。そんな感じ。起きているといっても動き回ったりはできないから、単に目が覚めているという意味だけど」

「その習慣に合わせてるのか、おまえも」

「完全にとはいかないけれど。まあ、何とかかね。やりくりしてるわ」

「大変だな」

「慣れてるといや慣れてるわ。何しろ父親が不規則な仕事の家庭で育った娘ですから」

「しかし。母ひとり息子ひとりの旧家に嫁ぐというのも、また独特の――」

「しっ」ひとさし指を唇に当てた。「あんまり大きな声を出さないで。てっきり寝てるとばかり思ってたら目を覚ましてることもあるから。しっかり聞き耳を立ててたりするの。この前も、眠ってるとばかり思って友だちと長電話してたら、後で厭味《いやみ》を――」

「え。喋《しゃべ》れるのか？」

「ううん」明子は右のひとさし指で左の掌《てのひら》を撫《な》でる。「これで」

「ご挨拶《あいさつ》しておいた方がいいんじゃないか。そういえば、まだ実際にお会いしたことは一度もないし」

「でも寝てると思うわよ」

「一応、覗いてみる」

　去川は襖を開けて廊下に出た。

　隣りの部屋の襖を開けた。布団が敷いてある。老婆が仰臥《ぎょうが》している。

枕元には盆。水差し。新聞紙を敷いた洗面器。溲瓶《しびん》。薬箱。ティッシュの箱。「おこして」という平仮名が書かれたページが開いたままの大学ノート。鉛筆。

老婆の耳もとには痰《たん》で黄色くなったガーゼ。丸めたティッシュで溢《あふ》れた屑籠《くずかご》。

断続的に咳《せ》き込む音。

老婆は口を閉じたまま。咳き込む音は彼女の首の根元から発せられている。そこには穴が穿《うが》たれていた。金具が嵌め込まれ半透明のチューブが延びている。

顎と肩の間で膨らんでいる瘤《こぶ》。

両腕が布団から出ている。咳き込む度に爪が畳を引っかく。

寝室の奥には押し入れがある。襖がところどころ破れてガムテープで修繕されている。

「——やっぱり寝ているようだ」去川は居間へ戻った。「ところで、あれは何だ。首に何かできているが」

「判らないの。お医者さまによると腫瘍《しゅよう》の一種ではないかという話だけど」

「あのチューブは？」

「瘤で食道が圧迫されて。ものが食べられないから流動食を。それから喉《のど》に詰まった痰を、あの穴から吸い出せるようにしてあるの」

「入院させた方がいいんじゃないのか」

「それだけは嫌なんですって」

「そうか。ところで、おまえの車は？　嫁入りした時、自分の軽を持ってきてただろ。あれはどうした。どこにも見当たらないようだが」

「あれね、売っちゃった」

「売った？　どうして」

「いろいろあって。やっぱり、二台というのは維持費が大変」

「不便じゃないのか」

「そうでもない。彼、仕事では普段は必要ないし」

「そういえば、土間の靴箱にガソリンタンクが置いてあったが」

「よく見てるわね、さすがに。安心して。いまはカラだから」

「どうして、あんなもの――」

玄関の戸が開く音がした。ごめんください、という女性の声。

「慶子さんは元気？」と去川に訊きながら明子は土間に下りた。

寿谷洋子を連れて戻ってくる。

「どうも」去川は畳に手をついた。「お手を煩わせてしまっているようで。せっかくの日曜日なのに。すみません」

「いいえぇ――あ。これ」洋子は床の間の置き時計を指さして、「わ。飾ってくださってるんですね。実際に見ると感激」

「お父さんも見るの初めて？　結婚祝いなの。若手職員一同からの」

「なかなか凝ってるな」

「でしょ。アンティークふうで。この前カタログ見て知ったけど、すごく高いのよ、これ。いくら連名とはいえ、申し訳ないくらい」

「えへへ。お返し、期待してます、先生。わたしが結婚する時には」

「怖いなあ。いきなり、実は来月なんです、なんて言うんじゃないでしょうね」

「先生ほど電撃的なのは無理ですよ。しかし、随分いろんなひとたちを泣かしたんでしょうねえ」

「どういう意味、それ」

「だからいろいろな意味で。あ。お父さんも泣いたクチですね、きっと」

「父は喜んだに決まってるじゃない。嫁き遅《い》れの娘が片づいたから安心して再婚できたし。そのお蔭《かげ》で禁煙もできたみたいだし」

「またまたそんな。あ。それでですね」洋子は炬燵に置いた紙袋からコピーされた答案用紙を取り出す。「いまの高三が中一の時の年度末試験、でしたよね。これです。全教科揃《そろ》ってますので」

去川はコピーの束を手に取った。国語、社会、数学等。全部で八種類。ホーム名、出席番号を書き込む枠、そして解答欄。すべて空白だが、生徒氏名を書き込むところに、それぞれ『浅沼《あさぬま》』とか『広尾《ひろお》』とかのハンコが押してある。

「――これは？」

「それぞれのテストを作成した先生の名前です。サインがわりですね、いわば」

「しかし、よく五年も前のテストが残っているものですね」

「定期考査の度にテスト作成者がこうして見本を一式、教務に提出して保管する規定になっているんです。厳密に保管期間が何年なのかは知りませんけど。けっこう長いこと置いてあるみたいですよ。というか、めんどくさがって誰も処分しないだけのような気もするけど。いずれ誰かがやるだろう、みたいな」

「なるほど。しかしお蔭で、こちらは助かる」

去川は英語の答案用紙を手に取った。『佐竹《さたけ》』とハンコが押してある。

「……これだ」

「何がですか？」

「いや――協力していただいているのに申し訳ないのだが」

「あ。そうか。うん。秘密ですよね」

「この『佐竹』というのは？」

「英語の先生です。佐竹信子《のぶこ》先生」

「佐竹先生がこのテストをつくったんですね。採点したのは？」

「それも佐竹先生」

「明子は、しなかったのか？」

「した筈よ。クラスによっては」

「すまないが、基本的な仕組みから説明してもらえないか。テストの作成や採点の担当は、いったいどんなふうに割り振られているんだ」

「要するに、テストを作成する担当は定期考査ごとに持ち回りなわけ。その学年の、その教科の先生たちの間で順番に。採点をするのは、そのクラスの授業を持っている先生で、これは一年間変わらない」

「この年の中一の英語を受け持っていた先生は何人いたんだ」

「あたしと佐竹先生のふたりだけだったと思う。ひとり三クラスずつで。その年に限らず当時の中一はそのパターンが多かったから」

「他田《おさだ》祐子《ゆうこ》のクラスの授業を受け持っていたのは明子なんだな」

「ええ。確か彼女、〈纏向《まきむく》ホーム〉だった」

「マキムク？」

「これよ」明子は社会の答案用紙のコピーを束から抜いて見せた。「社会の先生」

「纏向先生というのが他田祐子のクラス担任だった。じゃ、ついでに訊いておくが、小美山妙子は中一の時、何ホームだったんだ？」

「さあ。どうだったかしら」

「〈浅沼ホーム〉ですよ」洋子が答える。

「へえ。よく憶《おぼ》えてるわね」

「あたしが就職した年でしたから」

「浅沼という名前もあったな、さっき」

「ええ。国語の先生です」

「浅沼」去川は手帳を出して書きとめる。「それと、纏向、か」

「あの、もしかして」洋子は去川の顔を覗き込んだ。「その先生たちにも話を訊きにいかれるんですか？」

「多分。なぜです？」

「浅沼先生はいいけど。纏向先生は、もう退職されているんですよね」

「え。ほんとなの、それ？」明子は口を掌で覆って、「いつ？」

「去年。だから、ほぼ一年になりますね」

「知らなかったなあ。でも、もうそんなお歳《とし》だったっけ？」

「いいえ。停年じゃなくて。何か個人的な事情でお辞めになったらしいですよ。詳しいことは、よく知りませんけど」

「その纏向先生の住所、判りますか」

「調べれば、多分」

「では、また後日、学校に伺うことになると思うが。すみませんね。いろいろと」

「いいえ」

「ところで。この時の英語の答案で」去川は明子に向きなおって、「破損していたものがなかったかな」

「破損？　というと」

「例えば、生徒氏名を記入する部分が破れて取れていた、とか」

「答案用紙の？　つまり名前が取れていて誰の答案なのか判らなかった、という意味？」

「まあ、そうなるかな。少し限定すると〈纏向ホーム〉の中で」

「まさか」

「なかった、か」

「そんなの聞いたことない。一度も」

「他田祐子の答案はどうだったんだ」

「他田さん？　なかったわ。彼女に限らず、そんなことがあったら絶対憶えている筈」

「まあ、そうだろうな」

「それに、他田さんは英語に関してはなかなかうるさい生徒だったから。もしそんなことがあったとしたら、あたしが何か言う前に本人が黙っていなかったでしょう」

「そうらしいな。何でもいつも満点を取っていたとか。しかし、どうやらそのテストだけ九十八点だったようだが」

「どんな問題だったかは忘れたけど。何か、うっかりミスをして。二点減点になった。随分口惜しがってたわ。何しろ英語にすべてを賭《か》けていた娘《こ》だったから。でも答案を返した時、名前の部分が破れていた、なんてことはなかったわよ」

「だろうな。同じ生徒の答案が二枚ある、なんてことは、まさかないだろうし」

「あ。そうか」

「ん？」

「そうなのかもしれないわよ。もしかしたら」

「何か心当たりでもあるのか?」

「うん。つまりね――」

＊

「他田祐子の生きている姿が最後に目撃されたのは十日の土曜日、午後十二時半過ぎ。別のクラスの高三の生徒が、校門から出てゆく彼女と言葉を交わしたそうです」

鳥越《とりごえ》はホワイトボード上の箇条書きを指す。

「彼女はその日、母親と一緒に大学入学式用の服を選びにゆく予定で、デパートの裏の喫茶店で母親と落ち合う約束でした。待ち合わせ時刻は午後一時。しかし彼女は現れなかった。それ以来消息を絶っていた彼女は同日午後十時前、知事公舎裏の河川敷に於《お》いて他殺死体となって発見されたという次第です。第一発見者は市内在住の主婦、堺美津子《さかいみつこ》、四十三歳。他田祐子の死亡推定時刻は十日の午後一時から三時までの間。死因はビニール紐《ひも》による絞殺で頭部には打撲傷が認められる。発見時被害者は全裸で、彼女の制服の上下やコート、学生鞄、学校指定革靴、傘、下着等は河川敷に設置されているランニングコート傍《わき》のゴミ箱に押し込まれていた。なお他田祐子は土曜日の朝、厚手の黒いタイツを穿《は》いて登校していたことが母親の証言によって明らかになっているが、現場から該当するタイツは発見されておりません。

さて。ここまで説明して既にお判りのように、他田祐子の事件は、金曜日に発見された小美山妙子のケースと共通点が多い。付け加えるならば両者とも青鹿《おうが》女子学園高等部三年生であり、そしてともに〈占野《しめの》ホーム〉という同じクラスに所属していた。同一犯人の仕業という可能性を視野に入れてゆくのは当然ですが、両者のちがいは、他田祐子の場合、陰部に裂傷が認められるということです。体液も残留していました。血液鑑定の結果、三人分。これは逃げていったとされる少年たちの人数とも合致する。検分の結果、どうやら彼女は死亡後に乱暴されたらしいと判明」

「性的暴行の件は後回しにして」城田《しろた》は書類から顔を上げた。「若干、私の方から補足します。さきほど指摘があったように、小美山妙子と他田祐子両者の事件は互いに共通点が多い。先入観は禁物ですが、同一犯人である可能性は極めて高い。例えばお気づきのように、司法解剖の所見による両者の死亡推定時刻は、ともに午後一時から午後三時。これは犯人が、下校する彼女たちを待ち伏せしていたからではないのか。他田祐子の場合は土曜日ですからともかく、小美山妙子が殺されたのは木曜日。通常ならば午後からまだ授業があるが、高等部三年生だった小美山妙子は午前中の白習終了とともに学校を出たところを狙《ねら》われたのだとすれば、犯人は青鹿女子学園の事情にある程度通じている人物ということになる。むろん、犯人が車を使っているのだとすれば、学校周辺を流していてたまたま出くわした相手を無作為に標的に選んだ、すなわち無差別殺人が目的だったという可能性もあるわけですが」

「車というお話が出ましたが」城田に指名されて鳥越が説明する。「小美山妙子の場合と同じく、他田祐子も死体硬直状況ならびに死斑《しはん》の位置等から、殺害後仰向けに寝た姿勢で長時間放置されていたと思われる。犯人が同一人物であるならば、小美山妙子の場合がそうだったと推定されているように、他田祐子も例えばリクライニングされた車の助手席に寝かせられていたのかもしれない。付け加えますと、彼女もおそらく殺害後すぐに衣類を剝《は》がされ、全裸のまま放置された後、遺棄されたものと見られる」

「性的暴行の一件に戻ります。さきほど指摘があったように他田祐子は殺害後に乱暴されている。ただし性器結合による裂傷からして、殺害されてから少なくとも数時間後に、と推測される。死体が発見された時刻を考え合わせると、おそらく死体を遺棄する直前、もしくは遺棄した後でその行為に及んだものと考えられる。これをどう解釈するべきか。仮に犯人の目的が性的暴行にあったとするならば、被害者が生存している間や、あるいは殺害した直後には行為に及べない事情が犯人側に何かあったのか。それとも犯人はもともと屍姦《しかん》趣味の持ち主だったのか。だとすれば、なぜ小美山妙子にはその行為に及ばなかったのか。留意点はたくさんありますが、現在目撃者の協力を得て現場から逃げていった少年たちのうちのひとりの似顔絵を作成しているところです。体液の一件もありますので、複数犯の可能性も当然、視野に入れておかねばならない。さて。小美山妙子の恋人だったとされる桐島についてですが、何か？」

「八日の午後はずっと同僚や所属する部署の上司たちとともに外回りの作業をしていたと主張しています」津村が報告する。「裏づけはこれからですが、同行していた顔ぶれや人数の多さからして偽証はまずあり得ないのではないかと」

「判りました。さて、ここに少し興味深いお話があります。今回の被害者である他田祐子が、もしかしたらかかわっていたのではないかと思われる未解決事件が起きているのだとか。それも五年前に。詳細は去川さんの方から」

「写真を回しますので」去川は立ち上がった。鳥越と入れ替わりにホワイトボードの前へ。

「それをご覧になってください」

会議室の端から端へとカラー写真が回された。千切れた紙片が写っている。黒ずんで、ばらばらになりかけている。

その表面に丸い筆跡で横書きに漢字が記されていた。四文字。掠《かす》れている上に黒ずんだ紙の表面に埋没しており判読は不可能だが、文字部分が別に一枚ずつ拡大された写真で、かろうじて『他田祐子』と読める。

「これは今から五年前の七月上旬、市内のマンホールの中から発見された変死体が左手に握りしめていたものです。変死体で発見された男の名前は健王部佳人《たけるべよしと》。四十歳前後と思われる住所不定、無職の男でした。健王部は頭蓋骨《ずがいこつ》が陥没しており死因は脳挫傷《のうざしよう》ではないかと推定された。推定されたというのは、発見当時死体は損傷と腐敗が激しく検分が困難だったためです。結局、路上生活をしていた彼はいろいろな奇行で知られていたこともあり、何らかの理由でマンホールから下水道に下りようとして誤って落下したのではないかという結論に落ち着きました。事故死として処理されたのです。他田祐子とは何者かという疑問も取り上げられました。何しろ死体の状況からすれば、こういうものが手の中に、しかも一応もとの形を保ったまま残っていたというのは僥倖《ぎようこう》ですから。しかし健王部の周囲はもちろん、警察の犯罪者リスト等のデータの中にも該当する女性は見当たらず、結局不明のままだった」

「それが今になって他田祐子という名前の女性が登場してきた。しかし去川さん。ざっとお話を聞いた限りでは、その健王部という男と他田祐子の間に何か個人的繋《つな》がりがあったとは思えない。かたや路上生活者に、こなた普通の女子中学生。それに今回の他田祐子と五年前の『他田祐子』が同一人物とも限らない。なのに敢《あ》えて現在の事件と過去の事件を関連づけてお考えになろうとしている。なぜです」

「ご覧のように損傷具合が激しいため写真ではまったく見分けられないと思いますが、科研の鑑定結果によると、この『他田祐子』という文字は鉛筆で書かれているのです。そして、この紙はどうやら藁半紙《わらばんし》だったらしい。当時は誰も思い至らなかったのですが、改めて考えてみると、これは学校のテストなのではないか、と」

「テスト。すると健王部佳人が握りしめていたのは答案用紙の一部だったというのですか。それも他田祐子の？」

「死体の損傷腐敗度からして、健王部が死んだのはその年の三月頃。青鹿女子学園の年度末考査が行われていた時期です。そこで学校の教務の方に頼んで、当時の中等部一年生の年度末考査の見本を全部揃えてもらった。それが、これらのコピーです」去川はコピーの束を回す。「漢字の書き取りや家庭科などを含めてテスト数は全部で八つ。見てお判りのように、それぞれ生徒の所属クラス、つまり担任の名前ですね、そして出席番号、氏名を記入する欄が一番最初にあるが、教科によって形式がまちまちです。縦書きのものもあれば横書きのものもある。そして同じ横書きのものでも、記入欄が枠で囲まれているものと単に下線を引いてあるものとがある」

「つまり、健王部が握りしめていた『他田祐子』の紙切れがはんとうにテストの一部だとすれば、それは横書きで氏名の記入欄が枠で囲まれていないものである——ということですね？」

「その通りです。もうひとつ付け加えるならば、この紙片は形からして答案用紙の角の部分ではないかと想像される。そこに生徒氏名しかないということは、同じ横書きで氏名の記入欄が枠で囲まれていないものの中でも、出席番号の記入欄が名前の後ろではなくて前にくる形式のもの、ということになります。それらすべての条件に当て嵌まる教科はひとつしかありません。英語です」去川は『佐竹』のハンコが押されている英語の答案用紙のコピーをマグネットでホワイトボードに貼《は》る。「しかし、もしこれが他田祐子の当時の英語の答案用紙の一部なのだとしたら、彼女の答案用紙は当然、生徒氏名が破れ落ちていたことになります。採点した教師がそのことを憶えていてもおかしくありません。が――」

「憶えていなかったのですか」

「結論を言いますと、他田祐子のそれに限らず破れた答案用紙は一枚もなかった。ただし、同じ答案用紙が二枚存在する可能性もないではない、というのです」

「二枚？　どうしてそんなことが」

「正式に採点される答案は、もちろん一枚しかありません。しかしテスト後に、問題を復習する目的で教師のところに余った答案用紙をもらいにくる生徒がいるらしいのです」

「なるほど。既に実施されたテストを自分で再度解いてみることで、よりしっかりと学力を身につけようと」

「そういうことのようです。特に英語の場合、テスト後に余りの答案用紙をもらいにくる例は、けっこう多いのだとか」

「一般的に女の子の方が英語を好きですからね。では他田祐子も、そんなふうにテスト後にもう一枚答案用紙をもらって復習をしていたかもしれない、と。その余りの答案用紙に自分の氏名もちゃんと記入して――」

「当時中等部一年の英語を担当していた佐竹信子という教諭に話を聞いてきました。その年の年度末試験の英語は三月十四日に行われているのですが、他田祐子はその日すぐ、つまり教師がまだ採点に取りかかってもいない段階で、余りの答案用紙をもらいにきたそうです」

「しかし、その先生はよく憶えておられたものですね。五年も前のことなのに」

「それには理由があるのです。他田祐子というのは英語のテストに関しては中等部、高等部の六年間を通して、ほぼ毎回百点を取り続けたという驚異的な生徒だった。中等部一年生の年も一学期、二学期と全て満点だった。その彼女がテスト直後に、復習したいから余った答案用紙をくれと言ってきたものだから、佐竹教諭は、ははあ、何かイージーミスをしたことに気がついたんだな、とピンときたらしい。しかも佐竹教諭は他田祐子の授業の受け持ちではなかった。どうして受け持ちの先生にもらいにいかないのか。きっと自分が復習なんかしようとしているのを受け持ちの先生に知られるのが恥ずかしかったのだろう、と。イージーミスをしたことがそれほど口惜しかったのだろう、と。佐竹教諭はそう思ったそうです。そう思っていたら案の定、九十八点という結果だった。他田祐子が百点を取れなかったのは後にも先にもこの時だけだったため、今になって思えば、とても印象に残っているのだそうです」

「なるほど。それでは仮に、健王部が握りしめていたのが、その復習用答案用紙の一部だったとしましょう。この『他田祐子』の名前は本人の筆跡なのですか」

「さて。それが問題でして」

「といいますと」

「確かに、他田祐子は、こういう丸っこい筆跡の持ち主だったそうです。しかしですね、青鹿女子学園には、こういうタイプの筆跡で字を書く生徒さんが、それこそごまんといるらしい」

「そういわれてみれば、いまどきの女の子の書き文字という感じではありますね」

「ですから、他田祐子自身の筆跡という可能性はあるものの、断定はできない。成り行き次第では専門家に鑑定を依頼しないといけなくなるやもしれません」

「では問題は、これが他田祐子の復習用答案用紙の一部なのだとすれば、いったいどういう過程を経て健王部の手に渡ったのか。そして彼女は、はたして健王部の事故死とされている事件にかかわっていたのか。はたまた他田祐子殺害事件は五年前の健王部の一件と何か関係があるのか——そういったことですね。最初に着目されたということもありますので、去川さんに一任したいと思いますが。健王部に関して何か具体的なとっかかりの心当たりとかは？」

「どうやら彼の身内や知人は地元には皆無のようですので、当時彼が住みついていた地区の民生委員の方に、とりあえず話を聞いてこようと考えています」

「よろしくお願いします。この件は以上ですね。他に何か？」

「あの」鹿又《かのまた》が挙手をする。「よろしいですか。例の持ち去られているタイツの件ですが」

「あ。ちょっとすみません。それで憶《おも》い出しましたけれど、二件続けてタイツが持ち去られている事実に関しては引き続き秘匿《ひとく》事項ということで、みなさんよろしくお願い致します。それで。何でしょうか、鹿又さん」

「二件続けて持ち去られたということで、証拠隠滅目的という線は、かなり薄れたと考えてもいいんでしょうか。というのも、二回続けて、うっかり何か証拠となるようなものをタイツに付着させてしまったなんてことは、あまりありそうにもないように思えるのですが」

「それは一概には言えません。この前も言ったように、犯人は女性の靴下に性的興奮を覚えるフェティシストの類《たぐ》いかもしれない。確かに小美山妙子には暴行の痕跡《こんせき》はなかったが、しかし犯人が、彼女に何か性的な行為をしなかったとは限りません。例えば彼女を殺した後、その彼女のタイツに包まれた足で自分を慰撫《いぶ》したのかもしれない。その結果、その上に射精したのかもしれない。つまり、うっかり痕跡を残したのではなくて意識的な行為の結果だった。そういうこともあり得る。従って、タイツが重要な証拠品かもしれないという可能性は依然残されていると考えるべきです」

「それはよく判っています。しかしどうも私は、犯人がタイツを持ち去るのは、何かまったく別の目的があるからではないか、と。そんな気がしてならないのですが」

「例えば我々の目を、そういう性癖のある不審人物の方に向けさせるための偽装ではないかとか。そういうことですか。もちろん、その可能性も検討してゆくつもりですが」

「それもそうなんですが、そういうことではなくて、ですね。もっと、その――」

「もっと、何です」

「意思表示、みたいなものじゃないかと」

「意思表示？」

「両方とも自分の仕業だ――もしかして犯人は、そう言いたいんじゃないか、と」

＊

「去川さん」会議室を出たところで城田が呼び止めた。「ちょっと、すみません。さっきの、答案用紙の件ですが」

「何でしょう」

「ここだけの話ですが」ひとけのない廊下の隅に去川を引っ張ってゆく。「もし仮に健王部佳人と他田祐子の間に何か関連があるのだとしたら、それはいったい、どのようなものだとお考えなのですか」

「それはまだ何とも」

「ですから、オフレコでお訊きするんです。例えば——」

「そうですね。あるいは、五年前の健王部の死は事故死ではなかったのかもしれない」

「つまり、殺された、と？　その上でマンホールの中に遺棄された」

「もしかしたら」

「そして、それに他田祐子がかかわっているかもしれない、と」

「どうでしょうか。当時、彼女はまだ中学一年生だったわけですし」

「小学生でも、ひとを殺す時は殺しますよ」

「しかし、単独では無理でしょう。殺すのはともかく、死体を——」

「そうですね。何しろ相手は四十代の男性ですから。中学一年生の女の子が独りで彼の死体を遺棄できたとは思えない。健王部が極端に体格が貧弱で、他田祐子が極端に体格がいいというのなら、また話は別かもしれませんが」

「私が憶えている限りでは、健王部はかなり体格のいい男だった筈です。一メートル八十はあったという話じゃなかったかな」

「それでは成人男性でも大変ですね、単独で死体を運ぶのは」

「従って、もし健王部が他殺だとしたら、複数の人間がかかわっている可能性は、かなり高いと思います」

「そこに他田祐子か、あるいは彼女の関係者が混じっているかもしれない、と」

「何とも言えません。健王部が他殺という前提自体、何の確証もないわけですし」

「これも、ここだけの話として聞いていただきたいのですが。仮に——あくまでも仮に、ですよ、今回の事件の犯人の、ほんとうの目的が他田祐子にあったとしたら？」

「ほんとうの目的、と言いますと？」

「つまり、犯人がほんとうに殺したかったのは他田祐子だけだった。しかし、彼女がひとりだけ殺された場合、自分は明白な動機を持っているためすぐに容疑者として割り出されてしまう。犯人はそれを避けたかった——などということは、あり得ないでしょうか？」

「そのカモフラージュのために先《ま》ず小美山妙子を殺しておいた、と言うのですか。連続殺人と錯誤させて捜査の攪乱《かくらん》を狙った、と」

「そう考えれば、さっき鹿又さんが気にしていたことにも説明がつく。タイツをわざわざ持ち去る理由です。つまり持ち去るものは何でもいい。とにかく両方とも同一犯人の仕業であることを強調するためなのではないか、と」

「理屈は判りますが、はたして、そんな偽装のために無関係な人間を殺せるものでしょうか。心理的抵抗もあるでしょうし。第一よけいな犯行を重ねるのは、犯人にとってそれだけリスクが増えることも意味します」

「しかし、小美山妙子は性的暴行を受けていないのに、他田祐子は屍姦されているという相違は、けっこう気になります。狙いが最初から他田祐子の方にあったと考えれば、一応説明がつかないこともないと思うのですが」

「憎しみのあまり、つい自制しきれず、殺した後で凌辱《りょうじょく》してしまった——とか？」

「突飛すぎますか」

「何とも言えませんが、頭にはとめておきます。もしかしたら他田祐子と健王部佳人を結ぶ有力な線が出てくるやもしれませんし」

「ところで話は全然ちがいますが」踵《きびす》を返しかけた去川の腕に触れて、「淡海《おうみ》さんから、何か連絡がありまして？」

「淡海？　いいえ」

「今日、検査を受けに行っている筈なんですが。私の懇意にしている病院で日曜日でも診療しているところがあるんです。そこを彼に紹介してあげて。結果が気になったので、さっきそこへ電話をしてみたのですが。どうやら、まだ行っていないようなんです」

「何だ。しょうのない奴《やつ》だな」

「もしかして、傷が悪化して寝込んでいる、なんてことは――」

「それはないでしょう。単に、度忘れしているだけですよ」

「でも、それなら今頃、署に顔を見せている筈ではないかと」

「ところで警――あ、いや。城田さん。光門《みつかど》のことは、どうなっているのでしょう。何か聞いておられますか」

「判りません。当麻《とうま》さんに一任してあります。彼も持て余しているようですが。多分、書類送検だけで不起訴処分になるのではないかと。ただ、仕事の方は――」

「諭旨停職、あたりでしょうか」

「何とも言えません。私の判断を批判する向きもあるんです。何も逮捕することはなかったじゃないか、と。今からでも遅くはない、性急にことを荒立てずに彼を休職扱いにして、とりあえず入院させたらどうかと。当麻さんの意見というか、本音はそこらあたりにありそうですが」

「内々に処理しろ――ですか。表沙汰《おもてざた》にならないように」

「ええ、まあ」

「あいつはいったい――」

「はい？」

「何が不満なんでしょう？」

「不満。光門さんがですか。さあ。不満なんか、あるんでしょうか、彼に」

「どうも何を考えているのか判らない。あれが、いまどきの普通なんでしょうか」

「耳が痛いです。同世代として」

「いや。そんなつもりでは。とにかく彼に何か不満があるとは思えない。両親が揃った、いわゆる中流家庭で育っている。家庭に何か複雑な事情があるとか経済的に苦しい思いをしたとかいう話は聞かない。特に持病の類いもない。わりと名の通った私大も卒業している。ギャンブルや女にうつつをぬかす性癖があるわけでもない。いってみれば、どこからどう見ても、ごく普通の男だ。それなのに、あの常識のなさは、いったい何なんだろうかと。私なぞには、まったく理解ができない。城田さんはいかがです」

「私にも何とも。ただ彼が、いわゆる自分に甘く他人に厳しいタイプの、ひとつの典型ではないかという気はします」

「確かに、自己批判とか反省とかいったものとは無縁な性格のようだ。前から不思議に思っていたんだが、奴は不真面目《ふまじめ》だと誹《そし》られると過剰反応を示す。普段はこちらが何を言っても薄ら笑いしているような男なんだが。もしかして奴は自分では真面目人間のつもりなのかな。そして、そのことに異常に自尊心を置いている、と」

「何です？」

「もしかしたら、彼自身が真面目とか不真面目とかいう以前に……」

「いえ」城田は手と首を同時に横に振った。「やっぱりよく判りません」

＊

「電話、してみたんですか？」

フロントガラスを叩く雨。雨粒をワイパーが右に左に拭《ぬぐ》い落とす。

「誰も出ない」

鹿又は首を傾《かし》げた。「出かけてるのかな」

「ところで」去川は濡《ぬ》れた窓の方を向いて、「変なことを訊くが」

「何です？」

「銀行員って、給料、いいんだろ」

「そりゃ破格だという話ですよ」

「だろうな」

「私の知り合いに、短大を出て銀行に就職した娘さんがいましたけどね。そのボーナスというのが、中堅企業の管理職だった彼女の父親のそれよりも、ずっと多かったという話を聞いたことがあります。窓口業務をやっている女の子からしてそれですから。推して知るべしってところでしょうが。それが何か？」

「それぐらい給料がいいなら、まだ三十代でも古い家の改築ぐらい、できるんじゃないか。ローンを組んで」

「そりゃ、できるでしょう」

「車を二台くらい、維持できるだろう」

「余裕だと思います。普通に生活していれば」

フロントガラスの雨粒を左右に拭い落とすワイパーの音。

「ごく普通の家庭に、携帯用のガソリンタンクを常備したりする必要はあるものかな」

「普通は必要ないでしょうが。ひとによっては置いてあるんじゃないですか。非常用に」

「きみは、どうだ」

「私は持っていませんが。そういえば、知り合いで持っている奴がいたな。ただ、そいつの場合、ガソリンを分けてもらうためでした。ガス欠になったから今度だけ助けてくれとか嘘《うそ》をついて。その都度別の友人たちから。そうやってガソリン代を節約していたことが後で発覚したんです。学生時代の話ですけど」

「節約――か」

「何か事情があったのかもしれないけど。ま。せこい話ですよね」

淡海のアパートに着いた。車を下りる。傘をさした。階段を上がる。

淡海の部屋のドアチャイムを鳴らした。応答はない。

「出かけてるんですかね」

鹿又はドアのノブを摑《つか》んだ。回る。

「あれ。不用心だな」鹿又はドアを開けた。「おい。淡海。いるのか？」

淡海は横向きに倒れていた。黒ずんだ血痕《けっこん》が溜《た》まった沓脱《くつぬ》ぎに。背中を丸めて。

胸にはナイフが刺さっている。

一月十二日（月曜日）

「理由は何だ」去川《さりかわ》は当麻《とうま》の机を叩《たた》いた。「なぜ俺《おれ》たちが外される」

「いろいろある」当麻は椅子《いす》を回転させた。雨に濡《ぬ》れている窓の方を向く。「ひとつは、被害者に近しかった同僚がその殺人事件を担当するのは好ましくないこと」

「なぜそれが好ましくないのか、と訊《き》いたつもりなんだがな」

「身内の事件の捜査はややこしい。ただでさえ頭に血がのぼっている。冷静で理性的な捜査はできん。少なくとも非常にむつかしい」

「もしこの署内で冷静でない人間がいるのだとしたら、それは俺たちの方じゃあるまい」

「それに今は時期が時期だ。女子高生連続殺人事件で、それどころじゃない筈《はず》だろ」

「おいおい。ここはいつから、ひとりの捜査官がひとつの事件にかかりきりになっていていぐらい人手が足りるようになったんだ」

「だいたい、去川。おまえ、陳情しにくる場所をまちがえてやしないか。なんで城田《しろた》警視のところへ行かない。なんで署長のところへ行かない。どうして真っ先にわしのところへ来るんだ」

「おまえの頭越しに話を持ってゆくほど、水臭《くさ》くないつもりだが」

「ふん。義兄弟同士の気安さか」

「古株同士だ」

「確かにそうだ。ここもどんどんひとが変わる。もう、わしとおまえくらいか。変わらないのは。だが、気安いからといって、いろいろ言わんでもらいたいな、この年寄りに。ただでさえ、心臓に負担がかかってるんだ、このところ。それから、職場では口のきき方に気をつけろ。他の者に聞かれたら示しがつかん」

「当麻」

「あのな。おまえの言いたいことは、判《わか》る。みなまで言うな。去川。判っている。だが、わしに文句を言ったたって始まらんのだ。わしだって、自分の一存でこの決定を変えるわけにはいかないんだから」

「誰《だれ》に言えば変えてくれる」

「誰に言っても無駄だ」

「目星はついているんだろ。犯人の」

「誰がそんなことを言った」

「ついていなかったら、俺たちを外すわけはあるまい。ちがうか」

当麻は溜《た》め息をついた。「まあ、な」

「何者だ」

「去川。とにかく頭を冷やせ。しばらく、何も言うな」

「当麻」

「いまはそんなことを言っている場合じゃないんだ」当麻は立ち上がった。去川の方を向く。

「わしらの尻《しり》には火がついてるんだぞ。女子高生連続殺人事件だ。とにかくあっちを解決しろ。捜査が長期化するようなことになったら偉いさんのメンツは丸潰《つぶ》れだ。とばっちりを喰《く》うのは、こっちなんだからな」

「何の話だ、いったい」

「知らないのか」当麻は腰を下ろした。椅子が軋《きし》む。「青鹿《おうが》女子学園の理事長の名前を」

「いや」

「高牟禮《たかむれ》だ」

「高牟禮……」

「それだけじゃない。常任理事をはじめ、後援会名簿、そして校友会名簿には有力者の名前が目白押しだ。何しろ名士のご令愛たちが大勢通う学校だからな」

「高牟禮——というと、あの」

「息子も志望大学に入って、近頃ますます意気軒昂《けんこう》なセンセイだよ。なまじ勢いに乗っているもんだから手前《てめえ》の任期中の不祥事には過敏に神経を尖《とが》らせている。実際、マスコミ対策も大変らしい。既にネタを握っているところもある。同じ女子校の同クラスの生徒たちが同じ手口で殺された、なんて、いくらでも煽情的《せんじょうてき》に料理できるからな。しかも暴行されていたとなれば。まさに手ぐすねを引いているという感じだろうよ。もちろん徹底して箝口令《かんこうれい》を敷いてはいる。しかし、いくら締め付けるったって限度がある。どこがフライングしないとも限らん。一旦堰《いったんせき》が切られたら書かれ放題に書かれる。もちろん、わしらだってぶっ叩かれる。そうなる前に早期解決をしなければいけないんだ。まちがって第三の犠牲者が出るなんて事態になってみろ。本部長のクビが飛ぶぞ」

「なるほど。だから、あっちの方が大事ってわけか。淡海《おうみ》のことよりも」

「何も淡海のことが大事じゃない、なんて言っていない。奴《やつ》のことでおまえたちが必要以上に思いわずらう必要はないと言っているんだ。専念しなければいけない大問題が目の前にぶら下がっているんだからな。それだけの話だ。判ったな。判ったら出ていけ」

「当麻」

「出ていかんのなら」立ち上がる。椅子を蹴飛《けと》ばした。「わしが出ていく」

＊

「青鹿女子学園の敷地には、出入口が全部で四箇所、東門、西門、南門、北門です。このうち南門は外来用の正門で、緊急時を除いて生徒及び職員ともに出入りには使用していない。通常生徒たちが出入りしているのは東門と西門ですが、職員駐車場へと出る北門から出入りする生徒たちもたまにいるとのこと。従って張り込みは東、西、北の三班に分かれて行います」

城田はホワイトボード上の略図を指して説明する。

「先のふたつの事件から類推して、犯人は十二時半に自習を終えた高等部三年生の下校途中を狙《ねら》ってくる可能性が高い。特に〈占野《しめの》ホーム〉。〈占野ホーム〉の教室は東側にあるため、登校時はともかく下校時はとりあえず東門から出てゆく生徒が多いとのこと。もちろん、以上の条件にあてはまらない時間帯および生徒たちも対象に、これから当分、できる限りの人員をさいて監視を続けます。なお、監視に当たる班の構成はふたり一組で二組。生徒を保護しなければいけない事態に備えて一班につき必ずひとりは女性警官が付くこと。以上です」

「ちょっと待ってください」落合《おちあい》が挙手をした。立ち上がる。「淡海巡査殺害事件についてお伺いしたいのですが」

「その件に関しましては……」城田は腰を浮かしたまま、「専従班が捜査に当たる。そう決定されました」

「お言葉ですが、自分にはよく理解できません。専従班というのは誰のことです」

「それは課長が――」

「警視はご存じないのですか」

「淡海巡査の件に関しては専従班に一任――」当麻は座ったまま、「城田警視が、おっしゃった通りだ」

「だから、その専従班というのは、いったい誰のことなのですか。自分は、捜査から外されるに当たっての、納得がいく、正当な理由を聞かされておりません」

「その一方で我々は従来通り女子高生連続殺人事件を捜査する」当麻は立ち上がった。「住民に不安が拡《ひろ》がっている。マスコミも不穏な動きを見せている。我々は何としても、早期解決に向けて専心、努力せねばならん。威信にかけて。諸君の気持ちはよく理解できるが、この決定は適材適所の判断を基に下されたものである。生前の被害者と緊密な親交のあった者が捜査に当たるのは好ましくない。よって諸君は専従班の成果を待つ一方、城田警視の陣頭指揮の下、己れの責務を果たして欲しい。以上だ」

「課長」

「以上だ、と言った」

「納得いきません」

「これは命令だ──などという科白《せりふ》をわしに吐かせないでもらいたい。いいか。もう二度と言わない。これは決定事項だ」

当麻は城田、去川を一瞥《いちべつ》する。会議室を出ていった。

ドアが閉まった。「──城田さん」去川は口を開いた。「よろしいですか」

城田は浮かしていた腰を下ろす。黙っている。一同の視線が彼女に集中した。

「すまんが──」

去川は津村《つむら》に眼配《めくば》せした。ドアに向けて顎《あご》をしゃくる。

「おい」津村は立ち上がった。「行くぞ。すぐに高三の下校時刻だ。張り込み班。用意はいいか。ぐずぐずするな」

全員が立ち上がる。ひとり。ふたり。城田を一瞥して会議室から出てゆく。

城田と去川が残った。

「──城田さん」

「申し訳ありません。去川さん。すべては、さっき当麻さんが言った通りなんです。それ以上のことは私の口からは何も……」

「城田さんは何もご存じないのですか。それとも、知っていても——」

「去川さん。お願いです。何も言えないとは、何も言えないということなのです」

「そうですか」

「いずれ……」

「いずれ？」

「いずれ私も処分を受けるでしょうし」

「処分？　どういう意味です？」

「いずれ判ります。この事件が終われば」顔を上げて去川を見た。「すべてが終われば」

＊

「そんな変な娘《こ》と付き合いはなかったよ」他田《おさだ》泰子《やすこ》はレジを閉めた。椅子に座る。「暴走族の男とつるむような思慮の浅い娘と友だちになるほど暇じゃなかったんだ、祐子《ゆうこ》は」

「しかし学校で同じクラスだったのですよ。何かの機会に親しくしたとか、あるいは、共通の友人がいたとか」

去川と鹿又《かのまた》はガラスケースを挟んで他田夫妻と対面している。

ガラスケースには商品ポスターが貼《は》ってある。レオタードを着て笑顔を浮かべた女性モデルの横に下剤の効き目のキャッチフレーズが綴《つづ》られている。女性モデルは二十年ほど前に引退したハーフのタレント。ポスターは褪色《たいしょく》している。角がめくれて破れている。

ガラスケースの横にスチール製の籠《かご》。その中にカットバンの箱やシャンプーが並べられている。籠は錆《さ》びており枠がところどころ外れている。シャンプーはラベルが剝《は》がれていた。

「そりゃ仕方なしに言葉を交わしたことぐらいはあるかもしれない。でも、そんな娘と親しくしているなんて話、あたしは聞いてない」

他田進《すすむ》は妻を一瞥する。奥へ引っ込んだ。湯呑《ゆの》みを持って戻ってきた。ウーロン茶を缶から注いで去川と鹿又に勧める。

「では」去川は他田進に目礼して、「お嬢さんが特に親しくしていた生徒さんというと、どなたでしょう？」

「親しくしていたひとなんていないよ。だってあのクラス、落ちこぼれ組じゃないの。なんであたしの娘が、そんな出来損ないたちと友だちにならなきゃいけないのさ」

「しかし、確かお嬢さんは自ら希望なさって〈占野ホーム〉に入ったと聞いていますが」

「それは」泰子は立ち上がった。クーラーの中から滋養強壮ドリンクを取り出す。「また全然別の話さ」

「お嬢さんと学校で親しくしていた生徒さんは、ほんとうにいないのですか？」

「いるもんか」ドリンクを飲み干す。泰子は茶色の小瓶《こびん》を傍《かたわ》らのゴミ箱の中に叩き込んだ。瓶が割れる。「あんな程度の低い学校。生徒も教師も。もうすぐ卒業だって、そりゃあ喜んでたんだ。大学に入れれば、ようやく自分と釣り合う友だちもできるかもしれないってね」

「青鹿は私立校ですよ」鹿又は首を傾《かし》げて、「程度の低い学校と思われるのなら、なぜ、お嬢さんを受験させたりしたんです」

「いじめられるかもしれないじゃないか。公立なんかへ行かせたりしたら。いま公立は、どこも怖いことになってるんだよ。知らないの」

「はあ。だったら同じ私立でも、もっと――」鹿又は口をつぐんだ。

「では逆に、お嬢さんと特に仲が悪かったという生徒さんは、いらっしゃいますか？」

「さあ。とにかく、あの娘が学校の話をするなんてことなかったもの。滅多に」

「ところで、健王部《たけるべ》という名前に、聞き覚えはありませんか？」

「タケルべ？　全然」

「お嬢さんが、そんな名前を口にしたのを聞いたことは」

「あるもんかね」

「恐れ入りますが、お嬢さんのお部屋を見せていただけませんか」

「どうして」

「どうして、娘の部屋なんかを見なくちゃいけないんだ。いったい何の役に立つ」

「捜査のためです」

「もしかしたら、犯人特定に繋《つな》がる手がかりが見つかるかもしれません」

「お断わりだよ」

「奥さん」

「なぜ、そんな必要があるんだ。あの娘は被害者なんだよ。殺された上に。なぜこの上に。私生活を暴かれるような真似《まね》をされなければいけないんだ。いったいあの娘が何をしたってんだ」湯呑みをガラスケースから払い落とす。ウーロン茶が去川のズボンにかかった。「いったいどんな悪いことを」

「落ち着きなさい」他田進は妻とガラスケースの間に入った。「そういうことじゃない。刑事さんたちが言っているのは決して、そういうことじゃないんだよ。ただ──」

「あんたはどうして、そんなに落ち着いていられるのよ」泰子は夫の胸を衝《つ》く。「自分の娘が殺されたっていうのに。え。どうしてそんなに。そうよね。そうだよね。あんたは祐子のことが嫌いだったものね」

「な、何を言っているんだ」

「あんたは祐子のこと、嫌ってたじゃない。あんなに英語のことばっかりじゃ、ろくなことにならないって。性格が捩《ね》じ曲がってしまうって。言ってたじゃないか。全然歳頃《としごろ》の娘らしくない、なんて。筋違いの厭味《いやみ》ばっかり」

「おまえ、ちょっと落ち着け」

「せいせいしてるんでしょ。あんた。え。正直に言いなさいよ。あんたは、せいせいしてるんでしょ。祐子が殺されて。いい気味だくらいに思ってるんでしょ。だから。だから、そんなにのんびりかまえていられるんだねっ」

「すみません。すみません」進は去川と鹿又に頭を下げた。「こんな調子ですんで、今日のところは、これで――」

「やっぱりあたしの育て方はまちがってたんだって。え。そう思ってるんでしょ。自分が言ってたことの方が正しかったじゃないかって。自分が言う通りにしていれば、こんなことにはならなかったんだ。全部おまえが悪いんだと。そう思ってるんでしょ。ええっ。せせら笑ってんでしょ」

「そんなこと、おまえ……」

夫を殴ろうとする。外した。床に膝《ひざ》をつく。「も。もうちょっとだった。もうちょっとで。あたしをばかにしてた奴らを見返してやれたのに。あいつらを。くそ。さんざん。無理して娘を私立にいかせるなんて。なんて無駄なことをしてるんだとかって。親の頭の程度を考えろって。名もない短大でお茶を濁すのがオチだって。ほざきやがったあいつらを。くそ。何だと。何が名もない短大だい。国立だよ。祐子は国立へ合格したんだ。推薦入試で合格してたんだ。名もない短大はおまえらの娘どもじゃないか。これからなんだ。これからだったんだ。祐子は偉くなるんだ。これから。もっともっと偉くなる筈だったんだ」

床に顔を伏せて号泣する。

「こんな筈じゃなかった。こんな筈じゃなかったんだ。誰なんだよ。誰が。こんなひどいことを。あたしに。こんな。こんな。そんなに楽しいのかい。あたしをばかにするのが。え。返せ。祐子を返せよ。あたしの祐子を返してくれよおっ」

＊

「そこを右へ入ってくれ」

「でも。そろそろ」鹿又は運転席のデジタル時計を指した。「十二時半ですよ。このまま右へ行くと学校の前を通りますけど。別の道の方がいいのでは。邪魔にならないように」

「前というのは」

「北の駐車場側です」

「かまわんだろ。停《と》まったり下りたりするわけじゃないし」

「その民生委員のひと、なんて名前です」

「奥久《おくひさ》とかいったな。自宅で何か店をしているという話だが」

「しかし、何か知ってますかね。いくら民生委員といっても」

「とにかく話を聞いてみないことにはな」

赤信号で停まった。フロントガラスを叩く雨。雨粒を左右に拭《ぬぐ》い落とすワイパーの音。

「犯人は今日、行動を起こすと思いますか」

「どうかな。もし犯人に犯行を続ける意志があるのなら、しばらく様子を見るんじゃないか。小美山《おみやま》妙子《たえこ》が殺された時点では、まだ彼女の個人的事件という見方もあったろうが、他田祐子が殺された以上、警察は学校を警戒する。それぐらい犯人にも予想できるだろ」

「常識的に考えればそうだけど。でも、この犯人は、そんなことに頓着《とんちゃく》しないタイプかも」

信号が青になった。

「去川さん」

「ん」

「淡海のこと、警視は何と――？」

去川は首を横に振った。

「けんもほろろ、ですか」

「彼女は上の命令に従っているだけだ。責めても始まらん」

「何かありますね、これは」

「だろうな」

「ひとつだけ、すごく嫌な想像をしているんですけど」

「多分、私も同じことを想像している。署長の顔が眼に浮かぶようだ」

「確認できないものですかね。何とか」

「当麻を見ただろ。いま、へたに突つくのは逆効果だ」

「まさか、とは思うんですけど」

「処分——か」

「え？」

「何でもない」

「去川さん」

「何だ」

「こんな筈じゃなかった——そう思うこと、あります？」

「警察官なんかになる筈じゃなかった、という意味か？」

「職業的なことばかりじゃなくて。もっと広い意味で。もしかしたら自分は、もっと幸せになれてたのかもしれないのに、とか」

「さあな。きみはどうなんだ」

「ありますよ、しょっちゅう。でも」

「でも？」

「なぜなんでしょうね」

「私に訊かれても困るよ」

「一般的な話です。人間て、どうして現状に満足できないんだろ。よく言うじゃないですか。欲望には、きりがないって。十万円持っているのに百万円あったらなあと思う。百万円手に入ったら一千万円あったらなあと思う。ところが一千万円手に入ったら一億円なきゃいやだと——どうしてなんでしょう？」

「私には月並みな答えしかできそうにない」

「月並みでいいです。どうしてなんです？」

「だから人間は結局、自分が何を欲しいのか知らないのさ。知らないから、とりあえず自分が持っていないものを欲しがる。そういうことなんじゃないのか」

「自分が持っていないもの、というと——」

「他人が持っているものだな。隣りの芝生は緑という——ん」

「どうしました？」

「停めてくれ」

青果店の前に黒いセダンが停まっている。店から明子《あきこ》が出てきた。果物の詰め合せの籠を提げている。

傘をさそうとしている彼女に、去川は車の窓を下げて手を振った。

明子は小走りに寄ってくる。

「どうしたんだ」

「洋子《ようこ》さんに」運転席の鹿又に笑顔で会釈をしながら、「この前のお礼をと思って」

「そりゃ、すまないな」

「大したものじゃないけど。お義母《かあ》さんが寝ている間にと思って――」

「なるほど」

「それはそうと。さっき、そのことで電話した時、洋子さんに聞いたんだけど――」周囲を窺《うかが》う。傘を持ちなおした。「占野先生、今日休んでいるんですって」

「ほう」

「しかも無断欠勤みたい。ご自宅に連絡をしても誰も出ないとか」

「それは――」

「ねえ……」

「何だ」

「まさか、占野さん、事件にかかわっているわけじゃないわよね？」

「どうしてそう思うんだ」

「それもさっき聞いたのよ。小美山さんと他田さんが同じクラスだったって。わたし、知らなかったから――」

「噂《うわさ》になっているのか、もう」

「みたいね。かなり。また〈占野ホーム〉の娘が狙われるんじゃないか、なんて。無責任な噂をしている生徒たちもいるみたい」

「他にどんなことを聞いた？」

「だから、占野さんが。その……」

「あまり気にするな。まだ何も判っているわけじゃない」

「それはそうと今日は」明子は後部座席を覗《のぞ》き込んだ。「淡海さんは一緒じゃないの？」

＊

「素性は、まったく判らんのですよ」奥久は座卓に湯呑みを、三人分並べた。「はっきり申し上げましてね。気がついたら、この界隈《かいわい》に出没していたという感じで。実際、健王部佳人《よしと》なんて名前を知ってたひとは、この近所ではひとりもいなかったんじゃないかな」

「本籍は、ここではないらしいですね」

「どこか遠いところだとか。一度聞いたような気もするけれど。忘れたな。どういう事情でこの町へ流れ着いたのか。いまもってまったく判らない。だから、亡くなられた時も遺体の引き取り手がいなくて。そういえば、どうなったのかな、結局」

傘をたたんで老婆が入ってきた。店に並べてあるおはぎを手に取る。無言で奥久に代金を手渡した。傘をさして出てゆく。

「ありがとね」

店にはプラスチックのパックに詰めたおこわ、草餅《くさもち》、蒸《ふ》かし芋《いも》、黄粉饅頭《きなこまんじゅう》が並べられている。店頭に看板は出ていない。

中年女性が店に入ってきた。蒸かし芋のパックを手に取る。代金を座卓に置いていった。

「ありがとね」

「多分五年前にも同じことばかり訊かれたとは思いますが。どうかご理解ください。仕事は全然していなかったんでしょうか。健王部は」

「していなかったみたいですよ。少なくとも、この近辺で彼が何か仕事に就いていたという話は聞いていない」

「どうやって食べていたんでしょう」

「夜ごと繁華街へ行ってはゴミ箱を漁《あさ》っていたという話は聞いたことがあります。居酒屋が並んでいる裏路地を回って」

「すると、決まった宿というのも」

「なかったようですね。公園なんかに寝てたみたいで。お定まりの段ボール箱の家を空き地に作って撤去されたこともあったとか」

「親しくしていたひとというのは」

「いやあ。いなかったでしょうね。少なくとも、この界隈には。別に悪さをするわけじゃないんだけど。見た目が不潔だし。敬遠してましたよ、みんな。やっぱり」

「では、そんな彼に女子中学生の友だちがいた、なんてことは考えられない？」

「友だちとは言えないでしょうけど、彼の方から一方的に話しかけることは、よくあったみたいですよ」

「ほう」

「悪さをするわけじゃないとさっき言ったけど、道端や公園で相手かまわず話しかけたりしてたらしい。それも見ず知らずの相手に。といっても、ただ話しかけるだけで、別に金を無心するとか、そういうことではないんだけど。やっぱり迷惑がりますからね、みんな。それで一度、問題になったことがあって」

「問題といいますと」

「市役所の裏に公園がありますでしょ」

「〈市民公園〉ですか」

「学校の生徒さんたちの憩いの場所になっているでしょ。それを狙ってか、放課後になると彼、よく現れてたんだとか」

「公園に現れて、何を？」

「いや、ですから、別に何をするわけでもないんです。生徒さんたちをつかまえては、話しかけるだけで」

「どういうことを話すんです」

「さあ。どうってことのない内容だったみたいですが。学校は楽しいかとか。友だちと仲良くやっているかとか。でも、女の子にばかり声をかけてたらしくて」

「女の子に」

「女子中学生とか女子高生とか。男の子には見向きもしないで」

「すると、例えば青鹿女子学園の娘とか」

「あったんじゃないでしょうかね。ええ」

「では、その中で特定の娘と親しかったとか、そんなことは？」

「聞いたことないけど。でも、ありっこないと思いますよ。そんなこと。女の子たちの方で気味悪がったろうし。それで、公園で女の子にばかり声をかけるものだから問題になったらしいんです。その。つまり。危ないんじゃないかってね。でも法に触れることは何もしていないんだから警察沙汰《ざた》にするわけにもいかないし。意見してもらおうにも身内もいないしで。それで私のところにお鉢が回ってきた」

ふたり連れの老婆が店に入ってきた。おこわをひとつずつ買って出てゆく。

「お鉢が回ってきた、というと」

「ほんとは筋がちがうんですけどね。だって、この地区に彼の住んでいる家でもあるのなら私が出る幕もないことはないかもしれないけど。別に彼はここの住人だったわけじゃない。よく出没してたというだけ。なのに、いくら民生委員だからってねえ。弱りましたよ、あの時は。何と言っていいものかも判らないし」

「それで、どうされたんです」

「仕方ありません。話しました。親御さんたちがよけいな心配をするから女の子たちにちょっかいをかけるのは遠慮した方がいいって」

「彼は何と？」

「憤慨してました。自分は何も悪いことはしていない、ただ、あの娘たちの悩みを聞いてあげてるだけなのにって。彼女たちの役に立ちたいだけなんだって。でも、こんな言い方はあれですけど、他人の役に立とうとする前に自分のことを何とかしろと。さすがに私も思いましたけどね。いや、口にはしなかったけど」

電子音。

「ちょっと失礼」去川のポケットベルだった。

＊

「……一時半、か」

落合は腕時計から顔を上げた。

青鹿女子学園の東門前の道路に人影はない。さっきまでピロティで遊んでいた在校生たちも校舎に入っている。路面にできた水溜まりに雨粒がはじけている。

「もう高三の生徒は」後部座席の窓の曇りを手で拭った。「残っていないだろうな」

「多分ね」林《はやし》は助手席から東門を見ている。「午後の授業が始まっているし」

「こんなことしていていいのかな。しかし」

「さあ、ね」

「犯人が高三の生徒の自習が終わるのを待っているというのは、あり得るだろう。だけど校門を出たところで標的に接触するとは限らない。むしろ学校を離れたところの方が危ない。だろ。例えば繁華街とか」

「それはそうよ。早い話、犯人にとって、どうしても町なかで行動を起こさなければいけない理由なんてないでしょうから。標的の住所が判っていれば先回りして自宅の近所で待ち伏せていてもいいわけだし」

「だろ。だったら、こんなところに居座っているより、下校した生徒たちの警護を――」

「どうやってやるの。対象を高三の生徒に絞るにしても二百人からいるのよ。ひとりひとりに張りつくの」

「……アリバイづくり、か。結局」

「あたしたち、ちゃんと責務を果たしてますよっていうポーズ。ええ。その通りよ。でも、やらないわけにはいかないでしょ。命令だもん。それはそうと、さ」

「ん」

「もし仮に。あくまでも仮になんだけど。第三の犯行が起きるとしたら、犯人の標的が誰になるのかを予測できないものかしら」

「何だって？」

「これまでのところ小美山妙子と他田祐子との間には何の繋がりも見つかっていない。だから標的は無作為に選ばれているような感じがする。だけど、もしかしたら犯人は犯人なりの基準があって選んでいるのかもしれない。どう？」

「基準というか、共通点なら判っているだろ。青鹿の生徒で同じクラス」

「そこからさらに条件を絞り込めないものかと言ってるのよ」

「条件て。例えば、どういう？」

「だから、それを考える」

「漠然とした話だな、どうも」

「実は、ひとつ仮説があるんだ」

「え。どんな？」

「気がついていない？　被害者ふたりの名前」

「小美山と他田が、どうした」

「漢字を見た時、すぐにそう読めた？　オミヤマとか、オサダとか」

「いや。コミヤマかなとは思ったな。タダじゃないとは思ったけど、オサダとは――」

「ふたりとも〝オ〟から始まっているでしょ」

「何だって？」

「ふたりとも、〝オ〟の字で始まっているのよ。苗字《みょうじ》が」

「それがどうした。俺も〝オ〟だぜ」

「だから、もし第三の犯行があるとしたら、それは〈占野ホーム〉の生徒で、苗字が〝オ〟で始まる娘なんじゃないか、と」

「まさか」

「あたしたちの感覚からすれば、まさかだけど。でも、そのまさかをやりかねないのが犯罪者というものでしょ」

「あのな。どうでもいいけど。よくそんなくだらないこと思いつくな。おまえ。よりによって。こんな時に。淡海があんなことになった後だってのに」

一台の外車が泥水を撥《は》ね上げた。通り過ぎてゆく。

「いや――すまん。つい」

「ううん。判る」

「まだ信じられないんだ。あいつが、こんなふうにいきなり」

「あたしたちの仕事って常にこういう覚悟が必要なのかも」

「俺はそんなふうに割り切れん。それに、いったい、どうなってるんだ。俺たちはいっさいタッチさせてもらえないなんて」

「去川係長が上とやり合ったらしいけど。けんもほろろだったみたい。それに知ってる？　お葬式の日取り、決まっていないんだって」

「何だって？　淡海のか？　どうして」

「判らないけど。何だかややこしいことになっているみたい。遺体を遺族にまだ返していないという噂もあるし」

「何が起こっているんだ、いったい」

「判らないわ。こちらが聞きたい。城田さんは何か知ってはいるようだけど。口にはできない事情があるみたい」

ヘッドライト。光の中で雨粒がきらめく。宅配便のトラックが通りすぎていった。

「――話はちがうけど」

「何だ」

「城田さんてさ」林はショートカットの前髪を払いながら、「変よね」

「変？　何が」

「だってさ。頼り過ぎだと思わない？　去川さんのことを」

「頼っている？　そうかな。先輩に気を遣っているだけだろ。階級のことは措《お》いといて」

「それもあるけど。彼女って自信満々というか、わたしは何でも知っていますみたいな顔して、やってくるじゃない。合同捜査の度に。でもそのくせ去川さんの意見だけはすごく気にしていて。別にそれを隠そうともしないでしょ。何かアンバランスなのよね」

「そんなふうに思ったこと、ないな」

「鈍い」

「え？」

「淡海さんのことだって、彼にだけはこっそり教えてるかもよ」

「まさか。だったら、去川さんから何か話がある筈だ」

「さて。そろそろ交替の時間だけど。何してんのかな。あ。来たきた」

後藤田《ごとうだ》が走ってきた。車を覗き込む。傘をたたみかけた手を止めた。

「あれ？　津村《つむら》さんは？」

「え？　一緒じゃないの？」

「いや。俺、トイレへ行ってて。先に行ってるからって言ってたけど。おかしいな。ちょっと待ってて」

後藤田は、もと来た道を戻ってゆく。

*

学校の前の大通りから商店街へと続く道を走り抜けようとした。後藤田の足が止まった。

走り去る足音。

狭い路地の入口。

雨粒が水溜まりにはじけている。

後藤田は路地を覗き込んだ。「……っ」

津村は路地に倒れていた。スーツが雨を吸っている。横向きの顔が水溜まりに沈んでいる。

傍《そば》に傘が転がっていた。開いたまま。

赤い水溜まり。

胸に刺さったナイフ。

「つ、津村さんっ」

一月十三日（火曜日）

「青鹿《おうが》の生徒……ですか。また」

城田《しろた》は呟《つぶや》いた。雨がレインコートのフードを叩《たた》いている。頰《ほお》に雨粒が垂れている。

〈市民公園〉の北側。野外ステージの裏。

ステージの裏壁と柵《さく》の間。防水シートが拡《ひろ》げられている。シートの端からはみ出した髪。泥水にたゆたう。鑑識課員が焚《た》くフラッシュ。きらめく雨粒。

城田は柵を越えて川沿いの道に出た。増水した川。濁流。雨粒が茶色の川面《かわも》を叩く。はじける。はじける水。

「高等部三年生です」鹿又《かのまた》は城田に生徒手帳を手渡した。「ビニール紐《ひも》で絞殺。全裸で。頭には打撲傷がある」

城田は生徒手帳をめくった。両耳の上で髪をリボンでまとめた八重歯の少女が笑顔で映っている白黒写真。名前は『生地薫《おちかおる》』とある。

「制服の上下、学生鞄《かばん》、傘、学校指定革靴、すべてあそこに」鹿又はステージの客席に設置されているゴミ箱を指さした。「まとめて押し込まれていました」

「靴下は？」

「見当たりません。検視によると、死後半日以上経過しているそうです。変な言い方ですけれど、正式な所見による死亡推定時刻が昨日の午後一時から三時までの間と出たとしても、驚いてはいけないのかもしれません」

「そうですね、しかし――」

去川《さりかわ》が現れた。傘をさしていない。濡《ぬ》れた白髪が額に貼《は》りついている。「――どうも。遅くなりまして」

「いいえ」城田は持っていた傘をひらいた。去川にさしかける。「お顔の色がすぐれないようですけど。お風邪でも？」

「またもや」去川は城田から眼を逸《そ》らす。防水シートを見た。「青鹿の生徒だとか」

「ええ。しかも高等部三年生」

「というと、〈占野《しめの》ホーム〉ですか、やはり」

「いえ、それが――」城田は生徒手帳を去川に手渡した。

「生まれる、に、土地の地。これで、オチ、と読むんですか。生地薫。高等部三年生で……

〈大江《おおえ》ホーム〉？」

「〈占野ホーム〉ではありません」

「ということは――待てよ。今回、暴行の痕跡《こんせき》などは？」

「その類《たぐ》いの痕跡は認められないそうです。しかし靴下が見当たらない」

「同一犯の線は崩れそうにない、ということですか。やはり」

「どうやら」

「発見者は？」

「犬の散歩にきていた近所の主婦です。ひと通り話を聞いて自宅に返しましたが。何でしたら、いまから――」

「寄ってこなかったので判《わか》らないのだが、どんな様子です。署の方は」

「予想以上としか表現しようがありません。署長は各方面への応対に忙殺されている。箝口《かんこう》令《れい》を敷くのも限界にきているようです」

「城田さん」

「はい」

「こんな時に申し訳ありませんが、ちょっと、よろしいですか」

「鹿又さん」城田は去川に傘を手渡した。川沿いの道を歩き始める。「あとを頼みます」

去川は城田の後に続く。公園の西側に回る。

テニスコートの前に停《と》められている覆面パト。城田は運転席に乗った。レインコートのフードを外す。水滴が散った。

「——津村《つむら》さんのことですね」

「刺殺だったそうですね」去川は傘をたたんだ。助手席に座る。「淡海《おうみ》の時と似た状況。類似した凶器。そして今回も我々はタッチさせてもらえそうにないらしい」

「私も今朝、そう聞きました」

「課長にですか」

「去川さんが直談判《じかだんぱん》しても結果は変わらないでしょうね」

「いつまで隠しておくつもりです」

「判りません。私が決めることでもない」

「永久に隠し通せるわけでもない。いずれは警察官が同僚を立て続けに刺殺したという事実は明るみに出る」

「判っていたのですか。やはり」

「淡海のことがあった時、もしやと疑ったことは事実です。しかし、まさかそんなことはあるまいと打ち消した。それはひとえに、光門《みかど》は拘束されている筈《はず》だという頭があったからだ。そう信じていたからです。しかし津村がやられた以上、そのまさかを真剣に考えざるを得なくなった。城田さん。光門は逃げているんですね」

「そのようです」

「いったい、なぜそんな不始末が」

「詳細は聞かされていませんが。しかし想像するに、やはり身内同士の油断があったのでしょう。光門の素行に問題があったとしても、まさか凶悪犯罪に走るとは誰《だれ》にも予測がつかなかった。加えて彼は署の内情をよく知っている。結果論に過ぎませんが、どうぞ逃げてくださいと言っているにも等しい状況だったわけです」

「しかし、どうやって断定を？」

「指紋が一致したそうです」

「何ですって。指紋？」

「いずれの凶器からも。彼の指紋が検出されているんです」

「どうして奴《やつ》のだと？」

「ロッカーにあった私物に残留していたものと照合したそうです。結果、彼にまちがいないと」

「奴は狂っている」

「私もそう思います」

「手袋も嵌《は》めずに犯行に及んでいるとは。いやしくも警察官だった人間が。しかも、かつて同僚だった者たちを狙《ねら》っているとくる。いつまで隠すつもりです」

「いずれは公表するでしょう。公表せざるを得ません。しかし、すべては彼の身柄を拘束してからです。それまでは警察官連続殺人事件の詳細はいっさい伏せられる。それが上の方針です」

「そんなことをして何になる」

「人心を惑わせないためです。いま世間は女子高生連続殺人事件で恐怖のどん底にある。しかも恐れていた第三の犠牲者が出てしまいました。同一犯の可能性やタイツの件に関して、必死で箝口令を敷いているのが現状です。この上、精神に失調をきたした警官がナイフを持って野放しになっているなんて事実が報道されたらいったいどうなるでしょう。この町はパニックになる。収拾がつかなくなる。だから彼の身柄を拘束するまでは何もできないのです」

「淡海や津村の遺族に、いったい何と申し開きするつもりだ」

「申し開きなどできません。誠意をもって対応するしかない」

「部下の無念を晴らすこともできない。その遺族に合わせる顔もない。いったい、どうしろと……」

「去川さん。私には何もできません。それは去川さんに何もできないのと事情は同じです。

ほんとうに何もできないのです。ただ彼が一刻も早く逮捕されることを祈るしか」

「だったら奴を逮捕するのは我々の手に委《ゆだ》ねて欲しい。光門の狙いは判っている。淡海、津村とくれば、あの場で奴を取り押さえた鳥越《とりごえ》、そしてこの私を次に狙うに決まっている」

「そして私も」

「城田さんを？　どうして城田さんを――」

「お忘れですか。彼を逮捕するよう命じたのは私です」

去川はシートに凭《もた》れかかった。「……警視」

「はい」

「警視は、それでもかまわないのですか。なるほど。警視は私たちとちがい、ある程度の情報を伝えられていた。しかし光門の一件から外された事情は同じだ。それでほんとうに納得できるんですか。命を狙われているのは我々なんですよ。その我々がどうして、こんなふうに置いてきぼりにされなければいけない。まさか当麻《とうま》課長は、我々が殺されてもかまわない、などと言っているわけじゃないでしょうね」

「もちろん、そういうことではありません」

「しかし、そう言っているのと同じようなものですよ」

「上はマスコミへのリークを極端に恐れている。それが、こういう歪《ゆが》んだ形での締めつけになっているんです」

「信頼されない身は辛《つら》いですな。まったく」

「青鹿女子事件に関して箝口令を敷くのが限界にきているとさっき言いましたが、実はそちらとの兼ね合いもあってのことです」

「まさか——バーター報道を？」

「むろん幾つかの秘匿《ひとく》事項、例えばタイツの件などはこれまで通り伏せられますが。通り一遍だった報道が、より深く突っ込んだものになるのは避けられないでしょう」

「青鹿女子事件を煽情《せんじょう》報道させる。そういう了見ですか。光門のことを隠蔽《いんぺい》するために。何が人心を惑わせないため、だ」

「とにかく現段階でのリークもフライングも絶対にまずい。それが上の判断です」

「しかし淡海はともかく、津村が殺されたのは、その上の責任ではありませんか。もっと早い段階で光門の逃走を明らかにして、我々の注意を喚起してくれていれば、あるいは津村は……」

「その通りです。しかし、淡海さんが殺された段階では、まだ光門の逃走と結びつけて考える向きはなかった。少なくとも表面的には。指紋が照合されたのも、津村さんのことがあってから初めて——」

「何もかも後手、後手に回っているわけだ。では光門の仕業と確定した後も我々に何の通達もないのは、なぜです」

「政治的判断とは常に遅れるものだ——私に言えるのは、それだけです」

「それだけ、ですか」

「もうひとつ。この前も申し上げた通り、いずれ私も処分を受けます。もちろん光門の身柄が拘束された後で」

「……どうして警視が？」

「これほどの不祥事が明るみに出たら、誰も処分を受けないで済むわけはない」

「しかし、それは筋違いというものでしょう。警視にいったい何の責任があるというのです。管理責任ですか。まさか」

「私が光門を逮捕しなければ、ここまで事態はこじれなかった筈だ——そう言っている向きもあるんです」

「そんなバカな言い分はない」

「バカな——ええ。私もそう思っています。口にはしませんけど。でも、去川さんがそうおっしゃってくださるだけで満足です」

「いったい誰がそんなことを言っているんです。まさか当麻が——」

城田は車を下りた。フードを被《かぶ》りなおす。西入口から公園に入っていった。

川沿いの道から鹿又が現れた。水溜《た》まりを避けてセダンに走り寄ってくる。

西入口を一瞥《いちべつ》した。助手席を覗《のぞ》き込む。「光門の件――ですか」

「知っているのか」

「後藤田《ごとうだ》が見つけたんです、津村さんを。落合《おちあい》と林《はやし》もいて。淡海の時と酷似した状況だったものだから。みんなピンときた」

「だろうな。これだけ対応が不自然だと逆に暴露しているようなものだ。だいたい光門は拘束されていた筈だというのも我々の思い込みに過ぎなかったのかもしれん。ほんとうは最初から野放しにされていた可能性だって――」

「いまさらそんなことを言ってみても始まりませんよ」

「そうだな。始まらん。何も」

「やりますか」

「何を？」

「光門ですよ。奴は俺《おれ》たちの手で捕まえるべきじゃないか、と」

「誰がそんなことを言っている」

「落合。後藤田。その他大勢」

「きみもそうか」

「だから、こうしてお伝えしているんです」

「命令に逆らうのか」

「タッチするな、とは言われた。しかし光門がこちらを襲ってきた場合は別ですよ。我が身を守る分には命令もくそもない。そうでしょ」

「なるほど、な」

「やる――と伝えていいですか。みんなに」

「待て。その理屈からすれば、正当化ができる立場にいるのは鳥越と私だけだぞ」

「しかし、光門が他の連中も狙ってくる、という展開もあり得るのでは？」

「それに備えるのはかまわない。しかし当分、表立った行動は控えろ。青鹿女子の事件に専念していると思わせておくんだ」

「しかし――」

「言いたいことは判った。よく判った。きみたちの言う通りだと思う。だから、とりあえず私が動いてみる。いいか。その成り行き如何《いかん》で、また考えよう」

「了解。それはそうと。昨夜、何かあったんですか？」

「……何かって？」

「いや、全然連絡つかなかったもんで。実は心配してたんですよ。もしかして何か。その。光門のこともあったし」

「そりゃすまん。よけいな心配をかけたな。実はちょっと、な」

「はあ」

「娘の義母《はは》が昨夜――亡くなって」

「え。お嬢さんの？」

「もうだいぶ高齢も高齢だったんだが。弱って長いこと寝たきりで。それが昨夜、急に」

「容体が悪化して？」

「いや。それがどうも、痰《たん》を喉《のど》に詰まらせたらしいんだ」

「それは大変でしたね」

「まあ大往生と言えるだろう。旦那《だんな》が留守だったもので娘はすっかりうろたえて。私の方に連絡してきたんだ。それで――」

「そうだったんですか。道理で。眼《め》が赤いと思いましたよ」

「眼が赤い――そうか」

「ちょっと仮眠をとっておいた方がいいですよ。今のうちに。今日もこれから、いろいろありそうですし」

「眠れないような気がする。当分」

「何です？」

「しかし――」

＊

「しかし、なぜ僕のところに？」纏向《まきむく》は首を傾《かし》げた。「僕が他田《おさだ》祐子《ゆうこ》の担任だったのは一度きりですよ。しかも五年も前の話だ。まあ、その後も何度か授業や補習を受け持ちはしたけど。どちらにせよ、あまりお役に立てるとは思えないな」

地元国立大学、学生会館の喫茶室。纏向は窓側のテーブルで、去川と鹿又と向かい合っている。客は彼らだけ。

女子学生たちが四人、喫茶室に入ってきた。出入口の自販機で食券を買う。天候に文句を言いながら笑い声を上げる。

「先生は、担当教科は――」

「社会でした。ええ」

纏向は笑顔で女子学生たちに手を振った。四人のうちのひとりが横眼で彼を見る。彼女たちはカウンターで飲み物を受け取る。三人から離れたテーブルに座った。

「いや。実は」鹿又は、纏向の視線が自分に戻ってくるのを待って、「彼女が中等部一年生の頃のお話を伺いたいんです」

「それはまたなぜ？」

「それは」鹿又は去川を一瞥した。去川は黙っている。「捜査上のことで。ちょっと申し上げるわけには」

「彼女が中学一年生だった頃のことが、何か関係しているのですか。今回の事件に？」

「ですから。どうかお察しください」

「そうですか。まあ、いいでしょ。それで。何をお訊《き》きになりたいんです」

「先ず健王部佳人《たけるべよしと》という男のことです。健王部という名前をご存じですか」

「いいえ。誰です？」

「実は五年前、〈市民公園〉の周辺で、女子中学生や女子高生をつかまえては話しかけていた住所不定、無職の中年男がいたのです。彼の名前が健王部というのですが――」

「〈市民公園〉――ああ、そういえば。そんな話があったな。公園で女の子たちにやたらにちょっかいをかける男がいる。うちの生徒たちも含まれているようだが大丈夫なのかと。職員会で問題になったことがありましたっけ」

「何か対策を講じたのですか。学校側は」

「どうだったかな。まったく憶《おぼ》えてない。でも普通に考えれば、生徒たちに、男に話しかけられても相手にしないこととか、寄り道しないで早く家に帰ることとか。そういう注意をした程度だったでしょうね。もっと何かあったのだとしたら記憶に残っていると思うから」

「他田祐子が、その健王部と特に親しくしていたなんてことはありませんでしたか」

「他田が？　いや。そんなことは、およそありそうにないですね」

「そうなんですか」

「他田は、あまり社交的な性格じゃなかった。こういっては何だけど、自分は特別な人間なんだ、みたいなプライドを剝《む》き出しにするタイプで。実際、中等部、高等部を通して、ろくに友だちもできなかったようだし」

「彼女のお母さんも同じことを言っています。しかし、だからこそ健王部のような外部の人間に興味を抱いたということもあり得るのではないかと思うのですが。どうでしょう」

「さあねえ。何とも言えないな」

「例えば、同年輩の娘《こ》たちには打ち明けられない心の悩みを健王部には打ち明けていた、とか」

「それはないでしょう。まず性格的に。確かに他田が何か気まぐれを起こして、そういう男に興味を抱くということ自体は、あり得るかもしれない。でも、心の悩みを打ち明けたりはしないでしょう。他田は。むしろ、その男をからかって喜ぶとか、そういう悪趣味なことなら、やりかねない感じだが」

「そういう悪趣味なことを、やりそうな性格だったのですか」

「死者のことをあれこれいうのは何だけど。そうですね。少なくとも僕は、そういう印象を抱いてたな。非常に酷薄というか。まあ、あの歳頃《としごろ》の女の子というのは大なり小なり、そういう傾向があるものだけど」

「そういう傾向、といいますと」

「他者に対して残酷、ということです。むろん本人に残酷という自覚はない。ただ、とりあえず己れの快感原則に従い、いまが楽しければいいやってなもので」

「纏向さんも、そういう経験があるのですか。思春期の少女の残酷さを実感した？」

「そりゃあもう。そのことだけで一冊、本が書けるぐらいにね」

「例えば？」

「そうだな。やっぱり何が残酷といって、自分が他者に対して思いやりのないことをしているという自覚がない状態。無意識的に、時には意識的に己れをその状態に置こうとする。常に」

「やはり子供だ、ということですか」

「それは絶対にありますね、要因として。子供で集団。しかも女の子たちばかり。身も蓋《ふた》もない言い方をすれば、最悪の条件が揃《そろ》っている。同年輩の男の子の視線から解放されている状態というものが、如何に彼女たちを奔放かつ自堕落にさせ得るか。実際に目撃すると、それは恐ろしいものがありますよ。お断わりしておきますが、ひとりひとりはみんないい娘たちなんです。基本的にはね。個人レベルで残酷なわけではない。ちゃんと子供なりに思いやりも持っている。だけど、それが集団となると話がちがってくる。赤信号をみんなで渡れば平気みたいな。何ていうんですかね。群集心理かな。他人を傷つける行為をしても、その責任や罪悪感は分散される。それは自分以外の誰かがやったことであって自分には落ち度はない、みたいな。ほんとは自分もその行為に参加しているのにね。加えて、女の子たちの場合、何をやるにしても無邪気です。それが一番始末が悪い。例えば僕の苗字《みょうじ》だけど、ちょっとややこしい漢字を使っているでしょ」

「纏《まと》う、という字ですか」

「これを生徒たちは、書きにくい、というわけです。憶えられないと。ま、大人でもきちんと書けるひとは少数派だから無理もないけど。いちいち書くのがめんどくさいと。ご存じかもしれませんが、青鹿では担任の名前がそのままクラスの名前になっている。だから生徒たちはホーム名を記入する必要がある度に担任の名前を書かなくちゃいけない。僕の苗字は、とにかく生徒たちにとっては書くのがひどく煩わしいんですね。でもテストになると答案用紙ごとに〈纏向ホーム〉と書かなくてはいけない。だからテスト中は僕の苗字が黒板の隅っこに、ずっと書かれていたものです。ちゃんとみんなが見て書けるようにと。だけど彼女たちにとっては漢字を憶えられないのが問題なのではない。書くのがめんどくさいんです。だからある時、生徒に言われましたよ。先生、ひとに迷惑だから改名しなよ、って」

「しかし、それは冗談なのでしょう？」

「もちろんそうですよ。悪意なんか、かけらもない。しかし、これがあの歳頃の女の子たちの特徴なんですが、団体になって発言すると冗談が冗談として機能しなくなるんです。一対一での発言ならば、冗談はあくまでも冗談であって、それ以上でもそれ以下でもない。しかし、教壇の向こう側から発言されると、たとえ発言者はひとりであっても、特に反対意見が出ない限り、それはクラスの総意として増幅する。言葉が化学変化を起こすとでもいうのかな。うまく説明できないけど。とにかく、それは冗談を越えた、非常にきついひとことになるんです。実際、僕なんか全人格を否定されたような気分だった」

「しかし、向こうが冗談のつもりである以上、それはこちら側の一方的な受け取り方に過ぎないわけでしょう。そのことで彼女たちを責めるわけにはいかない」

「まさしく。そこが問題なんです。男性教諭にとっての女子校のむつかしさとは、そこにある。教師といってもオトコにはちがいないわけだから。やはり生徒たちをオンナとして見てしまう部分がある。下司《げす》な表現をすれば、ハーレムで品定めをしているようなものです。少なくとも最初は、どうしてもそんな気分になる。もちろん、すぐに、相手は奔放で残酷で、決して自分の思い通りにはならない集団であるという現実に気づかされるんですけどね」

「なまじハーレム気分なんかでいるから彼女たちの言動に必要以上に傷つけられる――というふうにも聞こえますが」

「まあ、一理ありますね。身も蓋もない言い方だけど」

「ということは、こちらさえ意識改革をすれば、彼女たちは別に残酷な存在ではなくなる、と」

「ことは、そう単純じゃないですよ。こちらが意識改革するだけでは解決しない問題がまだある。男にとって女子校教諭が務まるかどうかは、ある適性にかかっているんです」

「適性。といいますと、どのような」

「彼女たちをモノとして扱えるかどうか」

「モノとして、といいますと？」

「言葉通りの意味です。暴君として振る舞えるかどうか、ということ。きれいな言い方をすれば、リーダーシップが取れるかどうか。自分に従わせるという行為には相手をモノとして扱う側面が常に付きまといますからね。逆説的に聞こえるかもしれないけど、彼女たちは自分たちをモノとして扱う教師に対して従順になるんです。人格対人格の付き合いをしようとする教師は、かろんじる。絶対に尊敬しない。暴君を尊敬するんです。そして付いてゆく。ただし、ここにはひとつ条件がつきます。それは、暴君として振る舞うことを彼女たちに許されていない者が暴君として振る舞ってしまうと逆効果だ、ということ」

「何だか、ややこしいお話ですね」

「いえ。単純な話ですよ。要するに彼女たちは相手を選ぶんです。暴君として生徒たちの上に君臨していい教師なのかどうかは、教師本人が決めることじゃない。彼女たちが決めることなんです。その判断基準は僕には判らない。以前は単純に容姿かなとも思ってたけど。どうやらそうでもないみたいですね。大人が考えるほど彼女たちは単純ではない。滅茶苦茶ハンサムな教師が滅茶苦茶嫌われるという場合だってよくある。だから基準はよく判らない。性格のいいひとが好かれるというわけでもない。何なんだろう。雰囲気なのかな。何かがあるのでしょうね。しかし。ひとつ確かなのは、教師が威厳を保てるか否かはひとえに、彼女たちが決定権を握っているという事実です。この点を勘違いすると悲劇的なことになる。この僕みたいに」

「何をどのように勘違いなさったのですか。纏向さんは」

「僕が青鹿に就任したばかりの頃、ある先輩教諭からこんな忠告を受けました——絶対に生徒を人格として扱ってはいけない、と。モノとして扱わなければクラスを纏《まと》めることはできないのだと。当時の僕には、それは上っ面の真理としか聞こえなかった。だから反発して、生徒とは人格対人格の付き合いを心がけた。しかし失敗しました。僕はクラスを纏めることができず失格教師の烙印《らくいん》を押されかけた。そこで方向転換をしてみた」

「暴君になろうと、ですか」

「まさにね。実際周囲ではそのように振る舞う教師がうまくいってたんです。だから僕は単純に、その模倣をしようとした。しかし、これもうまくいかなかった。理由はさっき言った通りです。暴君が尊敬されるからといって、こちらがただ一方的にそう振る舞っても彼女たちは納得しない。暴君としての存在許可を与えてくれるのは、あくまでも彼女たちの方なのだから」

「でも、それでは解決策がどこにもない、ということになりませんか。人格扱いしてもだめ。モノ扱いしてもだめ。どちらの道も閉ざされている者はどうすればいいのです」

「辞めるしかないですよ。僕みたいに。それは適性がなかったということなんだから。僕が辞める決心をした時、理由をある先輩教師に聞かれて、結局向いてなかったと思い知らされたと説明しました。しかし判ってもらえなかった。教職には向き不向きなんかない、というのがそのひとの考え方らしくてね。でも僕は、向き不向きはあると思う。絶対。何しろ相手にしているのは人間なんだから」

「適性というお話のついでに伺いたいんですが、例えば占野先生はどうなんでしょう」

「彼にも適性はないですね。暴君のように振る舞えばうまくいく筈だと単純に思い込み、それが裏目に出て生徒たちからそっぽを向かれるタイプの典型ですよ。さっきの譬《たと》えで言えば、いつまで経《た》ってもハーレム気分が抜けない。女の子たちはみんな自分の前では従順で可愛《かわい》く素直でなければいけない筈だという幻想から抜けられない。手厳しいことを言うようだけど、彼の場合、一見職業選択をまちがえたという自覚がありそうで実はないところが、よけいに問題で」

「どういうことですか」

「要するに彼は、せっかくの自分の語学力が職場で活《い》かせられないのは、生徒たちがバカだからと思っているんですよ。リーダーシップを発揮しようとしているのに生徒たちが付いてこないのは、彼女たちがバカだからと思っているんです。他の教師はうまくいっているのに自分だけうまくいかないのは生徒運がないからだ――そういうレベルでしか物事を見られないんです。年度が変われば受け持つ生徒たちも変わるのに、自分には一向に良い生徒が回ってこない、よっぽど生徒運がないんだと。そういう見方しかできない。もしかしたら自分に何か問題があるかもしれない、なんて発想は、まちがっても湧《わ》いてこない。非があるとすればそれは生徒側だと思っている。それを生徒たちは見抜いているから、彼女たちとの関係はこじれるばかり。実際、彼は授業中も、よく生徒たちに罵倒《ばとう》されてましたからね」

「罵倒とはまた、すごい表現ですが」

「あれは罵倒としか言いようがありませんよ。もちろん教師に向かって罵詈雑言《ばりぞうごん》を吐く生徒にも問題はあるんだろうけれど、彼の側にだって、それだけ嫌われるのにはそれなりの理由があるということなんです。そんなふうに蛇蝎《だかつ》の如《ごと》く嫌われている反動からか、ちょっと従順に振る舞う生徒がいると度を越して依怙贔屓《えこひいき》したりする。いまの奥さんなんかがそうでしたが。だからよけいに嫌われるという悪循環で」

「というと、彼の奥さんというのは」

「もと教え子です。何年か前の卒業生で。彼には従順で可愛い娘に思えたんでしょうね。卒業した後も大学生の彼女に仕送りをしていたらしいですよ。お小遣いを。しかも彼女の親には内緒で。いまでも語り種《ぐさ》になっている」

「それは彼女と将来身を固めるつもりで？」

「どうでしょうね。そういう先行投資的な意味合いというより、在学中のネコ可愛がりの延長だったんじゃないかな。結局結婚したんだから、その気が全然なかったわけではないんだろうけど。どちらにせよ、いろんな意味で象徴的ですよ、仕送りのエピソードは。彼が教え子という存在を、いったいどういう眼で見ているのかがよく判る。奥さんが存学中の頃からお小遣いを渡していたとしても全然不思議じゃない。僕が辞めてからそろそろ一年だけど。占野くん、全然変わっていないんじゃないですか。多分」

「それはそうと」鹿又は去川を見た。去川は黙っている。「纏向さんは仕事をお辞めになって。この大学に入りなおされたというお話でしたが。大学院の方ですか」

「いえ。いまはまだ研究生という形で」

「どうされるんです。将来は」

「とりあえず修士課程に入るべく勉強しようかな、と」

「確か他田祐子も合格していたんですよね、ここに。推薦入試で」

「あ。そうだったんですか」纏向は腕組みをして笑った。笑いを引っ込める。頷《うなず》いた。「そうですか。他田が」

「それで。修士の後はどうされるんです。また教職に復帰なさるとか」

「いやいや。もう教職は懲りごりです。少なくとも女子校の教師なんかはね。もうなるつもりはない。希望としては大学の教員になれればいいと思ってるんだけど」

笑い声が上がった。四人の女子学生たちがテーブルから立ち上がる。纏向は笑顔で手を振る。誰も彼の方を見ずに喫茶室を出ていった。

「すると現在、収入の方は」

「貯金と。あとはアルバイトで」

「失礼ですが、ご家族は」

「女房がいたんだけど。出ていきました。仕事を辞めたせいばかりでもなくて。以前からぎくしゃくしてたもんで。お互いにいい機会だろうと。いま思えば、子供をつくらなかったのは正解だったな。子育てなんか嫌だ、セックスも嫌いだと女房に宣言された時には何のために結婚したんだかと頭にきたけど。晴れて独身に戻ったことだし。キャンパスで優雅に変愛でもしますか」

「重ねて失礼ですが、別れた奥さんというのは、お見合いだったんですか。それとも――」

「いや。それが」纏向は指で鼻をこすった。「もと教え子、で」

＊

「だから、あんなに言ったのに。警察は何もしてくれなかった」

生地剛《つよし》は傍《かたわ》らの米袋を殴りつけた。店の戸口に立っている。落合と林を交互に見る。

剛がいる場所には来客用赤外線センサが通っている。赤外線が剛の身体《からだ》に遮られてベルが鳴る。剛は立ったまま動かない。ベルが鳴る。剛は動かない。ベルが鳴る。

「脅迫されてたんだ、娘は。だから警察にも相談したのに。うやむやにされてた。実害が出ないからだの何だのと。犯人はあいつらだよ。そうに決まっている。こんなところに来る暇があったら早く捕まえてくれ」

ベルが鳴る。ベルが鳴る。

「すみません」林は『生地米穀店』の看板の下で頭を下げた。「そのことを、もう少し詳しくご説明願いたいんですけど」

「もう何度も説明した。何度も何度も。あんなに説明したじゃないか。どうしてまた説明しなきゃいけない。だいたいあんたら、ひとの話を真面目《まじめ》に聞いてるの。え。それとも、やっと娘が殺されたんだから、そろそろまともに話を聞いてやろうかって魂胆か。冗談じゃねえぞ、こら」

「当時は別の者が担当したものですから。どうかご理解を」

「担当が別。担当が別って。四年前もさんざん聞かされたな、その科白《せりふ》。じゃ、いったい誰が責任取ってくれるんだ。え。誰が責任を取ってくれるってんだよ」

「親父《おやじ》」作業衣を着た青年が奥の部屋から出てきた。「入ってもらえよ。中に」

ベルが鳴る。

「何だって」

「店先で、そんなにがなってたってしょうがねえだろうよ。入ってもらえよ」

「勝手にしろ」

剛は身を引いた。ベルの音が止んだ。

林と落合は店に入った。ベルが鳴った。

米袋が天井まで積み上げられている。秤《はかり》からこぼれた米粒が床に散らばっている。

剛は踵《きびす》を返した。

「どこへ行くんだよ」青年が呼び止める。

「俺は知らん。おまえが聞いとけ」

「子供みたいなこと言ってんじゃねえよ。ほら、ここへ座れ」

青年はキャスター付きの椅子《いす》を転がしてくる。剛を座らせた。座布団を持ってくる。林と落合を奥の部屋の上がり口へ座らせた。

ポットから急須に湯を注いだ。湯呑《ゆの》みを三人分持ってくる。

「おい。健太郎《けんたろう》。酒でも持ってこい」

「ばか言ってんじゃねえよ」

「あの。それで」林は健太郎に目礼して、「お嬢さんが脅迫されていたのは、四年前のことなんですね」

「中二の頃だった」

「その少年グループというのは、どこの学校の生徒なんです」

「どこの生徒かは知らん。だが薫に、自分と付き合えとしつこく付きまとっていたのは穂積《ほづみ》という奴だったらしい」

「中学生ですか。それとも──」

「知らん。だが薫は、高校生じゃないかと言ってた。だからいまは大学生になってるのかも。まともに進学していればだが。ふん。そんなわきゃねえか。おおかた暴力団の準構成員にでもなっているのがオチで」

「お嬢さんは繁華街で、その少年グループに眼をつけられた。そして付きまとわれ始めた。その中の穂積という少年に、自分と付き合え、付き合わなければ──と脅されたわけですね」

「とんでもねえ餓鬼たちだ。どうせ親の臑《すね》かじりのくせに」

「実際に、お嬢さんは、その少年たちに写真を撮られてしまったんですか。あるいは何か別の形で被害を──」

「撮られてたまるもんか。付きまとわれただけで結局は何もされていない。しかし、だから

いいってもんでもないだろ。あんたらな、何もされていないんだからいいじゃないかってい
う、その態度、いい加減にやめろ」

「よせよ。からむのは」健太郎は積んである米袋を、ひとつ下ろした。袋を開く。アルマイトの容器で米をすくう。秤に移してゆく。「飲んでもいねえのに」

「一度自分の娘が、そうやって脅されてみりゃいいんだ。どんな気持ちになるか。おい。健太郎。何をやってる。何のつもりだ、それは」

「見りゃ判るだろ。配達の分だよ」

「やめろ。仕事なんかしてる場合か」

「注文の分はいま済ませておくしかない。薫の遺体が戻ってきたら何にもできなくなるんだ」

剛は顔面を覆った。

「少年たちは、お嬢さんに」林は咳《せき》払いして、「穂積と付き合わなければ裸にして写真を撮ってやる——そう脅していたんですね」

「実際に」剛は洟《はな》をすすり上げる。「実際にそうやって写真を撮られた娘もいるんだぞ、とか言ってやがったらしい」

「実際に撮られた娘がいる？　というと他の女の子も同じように脅迫したことがあるわけで

すか。その少年たちは」

「どうせ、はったりに決まっている。そうやって大袈裟《おおげさ》に言って脅せば、薫がびびって言うことを聞くと踏みやがったんだ」

「それで、警察に相談された、と」

「だけど何にもしてくれなかった。当分町なかでぶらついたりせずに、学校が終わったらさっさと自宅に帰ることとか。そんな指導をされただけだった。そんなこと言ったって校門の前で待ち伏せされたりしたら、どうすりゃいいんだ。だからこいつに」健太郎を顎《あご》でしゃくる。「送り迎えさせたりもした」

「ということは」落合は健太郎に、「あなたも見たんですか？　その少年たちを」

「遠くからね」

健太郎はビニール袋を拡げた。秤から米を移して詰める。ビニール紐で縛った。

「少年たちは、あなたに接触しようとはしなかった？」

「睨《にら》んでたよ。俺を薫のオトコだとでも思ったのかな。睨み返してやったが、結局一度も近寄ってはこなかった」

「へたに手を出したら半殺しにされることが判ってたんだろう。だらしねえ餓鬼どもだ。しかし、健太郎だってそう毎日まいにち送り迎えをしてやるわけにもいかない。なるべくわしか女房がついてやるようにもしたんだが。それも限度がある。時には薫が独りで登下校しなきゃいけない。そんな時は、あいつら、必ず付きまとってきやがった。本人は怖かったろう。こっちだって毎日、気が気じゃなかった。そしたらそのうち、そいつら、ぱったり姿を見せなくなったんだ。その時は事情が判らなくて不気味だったが。とりあえずホッとしてたんだ。だが、それがまちがいだった。やっぱり薫のことを諦《あきら》めていなかったんだ。穂積とかいう餓鬼は。今頃になってまた」

「少年たちは最近になって、またお嬢さんに付きまとい始めていたのでしょうか。お嬢さんから何か聞いていましたか」

「いや」健太郎が答える。「特に何にも言っていなかった」

「何か変わった様子とかは？」

「気がつかなかった。就職も決まってたし。授業もないから」剛は涙ぐんだ。「毎日のんびり学校へ行ってたんだ」

「その少年グループですけど。穂積以外に誰か名前が判っているメンバーはいませんか」

「いいや。その穂積にしても自分で名乗ったわけじゃない。別のメンバーがそいつのことを、うっかりそう呼んだから判ったというんだな。しかしまあ。男のくせに。なさけねえ奴らだ。その気もない女の子にむりやり付き合えと迫るのもなさけねえが。同じやるなら自分独りでやってみりゃどうなんだ。おまけにご丁寧に、こっちには暴走族の仲間がバックに付いているんだぞ、みたいなはったりまでかましやがったらしい。どこまで性根が腐り切ってんだか。自分独りの力じゃ何にもできねえくせに」

「そのグループは、仲間があの女の子と付き合いたいと言えば、みんなで協力してその娘を脅すという行為を繰り返していた常習犯の可能性もありますね」

「蛆虫《うじむし》みてえな奴らだよ。いや。蛆虫の方がもっと綺麗《きれい》だ。汚ねえ餓鬼どもが。その女の子の名前まで出して薫を怯《おび》えさせやがって」

「その女の子、というのは？」

「さっき言っただろ。ほんとうに裸にして写真を撮ってやった娘もいるんだとか言って、そいつらが脅していたと。その娘のことだよ。はったりにしても手が込んでいやがる。具体的な名前を出したというんだ。それも、青鹿で薫の同級生だった女の子の名前を」

「同級生？　誰です」

「もう忘れちまったよ。名前なんか。しかし穂積たちは、その娘の名前を出して薫を脅したらしい——あいつ最近痩《や》せただろ、って。実際その娘はもともとふっくらしたタイプなのに、その頃、急激に痩せてたというんだ。もちろん単なる偶然だったんだろう。だが穂積たちは、あれは俺たちに裸の写真を撮られたから、すっかりまいってしまっているんだ、と。そう言いやがったらしい。ダイエットさせられたくなけりゃ、おまえもおとなしく言う通りにしろ、と」

「お嬢さんの同級生の名前を出した、というんですか。具体的な名前を。ということは、仮にそれが、はったりにしろ――」

店の前にカブが停まった。レインコートを着た男が戸を開けた。店に入ってきた。ベルが鳴る。水滴が床に落ちた。

ヘルメットを脱いだ。「毎度どうも」

「悪いが。取り込み中でね」

「じゃ、お待ちしてましょうか」

「いや。もう来てもらわんでいい」

「え」

「貯金なんかしても仕方がねえ。もう娘を嫁に出すこともなくなったんだし」

「あの。えと。奥さまは？」

「寝てるよ。奥で」

男は剛を見た。健太郎を見た。

「では。その。また」林と落合に目礼した。ヘルメットを持ちなおす。「出なおしてきます。

来週にでも」

男はヘルメットを被った。ベルが鳴る。店から出ていった。

カブに乗る。雨の中を走り去った。

＊

「もしかしたら」鹿又は助手席の去川を横眼で見た。「奴が犯人でしょうか」

去川は黙っている。フロントガラスを叩く雨。水滴を拭い落とすワイパーの音。

「去川さん」

「ん」鹿又の方を向いた。「すまん。何だ？」

「もしかしたら占野かもしれませんね」

「占野が……何だって？」

「だから、犯人なんじゃないかと」

「なぜ？」

「土曜日の晩の奴の取り乱しぶりですよ。あれはいま考えると、芝居ではなかったのかと。あんなふうに取り乱しておけば、とりあえず我々は辟易《へきえき》して他に眼を向ける、そんな安易な期待をしたんじゃないでしょうか、奴は」

「それはいいとしても。動機は？」

「生徒たちに対して抱いていた鬱屈《うっくつ》を何かのきっかけで爆発させた」

「自分の思い通りにならない相手に対する苛立《いらだ》たしさから、か」

「最初のふたりは自分のクラスの生徒たちを殺した。あまり深く考えずに身近で目につく娘たちをとりあえず選んだのでしょう。しかし意外に簡単に疑惑の目が自分に向きそうな雰囲気になった。そこで捜査を攪乱《かくらん》するために、ちがうクラスの生徒をひとり殺した。これは単なる偽装のためだけではなく目的の一環でもある。青鹿の生徒であれば標的は誰でもいい。占野にとっては最初から、彼女たちを無差別に殺すことが目的だったわけだから」

「ひとつ疑問がある」

「何です」

「占野の行方が判らないそうだが」

「ええ。昨日から無断欠勤をしたままなのだそうです。同僚が自宅を見にいったら、もぬけのカラだったとか。奥さんの実家にも問い合わせてみたが何の連絡もないらしい。本格的に監視を付けようとしていた矢先だったという点も、何だか怪しい」

「それは、しかし逆じゃないか」

「逆、といいますと」

「もし占野が、捜査を攪乱する目的で三番目の犯行に及んだのだとしたら、行方をくらましていては意味がないじゃないか。よけいに疑われるだけなんだから」

「それはそうですが。しかし奴は、そんな判断がつかなくなっている状態かもしれませんよ」

「そうだろうか」

「去川さんはどう思うんです。占野は犯人ではない、と？」

「それは判らない。もしかしたら占野が犯人なのかもしれない。少なくとも、それを否定できるだけの材料はない。しかし、どうも健王部のことが気になる」

「五年前の事件が、いったいどんなふうにかかわってくるんでしょうか」

「判らん」

「被害者たち三人は、お互いにこれといった親交はなかった。それは五年前も同じです。学校の教務に問い合わせたところでは、五年前の中等部一年生の年、小美山妙子《おみやまたえこ》は〈浅沼《あさぬま》ホーム〉、他田祐子は〈纏向ホーム〉、そして今度の生地薫は〈広尾《ひろお》ホーム〉だった。クラスがちがうばかりではなく、お互いに何か共通点があったという情報も得られていない」

「表面的には何の繋《つな》がりもない……ように見えるんだが」

「それとも、例の英語の答案用紙が何か関係しているんでしょうか」

「判らん。中等部一年当時の英語の受け持ちは、小美山妙子と他田祐子が去川明子《あきこ》、生地薫が佐竹信子《さたけのぶこ》だった。これまた共通点とは言えない。が。しかし——」

無線連絡が入る——土曜日の夜、知事公舎裏の河川敷で目撃された少年のひとりとおぼしき人物が補導された、と。

「どうします。一旦《いったん》戻ってみますか」

「そうだな」

「何か新しい展開があればいいんですが」

＊

「何もしてません」少年は膝《ひざ》を揺すっている。周囲を見回す。「もう帰っていいでしょ」

「何もしていない、ということはないだろ」鳥越は少年を自分の方に向かせる。「あそこで彼女の死体を、きみたちは見た筈だ。そうだろ」

「そうだよ。だから」

「どうして、そういうことになったんだね」

「別に。あそこへ行ったら死体があった。それだけ。何もしてない」

「松田《まつだ》くんだったね。一緒にいたふたりは誰」

「そんなこと、関係ないでしょ？」

「彼らも死体を見たんだろ。だったら彼らにも話を聞かなくちゃいけない」

「何のために？　なんで、そんなことをしなくちゃいけないの？　よく判んないよ。僕たちは、たまたまあそこを通りかかっただけじゃない。なんで警察に呼ばれなきゃいけないの？　それとも、夜、散歩するだけで罪になるわけ」

「通報者によると、きみたちは彼らの車を見て逃げたそうだね。なぜ逃げたりしたんだ」

「通りかかっただけだもん。いずれ立ち去るのはあたりまえでしょ。逃げたというのは、そのひとたちが言ってることだよ。そのひとたちの言うことは信用して、僕の言うことを信用しないってわけ。ねえ。もう帰してよう。テストの勉強、しなくちゃいけないんだよ。勉強しなかったらママに叱《しか》られるんだよ」

「一緒にいたふたりはきみの友だち？　同じ中学校の生徒なのかな」

「そんなことを訊く権利、あんたにないと思うけど。プライバシーの侵害だよ、それ」

「ふたりの名前は」

「それを言ったら、帰してくれるの？」

「ふたりの名前は？」

「帰してくれるんだね。堺《さかい》と石川《いしかわ》」

「堺……どこに住んでいるの。歳はいくつ」

「帰してくれるって言ったじゃないか。嘘《うそ》つき。もういいでしょ。帰してよ」

「堺くんと石川くんというのは、きみにとってどういう関係？」

「友だちっ」

「彼らは中学生？」

「同じ学校だよっ」

「何年生？」

「みんな二年生」

「きみたち三人は、土曜日の夜、どうしてあそこにいたの」

「花火をしに行っただけだよ」

「花火だって？　雨の中を？」

「雨で花火をしちゃいけないって決まりなんか、ないでしょ。それとも冬だからいけないの」

「あそこでは季節や天気にかかわらず、花火なんかしちゃいけないんだよ。知らないのかな。すぐ裏が住宅地だろ。花火なんかしたら住民の迷惑になる」

「でも、みんなやってるじゃん」

「だから、それはいけないことなんだ。しちゃいけないことなのに、している。そんな真似《まね》をしちゃいけない」

「じゃ他の奴らにもそう言ってよ。他の奴らを叱ってからにしてよ。僕、もう帰る」

「花火をしようとして、死体が草むらにあることに気づいたんだね。誰が最初に見つけたの」

「堺だよ」

「その時、そこに、きみたち三人以外に誰かひとはいたかな」

「知らない」

「死体を見つけて、きみたちはどうした？」

「何もしない。車がきたから逃げて——」

「逃げた？　どうして。どうして逃げる必要があったの。何もしていないんだろ、きみたち。どうして逃げたりしたのかな」

「轢《ひ》かれると思ったんだよ」

「へえ。その車に？」

「車が突っ込んできたら、あんただって避けるでしょ」

「車が乗り入れてきたところはランニングコートの反対側だよ。距離にしたら随分離れている。それでも轢かれると思ったのか」

「思ったんだから、しょうがないじゃないか」

「走りながらズボンをずり上げてたのは、三人のうちの誰？」

「え……」

「逃げる時だよ。誰かひとり、走りながらズボンを上げてた子がいるんだろ」

「嘘だい。そんなの。だって僕たち、とっくに終わって……」

「終わってた？　何を？」

「もう帰る。帰らして」

「座りなさい」

「ベンゴシを呼んで。呼んでくれなきゃ、もう何も喋《しゃべ》らないからね」

「弁護士が必要になることでもやったのかい、きみたちは」

「モクヒする」

「きみたちは死体を見つけて、いったい何をしたんだね」

「気をつけた方がいいよ。変なこと言ったら、ジンケンモンダイだからね」

「死んだひとにも人権はあるんだよ。そのこと、判ってるかな」

「死んだひとに？　どうして。死んだらジンケンなんか主張できないでしょ」

「それはね、尊厳の問題なんだ。人間には、生きている時にも死んでいる時にも尊厳というものがある。だから、たとえ相手が死んでいるからってそのひとの財布を盗むと罪になる。その理屈は判るだろ？」

「何も盗んだりしていないよ、僕たち」

「では、彼女にはさわっていないんだね？　きみたち三人のうちの誰も」

「なんで死体なんかを。気持ちの悪い」

「死者は、生きている人間の方が気持ち悪いと思っているかもしれないね」

「何だい。変なことばかり言って。あんた、ばかじゃないの。死体がものを考えたりするもんか。死体が痛がったりするもんか」

「なんでそんなことを言うんだ。死体が痛がるようなことでもしたり」

「何にもしてないよ。僕たちは。誰にも迷惑かけてないよ。警察に叱られなきゃいけないようなことなんか何もしてないよ。だって。だって死体じゃないか。何も痛みを感じない。何をされたって困らない。そうだろ。それとも、あれが生き返って怒ったりするとでもいうの。泣いたりするとでもいうの」

「彼女が怒ったり泣いたりするようなことを、何かしたのか」

「あんなの、ただのモノじゃないか。ゴミ。そうだよ。ゴミと一緒だ。ゴミに何かしたからといって、あんたら、いちいちひとを警察に呼びつけるのかよ。この暇人」

「死体はゴミなんかじゃない」

「ゴミだよ。ゴミを再利用するのは、いいことだろ。ティッシュで拭《ふ》くのと一緒だよ。ティッシュで拭くのと。ちぇっ。何だよ。その顔は。睨めば怖がるとでも思ってんの。おっさん。何だよ。殴るつもりか。殴りたいのなら殴ればいいじゃないか。そのかわり殴ったらキョーイクイインカイに訴えるからな。ジンケンダンタイに訴えてやるからな。この説教オヤジ」

＊

「……では結局、死体に悪戯《いたずら》したのは犯人とは別人だったわけですか」

「ええ。どうやら」鳥越は頷く。「つまり犯人は一貫して、被害者たちに性的暴行などは加えていない、ということになりそうです。犯人が同一人物だとしての話ですが」

「生地薫が穿《は》いていた靴下ですけど、黒のタイツではなかったらしい。白いソックスだったそうです。彼女の兄の証言で明らかになったのですが、学校指定の無地のもので。従って靴下が持ち去られているという点では今回も共通している」城田は首を傾げて、「でも、この季節、ソックスだけで寒くなかったのかな」

「若い娘は平気ですよ。肌がつるつるしてるから寒さなんかはじき飛ばして——あ。いや、別に他意はありませんが」

「どうやら」城田は腕を組んだ。「鹿又さんの考え方が当たっていたのかもしれない」

「鹿又の？　何でしたっけ」

「タイツを持ち去る理由は意思表示にある、という仮説。犯人は別に黒いタイツにこだわっているわけではない。ただ靴下を持ち去るという共通点を示すことで一連の事件は自分の犯行であると表明するのが目的だ、と」

「しかし城田さん。だから犯人はフェティシストではないとは断定できませんよ。もしかしたら黒いタイツも白いソックスも両方好きな奴なのかもしれない。とにかく女の子の靴下なら何でも欲しい変態なのかも」

「それはそうだけど。少なくとも靴下が目的で犯行に及んでいるとは考えにくい」

「いや。判りませんよ」

「靴下が欲しいのなら干してある洗濯物を盗めばいいでしょ。何も殺人まで犯す必要はない」

「その場で脱がせた靴下じゃないと興奮できないのかもしれませんよ。だから生身の女の子を襲うしかない。従って盗んだ後は殺すしかない――のかも」

「おぞましい話ですね」

「たったいま、もっとおぞましい話を聞かされてきたばかりです」

鹿又が部屋に入ってきた。

「去……」城田は組んでいた腕をほどいた。「去川さんは？」

「それが。ちょっと私用で」

「私用？」

「今晩お通夜なんだそうです。お嬢さんのお姑《しゅうとめ》さんの」

「明子さんの……」

「顔を出しておかないと本葬の方に出られるかどうか判らないから、と。それで。どうだったんですか。例の少年は？」

城田は説明した。「――つまり、死体に悪戯をしたのは殺人犯人ではなかったようです」

「では、その少年たちは事件には？」

「無関係のようですね。どうやら。雨の夜にわざわざ花火をしにきたというのも、ちょっと聞くと嘘臭《くさ》いですけど。多分ほんとうのことでしょう。以前にも知事公舎の裏で爆竹を鳴らすという悪戯があった。憂さ晴らしに、その真似をしようとしたのかもしれません。そこで偶然、他田祐子の死体を発見したというわけです」

「いったい、死体に悪戯しようなんて話は、誰が言い出したんです」

「判りません。その松田という少年は、自分が言い出したのではないと主張しています。あとのふたりがやるというから手伝っただけだ、と。交替で傘をさしかけて」

「てことは、そいつだってやったわけでしょ。結局は。よくそんな気になったな」

「どうせならやっておかないと損だと思ったそうです。死体をリサイクルしただけだとも、うそぶいていましたが」

「殴らなかったんですか。誰も」

「殴る気も失《う》せたよ」鳥越は溜め息をつく。「普通なら親の顔が見たいというところだが。見たくもない。そんなもの」

「ところで。その中に堺という子がいたと、さっき言ってましたけど。まさか」

「その、まさかなんだ。どうも素性を聞いてみると。何とも皮肉な偶然だが。通報者の堺美《み》津《つ》子《こ》。彼女の息子らしい」

「ということは彼女、そうとは知らずに自分の息子が死体に悪戯している現場に行き合わせたというわけですか。そりゃまた……」

「自業自得だよ。いくら土曜日の夜とはいえ家庭のある身で。独りで飲みに出かけた上に見知らぬ男の誘いに乗ったりするような母親じゃあな。そりゃ息子だって、ぐれる」

「——あの」城田は腕時計を見た。「お通夜というのは何時から？」

「七時からと言ってました。もう始まっているんじゃないですか」

「ちょっと私も行ってきます」

「そうですね。じゃ」鳥越は鹿又を見て、「顔を出しとこうか。俺たちも」

三人は署を出た。

「あ。これ」鹿又は傘を城田に手渡した。「城田さんから借りてたものだから返しておいてくれって。去川さんが」

「——そう」城田は傘をひろげると鹿又にさしかけた。

「あ。すんません」

鳥越はレインコートを着た。「どうします。車で——？」

「停められないんじゃないかしら。あの辺は」

「どうせ弔問客でいっぱいになりますしね。タクシーを拾いますか」

駐車場を抜けた。大通りへ出る。

「しかし」鹿又は夜空を見上げた。「よく降るなあ。毎日まいにち」

「梅雨《つゆ》でもないのに」城田は髪を耳の後ろに掻《か》き上げる。「異常気象でしょうか」

鳥越はタクシー乗り場に立った。前の道路を車が流れてゆく。

ハイビームのヘッドライト。鳥越は手を額にかざした。

「え」

一台の車。ステーションワゴン。歩道に乗り上げてくる。鳥越に向かって直進してくる。

「おいっ」

「危ないっ」

避けようとした腰を引っかけられた。鳥越の身体がボンネットの上で跳ねる。

フロントガラスに腹這《ば》いになった。車が急ブレーキをかける。鳥越の身体がアスファルトの上に放り出された。

「鳥越さんっ」

ワゴンは発進する。起き上がろうとしている鳥越をめがけて。

鳥越を撥《は》ね飛ばした。身体に乗り上げる。前輪が首を嚙《か》み込んだ。

ホイルスピン。鳥越の身体は車体と一緒に回転する。アスファルトの路面に全身が擦《こす》りつけられる。車道に放り出される。

ワゴンは街路樹に激突した。停止。ドアが開いた。男が下りてくる。

「……光門」

「おっと」光門は車道に倒れている鳥越を一瞥した。「まだ動いているのか」

「なんてことを……」鹿又は光門の胸ぐらをつかんだ。「おまえ、なんてことを」

「おまえに用はない」光門はスイッチブレイドを取り出した。「新しく用をつくって欲しくなければ引っ込んでろよ。関係ない奴は、な」

腕を振り回した。肘《ひじ》が鹿又の顎《の》を直撃する。よろめいた彼の胸板を光門は蹴《け》った。

「そこ。動くなよ」鹿又を押し退ける。城田に笑いかけた。「動くんじゃないぞ」

光門はナイフを逆手にかまえなおす。頭を低くした。城田めがけて走る。

鹿又は光門の足に飛びついた。「うおおっ」ふたり一緒に転がった。路面の水溜まりに突っ込んだ。水飛沫《みずしぶき》が上がる。

通行人が通りかかる。悲鳴を上げた。

「警察をっ」城田は叫んだ。「警察を呼んでくださいっ」

通行人は走り去ってゆく。署の建物とは反対方向に。悲鳴を上げながら。

鹿又は跳ね起きた。城田を背後に庇《かば》う。彼女の手から傘を奪った。

「邪魔するなっ」

光門が突進してくる。鹿又は、ひらいたままの傘を突き出した。

「うおっ」

光門は、つんのめる。両手で傘を振り払った。雨粒が飛び散る。傘を歩道に叩きつける。ナイフを突き出した。

鹿又は刃先をやり過ごす。ナイフを持っている光門の腕を押さえ込んだ。

「やめろ。光門」

「このっ」

鹿又は光門の内股《うちまた》に足を掛けた。彼の身体をアスファルトの路面に叩きつける。

「うあっ」

「おとなしくしろっ」

「くそ。邪魔するなと言ったぞ」

地面に押さえ込もうとする鹿又。光門は彼の服を摑《つか》んだ。引きずり倒す。

「城田さん。逃げてください」

光門は空いている手の指を立てた。鹿又の眼球を抉《えぐ》ろうとする。

鹿又は避けた。その股間《こかん》に光門は、立てた膝を叩き込んだ。

鹿又は呻《うめ》いた。身体を丸める。路面を転がる。ワゴンのタイヤに頭をぶつけた。爪先《つまさき》が宙の雨を蹴った。痙攣《けいれん》。起き上がれない。

「さて」光門は笑った。「これからだ。な」

ナイフを、かまえなおした。城田めがけて突進する。

城田は横っ飛びに避けた。光門の手首を摑む。捩《ねじ》り上げた。

「あうっ」

身体を回転させる。光門の手首を摑んだまま。その身体を背負った。投げ飛ばす。

光門は路面に転がった。水飛沫が上がる。

ナイフが彼の手から落ちた。城田はそれを靴の爪先で蹴り飛ばした。

「な、な」光門は手でナイフの行方を追う。届かない。「なんで……？」

「抵抗はやめなさい」

「なんでだ」笑いが引っ込んでいる。城田の方を見ていない。「なんで」

「あなたを逮捕します」

「くそっ」

光門は身体を起こした。中腰の姿勢で城田に飛びかかる。

彼女は背後に飛びのく。足を振り上げた。足刀横蹴《そくとう》り。光門の側頭部に叩き込む。

光門の身体が吹っ飛んだ。ワゴンの車体にぶつかった。凭れかかる。血を吐く。折れた歯が一緒に水溜まりに落ちた。

「わはあっ」光門は泣き笑いの表情を浮かべた。唾《つば》を吐く。「……な、なんでだ。それはないんじゃないの？　え？　おまえ、それはないんじゃないのか？　おまえに抵抗する権利なんかないぞ。え。卑怯者《ひきょうもの》。女はやられるもんだ。最後まで女を貫き通せよ。え。卑怯者。おとなしくやられろ。素直にやられろ。真面目にやられろ」

髪の毛を振り乱した。水が飛び散る。ボンネットから身を起こした。

「おいっ」警官たちが走ってきた。「そこで何をしているっ」

「光門よ」城田が叫んだ。「逮捕して」

「ふん」ポケットに手を突っ込む。二木目のスイッチブレイドの刃先が飛び出した。「聞く耳持ちません、てわけか」

「気をつけてっ」城田は叫んだ。「まだ凶器を持っているわ」

光門は向きを変えた。背中を丸めて呻いている鹿又に襲いかかる。ナイフを振り上げた。

「やめなさいっ」

「うぬっ」

飛びついた城田の身体を振り払う。刃先が彼女の横腹を裂いた。

悲鳴が上がる。アスファルトに城田は崩れ落ちた。水溜まりが赤く染まる。

光門は笑い声を上げた。

警官たちが走ってくる。光門は踵を返した。

「あ。ま。待てっ」

「止まれ」

警官たちは拳銃《けんじゅう》を抜く。

「撃つぞ」

「止まれっ」

光門は血の混じった唾を吐いた。走った。

銃声が轟《とどろ》く。

笑い声が遠ざかってゆく。

一月十四日（水曜日）

「……不覚でした」城田《しろた》はベッドで身じろぎをした。「油断していたつもりはないのですが」

病院の個室。白い壁。白い寝具。ベッド。城田の腕から伸びている点滴の管。

「よかった」林《はやし》は枕をなおした。起きようとする城田を押し戻す。「お腹《なか》を刺されたなんていうものだから。もう駄目かと思いました」

「脇腹《わきばら》を掠《かす》っただけで済んだわ。もう今日退院してもいいんですって」

「大丈夫ですか。しかし」

「休んでいられる状況ではないでしょう。それより。鹿又《かのまた》さんの方こそ――」

「私は無傷です。城田さんのお蔭《かげ》で」鹿又は一旦《いったん》口をつぐむ。「城田さんと鳥越《とりごえ》さんのお蔭で」

「……鳥越さんは？」

落合《おちあい》は首を横に振った。「……今朝がた、この病院で」

「署長は？」

「奔走しているようです。各方面を」

「まだ隠蔽《いんぺい》できると思っているのかしら」

「淡海《おうみ》がやられて。津村《つむら》さんがやられて。そして鳥越さんがやられた。光門《みつかど》はまたやりますよ。絶対に。なのにこの期《ご》に及んで。公表するチャンスを逸すると、取り返しのつかないことになるっていうのに」

「もう取り返しはつきません。もう取り返しはつかないのです。いまさらこんなことを言っても遅いけど、そもそも光門のことは組織ぐるみで隠蔽しなければいけないほどの問題ではなかった。少なくとも最初のうちは、ね」

「そうなんです。でも時期が悪かった。青鹿《おうが》事件さえなければ、淡海が殺された段階ですぐに公になっていたんでしょうが」

「おそらく、光門などすぐに捕まえられる——そんな慢心もあった。焦ることはない。捕まえておいてから公表すればいいと。そうすれば青鹿事件捜査への影響は最小限に喰《く》い止められるし。何の問題もない——そう判断して最初に安易な隠蔽を選んでしまったのが、そもそもまちがいだった。光門は未《いま》だに捕まえられない。三人も警察官が殺されたいまとなっては、ことが重大過ぎて公表できなくなってしまった。すべてが公になれば、では光門の逃走を許した責任は誰《だれ》が負うのか、という問題になってしまう。当初はそれほどのものでもなかった一巡査の不祥事が、みるみるうちに、誰にも予測できない速度で、雪ダルマ式に致命的な責任問題に膨らんでしまったのです。もう手遅れ。手遅れです。もう何をやっても」

「正式な通達はこれからですが。実は、課長が昨夜――」

「暴露でもしましたか。光門が実は逃走していることを？」

落合は頷《うなず》いた。「城田さんはともかく、鹿又も奴《やつ》の顔をばっちり見たわけですからね。これ以上、少なくとも身内に対しては、頰《ほお》かむりはできないと思ったんでしょ。こちらにしてみれば何をいまさらだけど」

「鳥越さんの遺族には……？」

「判《わか》りません。そちらの方は相変わらず完全にシャットアウト」

「噂《うわさ》ですけど」林は声をひそめた。「マスコミに嗅《か》ぎつけられる前に隔離した、とか。しかも昨夜のうちに」

「もちろん確認のしようもないが」落合は両手を拡《ひろ》げて、「現在の迷走ぶりを見る限り、そんな無茶をしても不思議はない」

「……信じられない」城田は、こめかみを押さえる。「いったいどうするつもり。もしこれ以上犠牲者が出てしまったら、いったいどうするつもりなの。誰が責任を取るの。誰も取れない。誰にも取れやしない。責任なんか。でも、こうなった以上、ことの次第を一刻も早く明らかにしないと、ますます……」

「結局ババの押しつけ合いをして。ほとぼりが冷めるのを待つというお定まりの算段でしょうが。ここで憤慨していても始まりません。とにかく先《ま》ず光門の身柄を拘束しなければ。すべてはそれからです」

「……信じられなかった」城田は自分の胸の上で手を合わせた。「この眼《め》で見るまで」

「何のことです？」

「……光門の犯行ということが。指紋という決定的証拠すら何の説得力もなかったのだということが、よく判りました。私の中にはまだ彼を信じる気持ちが残っていたようです。そういう意味では甘かった。反省しています」

「いえ。私も同じ気持ちでおります」

鹿又は窓を見た。雨がガラスを叩《たた》く音。曇っていて外の景色は見えない。

「ええ。まさしく同じ気持ちです。実際に襲われてみると、やはりショックだった。そういう意味では、あるいは奴を信じたい気持ちが残っていたのかもしれない。何しろ、こちら側にいた人間ですから。ほんのついこの前まで」

「もう行っちまったよ。あちら側に。奴は狂っている。完全に」

「ところで」城田は落合に顔を向けて、「生地薫《おちかおる》の事件だけど。何か進展は？」

「司法解剖の所見が出ています。ひとことで言って先の二件とほぼ同じ。死亡推定時刻やら死体の状況やら。殺害方法。死体遺棄手順。付け加えるべきことは何もありません。犯人は同じ奴です。まちがいない」

「生地薫を脅迫していたという少年グループに関しては、何か？」

「まだ何とも。四年前のことですからね。ただ、昨日も言ったように、生地薫の同級生の女の子の名前を挙げて脅しているあたりは、なかなか知能犯という印象を受けます。実際にはその娘《こ》の写真なんか撮ってはいない、ただのはったりという可能性もあるにしても」

「その場合」林は両手で髪を後ろに撫《な》でつけて額を見せた。「その女の子の名前をわざわざ調べたのか。それとも、たまたま知っていたのか。いずれにしろ生地薫を心理的に追い詰める手管には狡猾《こうかつ》なものを感じる。もし、その同級生の被害が実際にあったものならば、青鹿女子学園の方から何か掴《つか》めるかもしれませんが」

「そういえば。城田さん。青鹿女子で動きがありました。高等部三年生の自習期間を中止する決定が下されたそうです。卒業式まで各人を自宅待機させる方針だとか」

「なるほど。しかし——」

「ええ。もし犯人が本気で第四の犯行を計画しているのだとしたら、何の効果も期待できない。しかし学校側としては、世間や保護者たちの手前、何か手を打たないわけにもいかない。ぎりぎりの選択といったところでしょう。本音では全校生徒を自宅待機させたいんじゃないかな。現在、総合警備会社に学校周辺を警備してもらう案も理事会で検討されているようですが」

「落合さん」

「はい」

「ほんとうに——ほんとうに、犯人は犯行を続けるつもりなのでしょうか」

「可能性はあります」

「何とか防ぐ手だてはないものでしょうか。犯人の特定は無理でも、犯人がいったいどういう基準で標的を選んでいるのかを突き止めれば」

「基準……ですか」

「動機と言ってもいいかもしれない。でも厳密には動機とはちょっとちがう。これは本質的に無差別殺人事件と解釈すべきだからです。でも、たとえ無差別殺人であっても、標的を選ぶにあたって犯人は何らかの基準を設けているのではないか。犯人独自の狂った論理によって何らかの条件が設定されている。そんな気がするのです。これまでの被害者たちは、その選択基準の条件を満たしていた。だから殺されたのではないか。ならば、その基準さえ判れば、その対象者に的を絞って警護ができる。犯行を未然に防ぐことも可能なのではないかと思うんです」

「しかし」鹿又が口を挟んだ。「仮に事件の本質が無差別殺人にあるとすればですよ。いうところの選択基準を割り出したところで、あまり意味はないのではありませんか。標的が警護されていると悟れば犯人は、自らの基準を無視して、また別の標的を狙《ねら》うだけで——」

「犯人の目的が殺人という行為そのものにあるのならば、ね。でも私はちがうと思う。犯人にとっては誰を殺してもいいわけではない。特定の生徒でなければ意味がないのです」

「揚げ足を取るようですが、それではしかし、無差別殺人とは言えませんよ」

「私が言いたいのは、犯人は被害者たち個人個人に対して怨恨《えんこん》などの明確な動機を抱いているわけではない、ということです。そういう意味では無差別というよりも、動機なき殺人——いいえ、無意味な殺人と言った方が正確かもしれない。何と言えばいいのかしら。ゲーム——そう。犯人にとってこれはゲームみたいなものなのかもしれない。自ら設けた選択基準に従って標的を選び、そして殺人を実行してゆく、という。被害者個人個人に対して特別な動機がない以上それは我々の眼から見れば無差別殺人以外の何ものでもないですが、犯人にとっては自ら設定したルールを遵守《じゅんしゅ》してこそ意味がある。次の標的も既に決定しているだろうし、たとえその標的に警護がついたとしても、犯人にその決定を変更するつもりはないのではないか、と」

「再度お言葉を返すようですが、そんなふうにお考えになる根拠は何かあるのですか。あるとは思えません。第一、犯人が被害者個人個人に対して特別な動機を抱いていない、などと断定するのは早計というもので」

「根拠はない。ええ。確かに根拠はありません。単なる勘です。しかし、犯人が独自の狂った論理と条件設定によって標的を選んでいるという可能性は一考の価値があるのではないかと」

「あの。それで憶《おも》い出しましたが」落合は顎《あご》を撫でた。「林がちょっと、おもしろいことを言っていましてね――な？」

「何です？」

「えと。被害者たちの共通点なんですが」林は肩を竦《すく》めた。落合から城田に向きなおる。「これまでは〈占野《しめの》ホーム〉とか黒いタイツを穿《は》いているとか、いろいろあったけれど、〈占野ホーム〉でもなく黒いタイツを穿いてもいなかった三番目の犠牲者が出たことで、それらは帳消しになった。残っている共通点は、彼女たちがみんな青鹿女子学園の高等部三年生であることだけ――かな、と思っていたんですが」

「何か、あるのですか」

「名前です」

「え。名前？」

「彼女たちの苗字《みょうじ》です。小美山《おみやま》。他田《おさだ》。そして生地——」

「それが？」

「お気づきになりませんか。すべて〝オ〟で始まっているでしょ」

「〝オ〟で……？」

「単なる思いつきです。くだらないと言われてしまえばそれまでで。でも、三人とも苗字が〝オ〟で始まっているというのは、単なる偶然なんだろうか、という気はします」

「ま、もちろん」落合は頭を掻《か》いた。「偶然だろうとは思いますがね」

「偶然……」城田は呟《つぶや》いた。「偶然なんでしょうか。ほんとうに」

＊

「——鹿又さん。ちょっといい？」

「は」

落合と林は病室を出ていった。鹿又はベッドの枕元に戻ってくる。城田を見下ろした。

「何でしょうか」

「座ってちょうだい」

鹿又は椅子《いす》に腰を下ろした。

「何でしょうか」

「光門のこと。彼、変なことを言ってたでしょ、ナイフで襲ってきた時。一方的に——聞かなかった？」

「激痛に、のたうち回っていた時かな。どんなことを言ってたんです」

「真面目《まじめ》にやられろ——って」

「真面目。やれやれ。出ましたね。お得意のフレーズが……しかし」鹿又は首を傾《かし》げて、「真面目にやられろ？　とは、どういう意味でしょう、いったい」

「どうやら、抵抗しないで素直に殺されろ、と言いたかったみたい。それで思いついたことがあるの。どうやら、彼にとって真面目というのは従順と同義語のようだ、と」

「従順、ですか。誰に対して？」

「彼——光門に対して、よ」

「奴に対して？」

「わたしね、ナイフを持った彼の腕を摑んで投げ飛ばした。そしたら、彼、びっくりしていた。なんで？　とか言って茫然《ぼうぜん》となって」

「だらしのない奴だな。ひとを刺そうって奴が。投げ飛ばされてびっくりとは。なんで、というのも、また間抜けな——」

「そこなのよ」

「え？」

「彼、涙ぐんでた。その時」

「涙ぐんでた……ですって？」

「正確には、泣き笑いをしていた、というべきかしら。まるで子供がね、玩具《おもちゃ》を買ってもらえずに拗《す》ねてるみたいに。でも泣いてしまうと嘲笑《ちょうしょう》されそうな気がするから虚勢を張るために無理に笑って見せてるような。うまく言えないけれど、そんな複雑な表情を浮かべていた」

「泣き笑い……ねえ」

「それって、彼の本質を知る上で、とても象徴的なことだと思うの」

「どういうことです」

「うまく言えないんだけれど。この前、去川《さりかわ》さんと、光門が何を考えているのか判らないという話になった。その答えが、なんとなく判ったような気がするの」

「何を考えているんです。奴は」

「語弊《ごへい》があるかもしれないけど、彼の姿って、同僚を何人も殺して逃走している凶悪犯には見えなかった。さっきも言ったように、単に我儘《わがまま》な子供が駄々を捏《こ》ねている感じ。そう。彼は拗ねているのよ。己れの要求が通らない世間に対して。拗ねて殺戮《さつりく》に走っている」

「何なんです、奴の要求とは」

「簡単にいえば、自分の思い通りに動け、ということね。つまり、従順になれ、と」

「従順に──」

「その要求が、真面目、という表現として表れている。逆にいえば、彼にとって、自分に対して従順でない人間は不真面目という理屈になる。さらにいえば、こんなにも真面目な自分を世間の連中はもっと見習えと言いたいのかもしれない」

「ちょ、ちょっと待ってください。真面目というのは、この場合、光門に対して従順という意味なんでしょ。だったら、自分の真面目さを見習えというからには、奴は奴自身に対して従順である己れを他人に誇っている……そんな変な理屈になりませんか」

「変。そう。変な理屈よね。自分自身に対して従順であることを誇るなんて。でも、これって、ちょっと表現を変えてみると、私たちにも馴染《なじ》みのある、社会不適応者の、ひとつの典型でもあることがよく判る」

「表現を変える、といいますと」

「いわゆる、自分に甘く他人に厳しいタイプよ。光門の主観に於《お》いて、この世で努力している人間って彼自身だけなのね。きっと。彼以外の人間は全然努力というものをしていないと思っているのよ。その証拠に、彼に対して誰も従順に振る舞ってはくれないでしょ。誰も彼の欲望を安易に満たしてくれようとはしないでしょ。そんな不真面目な人間たちは不幸になるべきだ。彼はそう考えている。不真面目な人間たちは、いい思いをするべきではない、と。真面目である自分だけがいい思いをするべきだ、と。しかし現実には、世間の人間たちは彼が手に入れることのできない快楽を享受している。謳歌《おうか》している。光門には、そう見えるのね。そして、それが許せないんだと思う。その義憤が、卑怯者《ひきようもの》、という表現を選ばせているのではないかしら」

「義憤、って……だって」

「もちろん光門の主観に於いての、ね」

「幼児的、としか言いようがない」

「幼児的で利己的なモラルと正義で動いている。だからこそ、殺人などという行為に手を染めているにもかかわらず罪悪感に乏しい」

「なるほど。いや。理解できたわけではありませんが。なんとなく——なんとなく奴の異常さのようなものは伝わってくる」

「罪悪感がまったくなく罪を犯す者など存在しない——私はこれまで、そんなふうに信じていました。それは相手の尊厳に対する畏怖《いふ》というものを人間は有しているからだと。逆説的に聞こえるかもしれないけど。その畏怖があるからこそ時には殺人などという極端にも走るのだと。だって。尊厳などない石コロも同然の存在と看做《みな》している相手に対して、どうして殺意なんか湧《わ》く筈《はず》があるの。相手に尊厳など認めていないならば殺す必然性もない。従って殺人とは相手の尊厳に対する大いなる負の敬意なのだと。漠然とだけど。私はそんなふうに思っていた。基本的に人間性というものを信じていた。でも」

「光門は、まったく罪悪感を抱いてはいない。淡海や津村さん、そして鳥越さんを殺したことに対して」

「それどころか、自分の方が被害者だと思っている。多分」

「自分の方が……ですか」

「私に抵抗されたことが、彼には不本意なようだった。どうして素直に殺されてくれないんだと。そう。せっかく俺《おれ》が殺そうとしているのに。なんておまえは不真面目な奴なんだと。そう責めんばかりだった」

「……ティッシュで拭《ふ》くのと同じ、か」

「え？」

「何でも、他田祐子《ゆうこ》に乱暴した少年が、そんなふうに言っていたとか」

「……死体はゴミだとも言っていた」

「他人とは基本的に自分の思い通りには動いてくれないものだ。これは言ってみれば、ごくあたりまえの人生の原則ですよね。その原則を学ぶことが、すなわち大人になるということでしょう。しかしどうやら、その原則を学ぶことなく大人になっている人種がいるようだ」

「ええ、残念ながら」

「自分の思い通りにならない相手は欠陥品だ——その程度の捉《とら》え方をしているのかもしれない。相手にしているのが生身の人間であるという現実が見えていない。いや。見えているからこそ生身の人間が鬱陶《うっとう》しいのでしょうか。思い通りにならないから。だから、ことさらにモノ扱いするのかもしれない。モノ扱いしたいのかもしれない。あの少年たちのように。死体ならば従順だ、何をしても文句を言わない、何をしても罪にはならない——その程度の認識で。それは光門にも通じる。人間ばかりじゃない。社会全体をモノとして見る発想で。モノたるべき社会は自分に対して従順になるべきだと。従って、ひとたび己れの望む快楽を与えてくれないと知ると牙《きば》を剝《む》く。従順ではない社会を壊すべく」

「従順ではない者を……殺すべく」

雨がガラス窓を叩く音。

水滴が垂れてゆく音。建物の壁を。

「——ごめんなさい。変な話をして」

「いえ」

「とにかく。光門については、もう一刻の猶予もならない。専従班とは別個に私たちが動いても、もう署長も何も言えないでしょう」

「そうですね」

「ところで。あの」城田は身じろぎした。頭を起こす。「去川さんは？」

「それが。網を張ってみる、とか言って」

「網？」

「つまり、光門はいずれ自分を狙ってくるだろうから、と。それならば——」

「罠《わな》を張って待ちかまえる、というのですか。自らを餌《えさ》にして？」

「具体的に、どういう方法をとるつもりかは判りませんが」

「でも。そんな。そんな危険な」

「もちろん危険ということもあるんですが……その。うまく言えませんが。去川さん。ちょっと様子が変なんですよ。このところ」

＊

「他田さんとか、あるいは生地さんとかいうお友だちがいるなんて、聞いたことがない」小いる。

美山加奈《かな》はモップで床を拭いている。「この六年間。ただの一度も」

去川は店内を見回した。床に転がったブランデーボトル。からっぽのキャビネット。作業衣を着た女性。グラスに紙を詰めている。同じ作業衣を着た男。それを段ボール箱に詰めている。

「では、まったく付き合いはなかったと？」

「そりゃ、同じ学校の同じ学年だったというんなら、言葉を交わしたことくらいはあったかもしれない。でも、友だちじゃなかったと思うわ。あたしの知る限りでは」

「お嬢さんが中等部に在籍していた頃のことを、憶《おぼ》えていますか」

「事柄にもよるけど。何」

「中等部一年生の年の年度末試験のことで」

「年度末試験？」

「何か印象に残っていることは？」

「中等部一年生の。さあ。そんな昔のこと。でも何かテストに絡んで印象的な出来事があったりしたら憶えてると思うけど」

「例えば英語の試験で」

「英語、ねえ。妙子《たえこ》は英語が嫌いだったから。いつも二桁《けた》取るのが精一杯で。そういう意味では印象に残ってると言えなくもないわ」

「中一の時、英語を受け持っていた先牛を憶えておられますか」

「だからさ。そんな昔のことを言われても困るのよね。男の先生だったか女の先生だったかも忘れちゃった」

「女性教師でした」

「あ、そう」

「去川という名前だった。お母さんは、ご記憶にありませんか」

「全然」

「お嬢さんが、英語の教科そのものでなくとも、その英語の先生とか。それからもうひとり中等部一年生の英語を受け持っていた佐竹《さたけ》先生という女性教師の方がいらっしゃるのですが、その方のことを話題にしたことがあるとか。そういうことはなかったですか。何か」

「妙子は学校のことなんか滅多に話題にしたことなかったもの。あったら憶えてるわ。多分」

「もしかして、お嬢さんの五年前のテストの答案用紙を取ってある、とか？」

「まさか。返してもらったら、すぐに捨ててた。見たくもないって」

「ところで」もう一度店内を見回した。「お店の改装でも？」

「ううん」洟《はな》をすすり上げた。「店仕舞い」

「お閉めになる？」

「疲れちゃった。気が抜けちゃって。妙子が一人前になるまではと思って頑張ってきたけど」眼尻《めじり》を指で拭《ぬぐ》う。「でも。いま思えば、妙子を一人前に育てるためだけなら、別にこんなに頑張らなくてもよかったのよね。きっと。もっと地道にやっててもよかった。いまさらそんなこと言っても仕方ないけど。何のために。いったい何のために、あんなに頑張ったのかなあ。毎晩まいばん。遊び方のイロハも知らない、酒の味もろくに判らないひとたちに愛想を振りまいて――」モップの動きが止まった。「――えと。そういえば。さっき何て言ったっけ？　その同級生ってひと」

「他田さんですか」

「じゃなくて。もうひとりの方」

「生地さん？」

「生地――誰？」

「生地薫」

「オチ、カオルさん……ねえ」

「何か心当たりがあるんですか」

「ううん。知らない。会ったこともない。でも、その名前、聞いたことがある。そういえば」

「どこで」

「妙子が中二、ううん。中三の頃だったかな。町なかで男の子に眼をつけられて。付きまとわれたことがあったんだけど――」

「その男の子というのは？」

「妙子にしつこく迫ってきたんだって。自分と付き合えって。妙子が無視してたら今度は仲間を連れてきて。みんなで脅迫し始めた」

「脅迫」

「おとなしくこいつと付き合わなかったら裸にして写真を撮ってやるぞ、だって」

「こいつ、というのは――」

「何ていったかな。あ、誰それさんと同じ名前なんだなあと思ったことは憶えてるけど」

「ということは、名前を名乗ったのですか」

「ううん。その時は誰も。後で判ったの。ひょんなことから」

「何歳ぐらいの男たちです」

「これも後から知ったんだけど、当時高校生だったみたいね。それが、単なる脅しじゃねえぞ、なんて、すごむんだって。以前にもおまえの同級生を裸にして写真を撮ってやったんだ、とかさ。そいつらが挙げたその同級生の名前というのが、確か、オチカオル——だったと思う。妙子も一応、名前くらいは知ってる、みたいなこと言ってた。話したことはなかったらしいけど」

「では、生地薫も、同じようにそいつらに脅迫されて。言うことを聞かなかったため写真を撮られた——」

「嘘《うそ》に決まってるよ、そんなの。相手をびびらすための。実際、妙子が平然と無視し続けてたら、そのうち現れなくなっちゃったもん。数撃ちゃ当たる方式ね、要するに。妙子も言ってた。あいつら半端な連中だ、って」

「半端、というと?」

「一見突っぱってるふりしてるけど裏ではしっかり偏差値を稼いでいるってこと。その勘は当たってたわ」

「といいますと?」

「そいつら去年、来てたもん。ここへ。さんざん飲んで歌って。騒いでいった」

「未成年なのに?」

「合格祝いだってさ。大学の。聞いてみるとね、それぞれ——」と、関東と関西の四年生私立大学の名前を三つ上げた。「――とかに合格したっていうじゃない」

「有名大学ばかりですね」

「頭のいい子たちばかりだったわけよ。こんなこと言うと偏見というか、あたしの頭が古いのかもしれないけどさ。昔は、不良は不良、勉強のできる子は勉強のできる子だった。不良って言葉自体がいまは死語らしいけど。とにかく昔は子供なりに、そういう棲《す》み分けみたいなものが、ちゃんとあったじゃない。だから、そいつら本来ならば、町の女の子にちょっかいかけたりせずに塾にでも行ってるのが似合いの子たちだったのよ」

「しかし、ここで合格祝いをしていたのがそいつらだと、どうして判ったんです」

「たまたま妙子が手伝いにきてたの。その夜。そしたら。あ、あいつらだって。そいつらの方は妙子の顔なんか全然憶えちゃいなかったけどね。所詮《しょせん》その程度の連中なのよ。おとなしそうに見える女の子に眼をつけて。俺たちに逆らうと裸の写真を撮ってやると。もっともらしく脅しをかける。時には具体的な犠牲者の名前も出して。ありもしない実績を誇示する。暴走族のバックがついているなんて言ってたらしいけど。それも嘘。相手が真に受けて言うことを聞けば儲《もう》けもの、って魂胆なのよ。だから妙子みたいに手ごわい相手は諦《あきら》めて、さっさと次へ行く。せこいというか。なさけないというか。独りでナンパできないのもなさけないけど。女の子を脅して言うことを聞かせようとする方法しか思いつかないというのもバカ丸出し。頭がいいといっても所詮その程度。ゲスよ。半端な奴らって言ったのは、そういう意味。ま。ああいう子たちが将来、知らん顔して一流企業のサラリーマンになってたりするんでしょうね。眼に見えるようだわ。みんな一流大学に合格しているんだもの。適当に遊んで。単位を揃《そろ》えて卒業して。リクルートスーツ着て面接官の前でしおらしくして。就職できたら奥さんもらって。何喰わぬ顔でマイホームパパにおさまっていることでしょうよ。あ。そうそう。憶い出したわ」

「何です」

「妙子と付き合えって言ってた奴の名前。高牟禮《たかむれ》よ」

「高牟禮？」

「そうだそうだ。理事長さんと同じ名前だけど、まさか親戚《しんせき》だったりしてねえ、なんて話を妙子としたっけ。そういえば、もうひとりは。ええと。穂積《ほづみ》とかいったわ。確か」

＊

去川は雑居ビルを出た。ネオンの看板が各階に掛けられている。

去川は傘をさした。雨でイルミネーションが、ぼやける。

「あ。ね。そこの社長」口髭《くちひげ》の男が去川の袖《そで》を引っ張った。「寄ってかない。いい娘いるよ。

ね。ねってば。ね。おい。おいおい。無視するなよ。こら。返事ぐらいしろよ。なあ」

去川は口髭の男を振り返った。

男は眼を細めた。歯茎を剝きだして笑う。「寄ってってよ。ね。ドリンク込みの追加料金なし。若い娘ばっかりよ。ね。若い娘ばっかり」

傘をさした群れが、ふたりの横を行き交う。

話し声。笑い声。嬌声《きょうせい》。店から流れてくる有線放送。車のクラクション。

「ねったら。シャチョー」傘のひとつが、男の頭に当たった。「あ。痛え。こら。どこ見て歩いてやがんだ。ぼけ」

傘が地面に落ちた。水溜《た》まりが跳ねる。

光門は口髭の男を突き飛ばした。スイッチブレイドを出す。

去川に切りつけた。

「ひょっ」口髭男は後ずさった。「ちょ、ちょっと。たんま」

去川は横に飛んだ。光門に足払いをかける。

光門は、つんのめる。ナイフが口髭男の顔面に迫った。「ひょえっ」

去川は傘を放り出した。光門の盆の窪《くぼ》に手刀を叩き込む。

光門はうつ伏せに倒れた。水飛沫《みずしぶき》が上がる。

去川は、その腹を爪先《つまさき》で蹴《け》った。

光門は呻《うめ》いた。身体《からだ》を丸める。水溜まりを転がった。

「ちょ。ちょっと、お兄さんたち。何だか知らないけど。店の前でやらないでくれる。店の前で。ね。ねえってば——うひゃっ」

跳ね起きた光門の持っているナイフの刃先が、口髭男の鼻先にきた。

ナイフを持ちなおす。その光門の股間《こかん》を去川は蹴り上げた。

悲鳴を上げて前のめりになった光門の後頭部に、合わせた両手の底を叩きつける。

去川は彼から離れた。支えを失った光門は再び水溜まりに沈む。

去川は傘を拾った。たたむ。先端部分を手で持った。

柄の部分を、立ち上がろうとしていた光門の頭に叩きつける。

光門は呻いた。頭を押さえた。よろける。

去川は、その腹を蹴り上げた。

光門は嘔吐《おうと》した。胃の内容物が水溜まりに拡がる。

「お……おいおい」口髭男は店の中へ走っていった。「ちょっと。だ。誰か来てくれ」

よろめいて倒れかけた光門の胸ぐらを去川は摑む。引き寄せた。

「ま……」光門は喘《あえ》いだ。「待てよ。ちょっと待て。こんな筈じゃないだろ。そんな……」

光門の鼻に頭突きを喰らわせる。

顔面を覆った光門の手からナイフが落ちる。仰向けに転倒した。地面の上で身をくねらせる。水溜まりを転がった。

「なんで……？」指の間から鼻血がしたたっている。「なんで⁉　なん……」

去川は光門の髪の毛を摑んだ。

「きゃっ」光門は跳び起きた。手を振り回した。泣き叫ぶ。「い。痛い。痛えよ。放せ。は。放して。はは。放してくれえっ」

「こら」店の中から色付きメガネを掛けた男が出てきた。「何さらしとんじゃ、おのれら。店の前で。ん」

その後ろには口髭男が付いてくる。「くらあっ。聞こえ——」

去川は光門の横面を殴りつけた。

光門はよろめく。色付きメガネの男の胸に倒れ込んだ。

「た……たすけて」前歯が欠けた口。光門は訴えた。「て、手を貸してくれ」

色付きメガネの男は去川を見た。眼を。

去川は眼を細めた。雨。白髪が額に貼《は》りつく。鼻梁《びりょう》に水がしたたる。瞬《まばた》きしない。

男は眼を逸《そ》らした。

「……あのな」咳払《せき》いする。「困るんやけどな。ここで揉《も》め事起こされると」

「ちょっとだけだ」光門は男に縋《すが》りつく。「ほんのちょっとだけ手を貸してくれりゃ……」

「手を貸せ、だ？」

「あいつを」光門は去川を振り返った。「あいつを殺す」

口髭男がメガネ男に耳打ちした。「——ほう。ほうほう。いかんな。そら、おとしまえは、きっちりつけとかんと。のう」

「あ？」

「兄さん。刃物を持ち出すからにゃ、それなりの覚悟があるんじゃろうが。ん。そんなら男らしゅう、やったらんかい。独りで。最後まで。のう。あ。ただし。ここじゃなくて。ね。どこか余所《よそ》でやってちょうだい。ほら。立って」

「おいおい。そりゃないだろ？　あんた、自分のシマ荒らされて、それで黙って引っ込むってのか？　もっと真面目にやれよ」

「揉め事始めたのは、兄さん、おたくやと聞いとるで。それとも何か。真面目にやれいうのは、わしにおたくをどつけと。そういうことかいの」

「なんだってんだよ。どいつもこいつも」光門は口の周りの吐瀉《としゃ》物を拭う。「ちょっと手を貸してくれりゃ。何もかも。くそ。すんなり。ちょっとおとなしく殺されてくれりゃ。丸くおさまるってのに。何考えてんだ。真面目にやれ。みんな。どうしてもっと真面目にやらない」

　去川は一歩、踏み出した。

「ほれ。ごちゃごちゃ言っとらんで。はよせんかい。やられてまうど」

　去川は腕を伸ばした。

　光門は跳ね起きた。捕らえようとする去川から身を躱《かわ》す。駈《か》け出した。

「どけっ。みんな。どけよっ」叫びながら群衆を掻き分けた。「さっさと、どけってんだ。ばか。おまえらみんなバカだ。付き合いきれねえ」

　光門は群衆の中に消えてゆく。

　去川は足を止めた。光門が消えた方向を、じっと見つめている。

　色付きメガネ男は咳払いした。

「……もうええのやろ?」

　去川は黙っている。

　傘をさした。通行人が空けた道を立ち去ってゆく。

「兄貴い」口髭男が呟いた。「ね。ね。兄貴ったら。いいの? あいつをこのまま——」

「阿呆《あほ》ぉ」ハンカチを出した。雨に濡《ぬ》れたスキンヘッドを拭う。「わしやって命は惜しいわい」

＊

「……お義父《とう》さん、来なかったな」

活井《いくい》正孝《まさたか》は縁側に出た。ガラス戸に掛かっているカーテンを閉める。

「忙しいのよ」明子《あきこ》はテーブルの上の食器をかたづける。「ほら。例の事件で」

「昨夜も来なかった。今日も来なかった。来たのは奥さんだけ」

「仕方ないじゃない」

床の間には正孝の母親の遺影。白い布に包まれた箱。蠟燭《ろうそく》。

テーブルの下に明子は手を突っ込んだ。黒いハンドバッグを引きずり出す。「やだ。誰か忘れていったみたい」

「明子」正孝は黒いネクタイを緩めた。「何か言うことはないのか」

「何を？」

「何かあっただろ」

「何か、って？」

「誰か来ていただろ。この家に」

「お客さんのこと？」

「僕の留守中にだ。誰か来ていたね。誰なんだ。判っているんだよ。すべて判っている」

「何を言っているのよ、いったい」

「男が来ていただろ」

「またその話？　やめてよ。こんな日にまで。そんな男なんかいないと、いったい何度言えば、あなたは――」

「誰なんだ」腕を摑むと明子を立たせた。身体を揺さぶる。「誰なんだ、その男は」

「いないってば。妄想よ。みんな。みんな、あなたの妄想よ。浮気相手なんて」

「以前同僚だった奴の誰かか。それとも」

「ちがうって言ってるでしょ」顔を近づけてくる正孝を押し戻す。叫んだ。「どう言えば信じてくれるの。いったい、どう言えば？」

「簡単な話だよ。いつも、言ってるだろ」明子の肩を摑む。引き寄せた。「出してくれ」

「また……また、そんな埒《らち》もないことを」

「出してくれよ。本物の明子を」

「あたしよ。あたしが明子よ」

「おまえなんかちがう」

平手で明子の頬を打った。悲鳴を上げて顔をそむける彼女を引き寄せると、もう一度、反対側の頬を拳《こぶし》で殴りつける。

「おまえなんかちがう」彼女の頭を押さえつけると前後に揺さぶった。「おまえなんか。おまえなんか明子じゃない」

「嫌、もう嫌」正孝の手から逃れようと身をよじる。泣きじゃくった。「もう嫌」

「僕以外の男を引っ張り込むような女なんか、ちがう。明子じゃない。明子じゃないんだ。おまえなんか」

「もう嫌」

「隠すんじゃない」逃げようとする明子の髪を摑んだ。「明子を隠すんじゃない。僕に返せ。僕の明子を返せ」

明子は髪を振り乱した。絶叫する。正孝の手を振り払う。足がもつれて畳に這《は》いつくばる。肩を震わせて泣いた。

正孝は彼女の背中を見下ろした。そして呟く。「——きみが殺した」

「え」

「きみが殺したんだろ。母を」

「な」頬をさすっていた手が止まる。明子は正孝を振り返った。「何を言うの」

「世話をするのが嫌になってたんだね。言わなくても判ってるよ。きみは嫌がっていたからな。最初から。同居するのを。だから死ねばいいと。母が。ずっとそう思っていた」

「どうして、そんなことを言うの」

「きみには前科がある」

明子の左手首を摑んで引き寄せた。ピンク色の肉が細長く盛り上がっている。

「ほらみろ。僕の明子を殺そうとした。隠すばかりでは飽き足らずに。これが証拠だ。黙っていたって判っているぞ。なんて女だ。そして今度は母を殺してしまった」

「そ、そんな恐ろしいこと。冗談にしても言わないでちょうだい」

「うん。確かに。きみはやっていないかもしれないね。その場合、きみがこの家に上げた男がやったんだ。そうだろ」

「何ですって」

「そうだろ。判っているさ。きみは自分の手を汚すのが嫌だったんだ。だから男をここへ連れ込んだんだ。そしてその男に母を殺させた。簡単なものだ。喉《のど》のチューブをちょいと細工すればいい。痰《たん》が詰まれば母は死ぬ。確実に死ぬという保証はないが、蓋然《がいぜん》性はかなり高い。そして事実、その通りになった。そうだろ」

「どうして。どうして、そんな恐ろしいことを言うのよ」

「それが事実だからさ」

「事実って。証拠でもあるっていうの」

「証拠か。刑事の娘らしい言い分だね。とにかく誰か男が来ていたんだ。この家に。そして、それは泥棒じゃない。泥棒なら何か盗んでいった筈だからね。つまり、きみが引っ張り込んだんだ。その男が母を殺したんだ。そうだろ」

「そんな……そんなひどいこと、言われる筋合いはないわ。どうして。どうして、そんなこと言われなくちゃいけないのよ。この五年というもの、あたしがどんな思いで。どんな思いでお義母《かあ》さんを世話してきたか。知らないとは言わせない。知らないとは言わせないわよ」

「知ってるよ。嫌々やってたね」

「何もかもひとに押しつけておいて。勝手に決めつけないでよ。しもの世話をしてやったこともないくせに。何が判るの。あんたに」

「きみが母を嫌っていたことは判るさ」

「だから、なんでそんなことを言われなきゃいけないのよ。あたしがお義母さんを嫌っていると思ったのなら、なぜむりやり同居させたの。なぜ世話をさせたのよ。あんたなんか。毎晩まいばん夜中にならないと帰ってきやしない。あたしが一日、家でどんな気持ちでいたのか。知りもしないくせに。お義母さんが死んだ途端、自分だけがお義母さんの味方だったたみたいな顔をして。あたしの苦労を知りもしないで」

正孝は手を伸ばした。明子の首を絞める。

「甲高い声だ」首を横に振る。「頭が痛いよ。がんがんする」

明子は彼の手を払いのけようとする。

正孝は足を振り上げた。彼女の腰を蹴る。

よろめく。その彼女の腹に飛び蹴りした。

明子はうずくまった。腹を押さえる。呻く。額が畳についた。

正孝は彼女に笑いかけた。「訊《き》かれたことに素直に答えれば、それでいいんだよ。きみが殺したんだね。母を。そうだね」

「なんで……」うずくまったまま、明子は身体の向きを変えた。「あんた、なんで、あたしと結婚なんかしたの？」

明子は襖《ふすま》に向かって這う。その背中を正孝は蹴った。

頭部が襖に激突した。襖が外れた。

「なんで……なんで、あたしと結婚したの。なんで？　なんで、むりやり。あんなにむりやり。脅してまで承知させたのは、あなたじゃない。あなただったじゃないの。あんなにまでして。あんなことまでしてあたしに結婚を承知させたのは、何のため？　いったい何のため？　こうやって、あたしを苛《いじ》めるため？」

「何のためか。知ってるよね、きみは」

「お義母さんの世話をさせるため？」

明子の腰を蹴った。彼女は、外れた襖の上に乗り上げる。

「何が判る？　きみに何が？」

「あなたが……あなたが、あたしを憎んでいることぐらい、判る」

「ほら。何も判っていない。好きなんだ。好きだから結婚したんだ。きみと。決まっているじゃないか。そうさ。好きだったんだ。愛している。明子。それなのに……」

明子の背中に馬乗りになった。彼女の首に腕をからみつける。絞めた。

「あ……あたしは嫌い」

首を横に捩《ね》じった。明子は呻く。襖の上で足をばたつかせた。

「あたしは嫌いだった。あんたなんか。あんたなんか。用もないのにうちに入り浸って。用事があるふりをして。父に取り入って。見えみえだった。あたしを狙ってるのが。だから。嫌いだった。嫌い。嫌いよ。あんたなんか。まちがっても、あんたなんかと……あんたなんかと」

彼女の後頭部を押さえた。襖に叩きつける。

「あんたが結婚させたのよ」鼻を押しつぶされながら叫んだ。「むりやり。嫌だったのに。あたしは嫌だったのに。あんたが、むりやり。それなのにどうして、こんなことをするの。こんなことをするために結婚したの。こんなことをするために」

「ちがう。こんなの、ちがう」正孝は洟をすすり上げた。「こんなの、ちがう。明子じゃない。何かちがうものだ。僕の明子じゃない」

「別れてよ……別れさせて。何のためにいるの、あたしは。あたしは何のためにここにいるの。もうお義母さんもいないのよ。用はないでしょ。もう。自由にさせて。別れて」

「そうか。やっぱり、きみが殺したんだね」

「どっちを？　お義母さんを？　それとも、いうところの本物のあたし？　どっちでもいい。そう思いたいのなら思えばいい。警察にでも言いなさいよ。あたしを逮捕させれば」

「きみには、まだ役目が残っているじゃないか。途中でやめるなんて無責任だろ。だいたい、きみは僕の頼みを聞いてくれたことなんて、まだ一度もないね。きみのために僕はこんなにお金を遣ってきたのに」

「あなたはビデオ以外にお金を遣ったことなんかないじゃない。ビデオと。あの。あの悪趣味な下着」

「高価《たか》いんだよ、あれは」

「ええ、ええ。知ってますとも。この前、捨ててあった値札を見て。卒倒するかと思った。ガソリン代までけちって、あんなものをよくも。よくもまあ、あんなに」

「きみだって、ちゃんと食べさせてきたよ。なのに、きみはちっとも僕が買ってきたストッキングを穿いてくれない」

「あなたは所詮それね。脚さえあればいいのね。あたしの脚さえあれば」

「まさか。上半身が付いていないと意味はない。ねえ。どうして、あれを穿くのが嫌なの」

「嫌よ、あんなもの。死んでも嫌。あんな……あんな」

「でもね、それって詐欺みたいなものだよ。そうだろ。例えば今日だってそうだ」灰色のストッキングに包まれた明子の足首を摑んで持ち上げる。「葬式なんだから黒にすべきだろ。何だこれは。え。何なのこれは」

「放して」

「ひとの話を聞きなさい」

「慰謝料でも払えっていうの。ええ、いいわ。慰謝料を払う。払うから別れて」

「ああ。何だか頭が痛いよ。きみがそんなに甲高い声を出すから」

「別れる。もう別れる。絶対に別れる」

「きみって思いやりがないね。きっと母もこんなふうに、ひどい目に遭わせてたんだね」

明子は身をひねった。肘《ひじ》を振り上げる。正孝に殴りかかる。

正孝は明子から離れた。喪服の胸ぐらを摑む。引き寄せる。平手で頰を叩く。

「あ。ごめんよ。僕としたことが。つい顔を殴ってしまった。そういえば、さっきも——」

正孝は拳を握る。明了の乳房を殴った。

明子は悲鳴を上げた。うずくまる。四肢をばたつかせる。畳の上を転がる。

「これでも気を遣っているんだよ、僕は。だって、もし本物の明子が出てきてくれた時、顔に傷がついていちゃまずいだろ。ねえ？　って。聞いていないか。この女は」

泣いて身悶《みもだ》えしている彼女の身体を避けて、正孝は居間を出ていった。戻ってくる。手にガムテープを持っている。

明子は、うずくまっている。胸を押さえて、泣き叫んでいる。

正孝は彼女の口にガムテープを張った。彼女の手首を背中で合わせる。ガムテープで縛った。足首も同じように縛る。

唸《うな》っている彼女を寝室へ引きずっていった。ところどころ破れた襖を開けると、明子を押し入れの中に放り込んだ。

「何だか頭が痛いなあ。ねえ。明子。頭痛薬はどこへ置いたっけ？」

電話が鳴った。

「――はい」受話器を取ると正孝の笑みが引っ込んだ。「活井ですが」

「あ。夜分おそれいります。青鹿女子学園の寿谷《すや》といいますけど。ご主人さまですか？」

「はい。何でしょうか」

「明子先生は」

「いま取り込み中なんですが。何か」

「あの。実は、さっきそちらへ伺った者なんですけど。もしかしてそこにハンドバッグを忘れていっていないでしょうか。黒い色の」

「黒の。ええ。ありましたよ」

「あ。よかった。すみません。えと。取りに伺いたいんですけど。今晩は、ちょっと――」

「けっこうですよ。どうぞ。いつでもご都合のよろしい時に来てください」

一月十五日（木曜日）

「繋《つな》がりといえば——修学旅行の時の、あれがそうかな」浅沼《あさぬま》は首を傾《かし》げた。「私は小美山《おみやま》妙子《たえこ》の中一の年と中三の年の担任だったんです。で、中三の年、修学旅行の引率があったんだが」

「それは、大江《おおえ》先生も？」

鹿又《かのまた》は大江の方を向く。

「いや。僕は、いまの高三の学年の担任になるのは、今年が初めてなもので。もちろん、授業は何回か受け持ちましたが。中等部の修学旅行のことは、まったく」

落合《おちあい》は浅沼を向いて、「お続けください」

「いや。別にややこしい話じゃない。夜、旅館で就寝時間になっても数人の生徒が騒いでいた。修学旅行ではお馴染《なじ》みのあれです。私たちが叱《しか》りにゆくと、ひとりの生徒が布団で簀巻《すま》きにされて転がっている。あとの奴《やつ》らは逃げていた——それだけの話でして」

「その簀巻きにされた生徒というのは？」

「他田祐子《おさだゆうこ》でした。彼女は普段から、何と言うんですか、苛《いじ》めというほどのものでもないが、何かと目の敵にされる傾向があって。性格的に気取ったところがあったせいでしょう。反感を買いやすいタイプだった」

「それで、どうなったんです」

「他田ですか。いや別に。布団から出してやって。騒いでいたということで一応叱った。いや、ほんと言うと、彼女が騒いでいないのは判《わか》っていました。みんなと一緒にふざけたりするような性格ではなかったですから。他の奴らにむりやり押し込められたんでしょう。しかし状況的に全然注意しないのも恰好《かっこう》がつかない。で、早く寝なきゃだめだろ、みたいなことを言ったわけです。彼女にしてみれば自分独りが、しかも落ち度もないのに叱責《しっせき》されるのが納得できなかったんでしょう。そっぽを向いていた。ま。彼女がそういう態度を取るのは格別珍しいことではなかったので。それで終わりでしたが」

「他田祐子を簀巻きにした生徒たちの中に小美山妙子がいたんですか」

「ええ。後で聞いたら、逃げた奴らも別の先生に捕まってましてね。その中に小美山が入っていたらしい。といっても他田と彼女の間に特に接点があったとは思えませんけどね。その年、ふたりはちがうクラスだった筈《はず》だし。小美山はとにかく行動的で、面倒を起こす連中の中には必ずと言っていいほどまぎれ込んでいたから。その時も、たまたま、だったのでしょう。付き合いのいい性格だったんですね。一度集団万引きで補導されたことがあったが、あれも、そういうひとの好《よ》さが裏目に出ただけじゃないのかな。死んだから良く言うわけじゃないけど。見た目ほど悪い娘《こ》じゃなかったと思いますね。私は」

「何でも看護婦志望だったとか」

「ええ。性格的に合っていたんじゃないかな。さぞ、いい看護婦になっていたでしょう。ただ、ああいう付き合いのいい性格というのは、変なことを言うようだけど、悪い男に引っかかったら苦労していただろうな。ひとの好さに付け込まれて。意外に多いんですよ。あの歳《とし》頃《ごろ》の女の子には。小美山のように活発な姐御《あねご》肌タイプが、一見自立しているようでいて、実は一番周囲に流されやすかったりする」

「他田祐子を簀巻きにした女の子たちの中に、生地薫《おちかおる》は？」

「どうかなあ。はっきりとは憶《おぼ》えていませんが。いなかったと思いますよ。生地は活発だけど素行は至って真面目《まじめ》なタイプでしたからね。でも、こんなこと、繋がりと言えるんですか。他田が簀巻きにされたことを恨んで小美山に何かした、というわけでもないだろうし」

「現在のクラス担任として大江先生にお訊《き》きしたいのですが。生地薫というのは、どういう女の子でした？」

「さっき浅沼先生がおっしゃったように至って真面目な娘でした。お父さんが昔気質《かたぎ》で躾《しつ》けに厳しかったらしい。普通なら反発して、ぐれたりしがちだけど。彼女の場合は素直に質実剛健タイプに育っていて。そう。わりと古風なところがある娘でしたね。クラブは剣道部で。僕が顧問だったんだけど。真面目なせいか大事な局面で弱気になる傾向もありましたが。いい娘でした」

「小美山妙子か、あるいは他田祐子と特に親しかったとか？」

「いやあ。どうだろう。なかったと思いますけどね。クラスもちがうし。それ以前に、そもそもお互いにタイプがまったくちがう。もちろん、僕たちには見えないところで何か接点があったかもしれないけど。見た限りでは、まったく話が合いそうにないですもん」

「三人の共通点みたいなものは何か思い当たりませんか？　何でもいいんです。例えば通学路が同じだったとか。出身小学校が同じだったとか。あるいは――」

「ちょっと待ってください」大江は生徒名簿を、めくる。「ええと――三人とも住んでいる地区がちがいますね。方向もそれぞればらばらだ。ということは、同じ交通機関を利用していたというのは、まずあり得ない。出身地区がちがうということは小学校も別々だった筈ですよ」

　鹿又は大江から生徒名簿を受け取った。落合が横から覗《のぞ》き込む。

　生徒の氏名。所属クラス。住所。電話番号。保護者の名前。出身小学校もしくは中学校の名前が記載されている。鹿又と落合は小美山妙子、他田祐子、生地薫の住所と出身小学校名をひとりひとり確認してゆく。

大江の言う通りだった。

「この三人が揃《そろ》って同じクラスになったということは？」

「さて」大江は浅沼と顔を見合わせた。「どうでしたかね？」

「古い生徒名簿を見てみますか」浅沼は内線電話の受話器を取った。「――あ。寿谷《すや》さん。悪いけど。応接室に古い生徒名簿、持ってきてくれる。うん。そう。いや。今年の分はいいから。過去五年間の。うん。お願い」

「三人が直接知り合いでなくても」落合は生徒名簿を戻して、「彼女たちに共通する友人とかは、いなかったですか？」

「さあ。それは生徒たちに訊いてみないと。私たちには何とも。でも小美山と生地の間になら、もしかしたら共通の友人がいたかもしれないけど。他田はどうですかね。何しろ友だちがいない娘だったから。三人に共通というのは、ね。もちろん他田は他田でいいところもありましたよ」浅沼は笑って、「英語で五年間連続満点記録も樹立したし」

「三人が同じ塾に通っていた、とか？」

「塾に通っていたのは多分、他田だけですよ。生地については知らないけど。小美山が通っていなかったのは確かです。お母さんが父母面談の際、うちは経済的余裕がないし自分も娘も塾は嫌いだと。そう断言してました」

「お互いに繋がりはなくとも、例えば同じ趣味を持っていたとか」

「趣味、ですか。学外のことは判らないけど。私たちが見る範囲では、感性的に、およそ重なり合う部分はなかったと思いますがね」

ノックの音がした。寿谷洋子《ようこ》が入ってくる。年度別の生徒名簿を五冊、浅沼に手渡す。

洋子を加えた五人で一冊ずつ手分けする。それぞれの年度の小美山妙子、他田祐子、生地薫のクラス名をメモしていった。

「ええと」落合はメモを見比べた。「重なっているクラスは――中一の時は全員、ちがうクラスですね。中二の時、他田祐子と生地薫が同じクラスで。ふたりは中三の時も一緒だ」

「高等部になってから小美山と他田が一緒になっている。高一の年。そして今年ですね。三人一緒の年というのは一度もないな」

洋子は湯呑《ゆの》みをかたづけた。新しい湯呑みを持ってきてお茶を入れかえる。

「そういえば、あの」鹿又は洋子とふたりの教諭を見比べて、「勝手に押しかけてきておいて今頃こんなことを言うのもなんですが――今日はお休みではないのですか？　祝日で」

「休んでなんかいられませんよ」浅沼は天を仰いだ。自分の膝《ひざ》を叩《たた》く。「今夜、臨時のPTA総会があるんです。保護者に事件の経過と学校側の今後の対応を説明するために」

「すると、その準備を？」

「という名目ですけどね。実際には準備なんか何もない。体育館に椅子《いす》を並べれば終わり。何しろ、もうこれで三回目なんだから。作成しなければいけない資料とかがあるわけでもない。でも、特にすることがなくても、こうして出勤して全職員総出という形をとらないと、教頭がうるさいんですよ」大江は声を低めた。「ここだけの話ですけどね。いつも総会の司会を押しつけられて。矢面《やおもて》に立たされているものだから。このところ、ちょっとヒステリー気味で」

「なんでわしだけがこんな目に、とか嘆いているけど」洋子は鼻を鳴らした。「いつもなら頼まれてもいないのに学園長を差し置いて、わしがわしがと、どこへでもしゃしゃり出てゆくくせに。この学校はわしで持っとるんだ、みたいに。だったら今回のことも、思い切り目立てて本望ってもんじゃないですか。ねえ」

「わ。辛辣《しんらつ》だなあ。洋子ちゃんたら」

「この前も、学園長は惚《ぼ》け老人だって暴言を吐いてましたよ。理事会は早くあいつを辞めさせて、わしを就任させろ、とかって」

「しっ」浅沼は腰を浮かせた。唇にひとさし指を当てて周囲を窺《うかが》う。「そんな大きな声で……もしかして、この前の飲み会で教頭に、酔ったふりして抱きつかれたこと、まだ恨んでんの？」

「でも洒落《しゃれ》にならないですよ、あれは」大江は首を横に振る。「エレベーターの中でだもんな」

「ところで」鹿又は咳《せき》払いした。「いま気がついたんですが。この生徒名簿はクラス別にはなっていないんですね。学年別でもないし」

「ええ。索引で名前をアイウエオ順で引くと、中等部・高等部を合わせた全校生徒の、それぞれ住んでいる地区別にまとめて記載されている。従ってクラスや出席番号はバラバラで」

「どうしてこういう形式になっているんです」

「どうして？　さて。そういえば」浅沼は洋子の方を見て、「どうしてなんだっけ？」

「さあ」洋子は肩を竦《すく》めた。「地区別に後援会理事を選出するから、そのことと何か関係あるんじゃないですか？」

「ま。単なる慣例でしょう。毎年同じ印刷屋さんに頼んでいる筈だから。形式も決まっているだろうし」

「ところで、あのう」大江は身を乗り出した。「話は全然ちがうんですけど。占野《しめの》先生の行方は、その後……？」

「それが、まったく判らないのです。実家の奥さんは、どうも、ご主人が自発的に蒸発したものと思い込まれているようでして。捜索願いも出されていないんですよ」

「え？」大江は浅沼と顔を見合わせた。「ほんとですか。それ」

「むろん私どもとしましては、事件に関してまだいろいろとお話を伺わなければいけないので。捜索願いの有無にかかわらず行方を探してはいるんですが」

「はー」浅沼はお茶を啜《すす》った。「占野くん、どうしちゃったんだろうなあ」

「やっぱり、ごたごた続きでまいっちゃったんでしょうかね。ほら。奥さんが子供を連れて実家へ帰ったのが。今回の事件の直前だったでしょ。それで。いろいろ心労が重なって」

「まあね。疲れて蒸発したくなる気持ちも、判らないでもない。ただでさえ、いつも疲れてるもんなあ。二日酔いで。あ。いや。巡り合わせもあるんだろうけど、なぜか問題のあるクラスばっかり押しつけられるしさ。でも、仕事は一応ちゃんとこなすひとだと思ってたんだけど」

「あ」洋子はポットに伸ばしかけていた手を止めた。両手で口を覆う。「いっけない……あたしったら。どうしよう」

「どうしました？」

「大切なこと。すっかり忘れてた。占野先生から事務に電話が掛かってたのに」

「なんですって？　ほんとうですか、それは」

「いえ。といっても。あの」宙で両手を振り回して、「月曜日。月曜日のことなんです」

「月曜日というと。占野先生が最初に無断欠勤した日ですね？」

「ええ。あの日の朝。七時半頃だったかな。かなり早い時刻に事務に電話が掛かってきたんです。でもその時は、欠勤のけの字も先生の口からは出なかったから。てっきり、いつも通りに来られるものとばかり思っていて」首を竦めた。上眼遣《うわめ》いに四人の男たちを交互に見る。

「そのまま。すっかり。その。いままで忘……」

「それで。何の用だったんです、占野先生は」

「それが、明子《あきこ》先生の住所を教えてくれ、とか言って」

「え？」鹿又は落合と顔を見合わせた。「……明子先生というと。もしかして、うちの——」

「ええ。去川《さりかわ》さんのお嬢さんの」

「どういうことです」

「何か大事な用があるみたいな口ぶりで。その後で彼女に連絡をしたのかどうかは何とも。あの。あたし、明子先生に訊いておきましょうか。ちょうど、ついでもあるし」

「いや。我々の方から出向きますんで。お気遣いなく」

「もしかして」浅沼は笑った。「駈《か》けおらでもしようとしたのかな。彼女と」

「え。駈けおち、ですって？」

「いや。もちろん冗談だけど。でも占野くんて、けっこう明子先生のこと憎からず想っていたフシがあったから。もし本気で蒸発したのなら、別れの挨拶《あいさつ》をしようと彼女の家に寄ったというのは、案外あり得ることかも」

「別れの挨拶——ですか」

「それはそうと」浅沼は大江に、「卒業式、どうするつもりなんだ。このまま担任がいないとなると〈占野ホーム〉の呼名、どうなるの」

「そりゃ、副担任が代行という形になるんじゃないですか。あるいは学年主任とかが」

「恰好つくのかな、それで。だって前例ないよ、多分。それだけじゃない。三人分の椅子に遺影が並ぶんだぜ。前代未聞だよ。どうするのかな。ほんとにやれるの、卒業式？」

「やるしかないでしょう。だって市長も知事も。高牟禮《たかむれ》センセイも。みんな来るんだし」

「そうなんだけどさあ……」

＊

「——娘の部屋には」他田泰子《やすこ》は首を横に振りながら、「誰《だれ》も上げたくないんだ。まだ、ね。あんただけじゃない。主人も入れたくない。変なことを言うと思うだろうけど。心の整理ってやつが、つかないんだ」

「お部屋に上がるつもりはありません」去川は頭を下げた。「ただ、お嬢さんの遺品を見せていただければ」

「遺品って。そんなに簡単に言うけどさ。ここへ持ってこいっていうの。全部」

「いえ。テストだけを」

「え。テスト？　テストって。あの。学校の試験のこと？」

「もしかして保管されているのではないですか。古い答案用紙を」

「まさか。捨ててるよ。ほとんどの教科は」

「英語のテストも、ですか」

「英語は――まあ、ね」肩を竦める。「取ってあるみたいだね。一応」

「見せていただけませんか」

「英語の答案用紙を？　全部？」

「何でしたら、中等部　年生の時のものだけで、けっこうです」

「どうでもいいけどさ。何のために見たいのよ。そんなもの」

「もちろん捜査のためです」

「ほんとに？」

「ほんとうに」

「……見せたら、何か祐子の役に立つの？」

「私はそう信じています」

「ちょっと待ってて——」

泰子は奥へ引っ込んだ。入れ替わりに他田進《すすむ》が顔を出す。去川に目礼した。

泰子が戻ってくる。進は奥へ引っ込んだ。

藁半紙《わらばんし》の束をガラスケースの上に置く。「——これだよ。中一の時の定期テストと。あと臨時の小テスト。全部揃ってる」

「拝見します」去川は一枚いちまい、めくってゆく。「これは——一学期の中間考査ですね」

赤いペンで点数がつけられている。百点。

「同じ一学期の期末考査……おや」去川はその一枚を抜き取った。「——クラス名をカタカナで書いてありますが」

中間考査の答案用紙には〈纏向《まきむく》ホーム〉、期末考査のそれには〈マキムクホーム〉と記されている。

「ああ、それ？　担任の先生の名前が書きづらいとかって。最初は殊勝に漢字で書いたんだけど。二回目からはカタカナで」

「問題なかったのですか、それで」

「一応注意はされたってよ。人名はちゃんと漢字で書けとかって。でも。中学一年生には、ちょっとむつかしい漢字よね、これ」

「おや……」去川は次の一枚をめくった。二学期の中間考査だ。「こちらは、クラス名の欄が空白ですが」

「漢字で書けと言われて、カチンときたみたい。反発して、そんならもう書かない、と」

「しかし、クラス名なしでは――」

「実質的な差し障りはないみたいよ。だってテストが終わったら答案用紙をクラスごとに集めて袋に詰めるでしょ。先生が家に持ってかえって採点して。また袋に詰めなおす。それを教室に持っていって生徒に返却する。他のクラスの分が混ざってしまうなんてこと、まずないわけよ。だから名前さえ書いておけば別に。実際、祐子だけじゃなくて、その年、クラス名を書かない生徒、けっこう多かったみたいだし」

　二学期の中間考査、期末考査、そして三学期の年度末考査。いずれもクラス名の欄は空白になっている。出席番号４番と他田祐子という名前しか記されていない。

「……年度末考査だけ九十八点ですね」

「ああ」泰子は微笑を浮かべる。「その時の祐子の顔を憶《おも》い出すわ。今でも。忘れられない。ものすごく怒ってた」

「満点じゃなかったから」

「騙《だま》された、とかって」

「……騙された？　どういう意味です」

「さあ。知らない。すごく怒ってたから。いろいろ訊ける雰囲気じゃなかった。おおかた出題すると言われてた問題が実際には出題されなかったとか。そういうことだったんじゃない」

「テストの出題問題を、あらかじめ生徒に教えたりするものなのですか」

「そのものずばりじゃないよ、もちろん。例えば教科書の何ページは重要だから絶対に出る、とかね。範囲をしぼって」

「それなのに、そのページからは全然出題されなかった。だから騙された——と？」

「じゃないかと思ったんだけど……ねえ」

「はい」

「同じこと訊いて悪いけどさ。こんなことして、何になるの？　ほんとに」

「まだ判りません。でも、きっと何かの役に立ちます」

「祐子を殺したのは誰」

「それを、こうして調べているのです」

「言いたかないけど、英語の答案用紙なんかを見て犯人が判るなら世話ないよ。それとも何か他のことが判るの」

「それを考えているんです」

「刑事さんは、さ」

「何でしょう」

「子供、いるの」

「……娘がひとり」

「何歳くらいの」

「もう嫁に――」

「嫁、か。祐子が結婚することも、もうないんだわ。もうない。何にもない。この先。あたしには何にもないのよ。孫を抱く機会も一生。ね。あたしの気持ちが判る？　ひとり娘を殺された、この気持ちが……」

「想像がつかない、としか申し上げようがありません」

「……どうしてなの？」

去川は顔を上げた。

「……どうして？」溢《あふ》れてくる涙。泰子はそれを手の甲で拭《ぬぐ》う。「どうして祐子は殺されなきゃいけなかったの？　どうしてなの？　いったい理由は何？」

「それを」去川は泰子から眼を逸《そ》らした。「私も知らなければいけない」

＊

鹿又と落合は活井《いくい》家を辞去した。

「──なんで」正孝《まさたか》は縁側のガラス戸を開けた。ふたりの刑事が乗った車が走り去るのを見送る。首を傾げた。「お義父《とう》さんが来ないのかな。きみに訊きたいことがあるのなら。電話でも済ませられるだろうに」

「さあ」明子は湯呑みをかたづける。

「ところで」ガラス戸を閉めた。カーテンを閉めた。「さっきの、あれ、嘘《うそ》だね」

「あれ、って」

「占野とかって奴のことさ。ほんとは彼、月曜日に、ここへ来てたんだろ？」

明子の手が止まった。上眼遣いに正孝を見つめる。

「どうなんだ？　その占野というのが、きみの男なんだろ？　ほら。やっぱり僕が思っていた通りじゃないか。きみには男がいたんだ。僕の留守中に家に連れ込むような」

「……そして」明子は鼻を鳴らした。「あたしが彼に頼んでお義母《かあ》さんを殺させた、とでも？」

「うん。そう言おうとしたんだ。そうなの？」

「ちがうと言っても、あなたは、そうだと信じたいんでしょ。だったら勝手にして」

「占野は今日も、ここへ来てたんだろ。僕がいない間に」

「ええ、ええ。そうよ。その通りよ」

「でも、そいつは家に帰っていないというんだろ。昼間はきみと逢《あ》い引きするからいいとしても、いったい夜はどこに隠れているんだ？」

「隠れる必要なんか、ないんじゃない？」

「どうしてさ」

「死んでるからよ、多分」

「へえ？　どうして」

「どうしてって」肩を竦めた。下唇を突き出して、「殺されたから」

「誰に？」

「さあ」

「もしかして、きみに？」

「ああ、そうかもしれないわね」明子は笑った。「いうところの本物のあたしが殺したのよ、きっと」

「やめろ」正孝は怒鳴った。「本物の明子は、そんなことをしない。占野を殺したのだとしたら、それはおまえの仕業だ」

「はいはい。そうよ。ええ。その通りよ。あたしがやりました」

「どうして、そんなことを？」

「どうして？　あたしを犯そうとしたから」

「そんなの変じゃないか。だって彼はきみと逢い引きしてたんだろ。だったら、そんなことで殺すのはおかしい」

「だから本物の明子が出てきたのよ、きっと。あたしはよくても。彼女は嫌だったのね。抵抗しているうちに、つい弾みで」

「明子はそんなことしないと言ってるだろ」怒鳴って彼女の腕を摑《つか》んだ。「男を殺すなんて、おまえの仕業だ」

「ええ、ええ。そうよ。その通りよ。あたしがやりましたとも」

「ここでかい？　きみ、ここで、その占野って奴を殺したの」

「そう。ここで。ほら」と床の間を指さした。「結婚祝いの置き時計がなくなっているでしょ。あれで殴ったの」

「さっきの刑事たちに言えばよかったのに」正孝は笑みを浮かべた。「そのことを」

「そしたら本物の明子も一緒に捕まっていたでしょうね。あなた、それでもいいの？」

「今日は、ちょっと雰囲気がちがうね、きみ」正孝はガムテープを取り出した。「期待してもいいのかな。ひょっとして」

「また縛るつもり？」

「そうさ」

「なぜ？」

正孝はガムテープを切った。彼女の手首を背中で合わせる。縛る。

「そんな必要ないじゃない。あたしがここから逃げようと思っても逃げられないことは、あなたが一番よく知っている。そうでしょ。それなのに、なぜなの。なぜ、わざわざ、こんなふうにしたいの？」

正孝は明子の足首を持ち上げた。揃えてガムテープで縛る。

「こうして、あくまでも人形扱いするのね。あたしのことを」

「人形扱い？　それは逆だよ。人形として振る舞っているのは、きみの方だ。僕の前では全然、人間らしく振る舞ってくれないじゃないか。だから焦っているんだよ。僕は。焦って。何とかならないものかと努力しているのに」

「まさか、暴力を振るうのも、その努力の一環だとか言うんじゃないでしょうね」

「ああ。そうなのかもしれないね。僕は、きみが苦しんでいる姿を見て、ようやく、きみが生きているんだと実感できるのかもしれない」

「殴らなくったって充分苦しんでいるわよ、あたしは」

「きみは何の反応も示さないじゃないか。僕が何をしても。何も感じない」

「充分に感じているわよ」

「感じていない。僕がこう感じて欲しいと思っているようには」

「ほどいて」

「だめだ」

「逃げられないと判っているのに。あなたから一生、逃げられないことは判りきっているのに」

「昨日きみ、お洩《も》らし、していたね。押し入れの中で」

「トイレに行かせてくれなかったくせに」

「新鮮だったよ、何だか」

「人形じゃないことが判った、とでも？」

「そうなのかもしれない」

「そんなことで感じ入れるのなら、普段から、もっと早く帰宅するようにしていればよかったのよ。そして、さっさと寝てしまわないで、お義母さんのしもの世話を自分で体験してみればよかったんだわ」

「頭が痛いよ。きみはどうして、そんなに声が高いのかな。いや。結婚前はそんな声じゃなかったよ。どういうことなの。それに、せっかくいい気分に浸れそうだったのに。どうしてきみは僕の気分を台無しにするの？　どうしてそんなに僕の期待を裏切るのが好きなの？」

「あたしがあなたの期待を裏切ったことが一度でもあった？　結婚もしてあげた。仕事も辞めてあげた。お義母さんの世話もしてあげた。一度も逆らったことなんかない。ただの一度も。なのに。いったい何が不満なの。何が」

「僕の不満は、きみがきみじゃないこと」

「あたしがあたしじゃなければ、何なの。何だっていうの。偽物？」

「そうだね。偽物というか、何かわけの判らないものだ。結婚前のきみは、こんなんじゃなかった。僕が好きだった明子を、どこへやってしまったの？」

「あたしはここにいるわ」

「母を殺したね、きみは」

「だったら何。復讐《ふくしゅう》でもすれば。そう。いっそ殺してちょうだい。あたしを」

「母のことなんかどうでもいい。それより。どうやってその男を唆《そそのか》したの？　教えてくれないか。きみはきっとそいつに、本物の明子を見せたんだね。だからそいつは喜んだ。本物の明子にたぶらかされて。喜んで母を殺したんだね。いいなあ。いいなあ。僕も本物の明子に――」

「今日もこのまま、ひと晩じゅう放っておく気なの？　トイレにも行かせないで」

「母だって不自由な思いをしたんだし」

「お義母さんの世話はちゃんとやってたわ。どうして疑うの？」

「不幸せそうだったからね。僕の顔を見ても。全然。母は笑わなかった。どうしてだろう」

「ご病気だったたし。息子は冷たいし」

「きみが気に入らなかったからだよ。そうさ。僕が選んだ本物の明子がそこにいてくれたら、きっと母はもっと幸せだったろうにね。でも、きみは隠してしまった。きみが明子を隠してしまった。だから出すまで、こうしていよう。きみが動けないなら本物の明子が出てくるしかない」

正孝は明子の足首を摑んだ。居間を出る。寝室へ引きずってゆく。

「痛」明子は敷居の角に頭をぶつけた。「押し入れは嫌」

「じゃあ、お風呂にしようか」

「何ですって？」

「お湯じゃなくて水で」

「このまま入れる気」

「冷たさのあまり、明子が出てきてくれるかもしれない。うん。ちょっと待っててね」

正孝は寝室を出てゆく。風呂場に入った。蛇口をひねる。バスタブに水を溜《た》める。

寝室に戻った。「――おや？」

男がいた。身を屈《かが》めて、縛られたままの明子の胸もとに手を置いている。彼女の口はガムテープで塞《ふさ》がれていた。

「……きみは？」

正孝が声をかけると男は明子から手を放した。立ち上がる。駈け出した。

「やあ」正孝は、逃げてゆくその背中に声をかけた。「そうか。きみが占野くんか。母を殺してくれた――」

男は家から出ていった。正孝は肩を竦める。明子を振り返った。

「……明子？」

正孝は明子を見下ろす。彼女の胸にはナイフが刺さっていた。

死んでいる。

「明子……なのか？」

鮮血に染まった畳に、ひざまずく。彼女の死体を抱き起こした。

「明子……なんだね？」

死体の頬《ほお》を撫《な》で回す。ガムテープを剥《は》がして彼女の唇を開かせる。歯の間から指を入れた。舌を押した。

下半身を持ち上げる。ふくらはぎの部分に頬ずりをする。「あ……動く」足の裏を自分の胸に当てる。「思い通りに動く。動くぞ」

正孝は吐息をつく。微笑を浮かべた。

「初めてだ。初めて僕の思う通りに。やっと。やっと本物の明子に。ん？　そうか。あれを穿《は》きたいんだね。やっとその気になってくれたんだね。嬉しいよ。明子。待っててね」

寝室を出た。居間へ行く。縁側に出て衣装戸棚を開けた。袋から黒い布の塊《かたまり》を取り出す。

寝室に戻る。正孝は明子の服を脱がせ始めた。鼻唄《はなうた》をうたいながら。

全裸にした。「さて」黒い布の塊を拡《ひろ》げた。ボディタイツ。拡げて裸体を押し込む。股間《こかん》の部分にだけ穴の開いた黒い布に全身が包み込まれてゆく。

「ほ。ほら」正孝は涙を流した。「ほらあ」洟《はな》が垂れる。「あは」涎《よだれ》が垂れる。「あはあは」

死体の足首を持ち上げた。足の裏を吸う。自分の服を脱いだ。

「あはあは。あ。ああ。明子。明了。あきこお。こ」死体に覆い被《かぶ》さる。腰を動かす。「こんなふうにしたかったんだ。ね。僕はこんなふうにしたかったんだよう。判った？　ね。ね。判ってくれた？　ね。判ってくれたね。うふ」

＊

「——ごめんください」寿谷洋子は活井家の玄関を開けた。「明子先生？　夜分にすみません。あの。昨日の忘れ物のハンドバッグを——」

うふ。うふふふふふふ。笑い声。

「……先生？」

洋子は三和土《たたき》に靴を脱いだ。廊下に上がる。笑い声が聞こえてくる部屋に入った。

＊

午後九時。知事公舎裏の河川敷で若い女性が倒れているとの一報が警察に入った。

現場に到着した警官たちは、女性が頭を殴られた上に首をビニール紐《ひも》で絞められていることを確認。また被害者のものと思われる私服とスニーカーを付近で発見した。被害者は身元を示すものを何も携帯していなかったが、市内に住む下宅《おろしや》夫妻から、高校三年生の娘が出かけたまま帰宅しないとの通報が、その一時間後に入った。

一月十六日（金曜日）

「――というわけで」当麻《とうま》は書類から顔を上げた。「青鹿《おうが》女子学園高等部三年生、下宅由紀《おろしゃゆき》さん十八歳が昨日、他殺体で発見されたことにより、女子高生連続殺人事件の被害者は実に四名にものぼるという、犯罪史上稀《まれ》に見る、最悪の結果に至りました」

カメラのフラッシュが焚《た》かれる。当麻は眼《め》を細めた。書類に視線を戻す。

「捜査に携わる者の一員として、まことに遺憾《いかん》に存じております。被害者おひとりおひとりのご冥福《めいふく》を心からお祈り申し上げると同時に、遺族の方たちには心からのお悔やみを申し上げたいと。かように思う次第であります。なお。かねてより事件の重要参考人として事情聴取を重ねてきた同校英語科担当の男性教諭三十八歳の行方が判《わか》らなくなっており、現在調査中であります」

「その教諭というのが」プレス腕章をした男が挙手をした。「事件の容疑者。そう解釈してよろしいですか」

「現段階では何も断定できておりません。が、同教諭が常日頃から自分の担任クラスに所属する被害者たちに対して教育者にあるまじき脅迫めいた言動を繰り返していたことは数多くの関係者の証言により明らかになっている。また同教諭の妻子は事件発生以前から彼を避けるようにして実家に帰っていた事実も判明している。以上の点を鑑《かんが》みて。いや。むろん正式の見解は、これからの裏づけ調査の結果を待たなければなりませんが」

「すみません」別の記者が挙手をする。「四番目の被害者ですが。死体が発見されたのが昨日の夜として、実際に殺害されたのは？」

「同日午後一時から三時までの間と推定されているが。これは正式な所見ではないことを念のために申し添えておきます」

「容疑者である同教諭が捜査陣の目から逃れて失踪《しっそう》したのは、いつです」

当麻はマイクから口を離した。隣りの男性と囁《ささや》きを交わしておいてから、「月曜日の早朝、同校の女性事務員と電話で言葉を交わしたのが、確認されている最後の足取りということのようです」

「捜査員が彼と最後に接触したのはいつかと、お訊《き》きしているのですが」

「土曜日の夜でした」

「二番目の被害者である他田《おさだ》祐子《ゆうこ》さんの遺体が発見される前ですか。それとも後ですか」

「直後であったと聞いております」

「その際、同容疑者の身柄を拘束するべきだったのでは？　結果的に、同容疑者は遁走《とんそう》し、第三、そして第四の犯行に及んでしまった――そういう批判が一部で噴出している。ご存じだとは思いますが」

「まことに遺憾に存じております。が、土曜日の段階では、まだ同容疑者への逮捕状を請求できるに足る物証が揃《そろ》っていなかった事実を、どうかぜひ、ご理解いただきたい」

「第三の犠牲者が出て、ようやく同一犯人による連続殺人という公式発表がありましたね。しかし捜査本部では第二の事件の段階で既にその結論に至っていた、とも聞いていますが」

「これはあくまでもたまたまですが、第二の被害者のみ、他の被害者たちとは著しく異なる遺体状況があったため、その判断が遅れたと。こういうことであります」

「しかし、どちらにしろ同一犯と判断されていたんでしょ？　ちがうんですか」

「ですから、可能性を検討していたと。そういうことであります」

「市民の警戒心を喚起する意味合いから、もっと早い段階で同一犯人による連続殺人事件という見解を公式発表すべきだった――そういう批判が噴出しています。ご存じだと思いますが。事実、さきほどの県議会の代表質問でも言及されたそうですよ。高牟禮《たかむれ》議員が。この点についてどうお考えになっているのですか」

「まことに遺憾に存じておる次第で」

「忌憚《きたん》ない言い方をさせてもらえば、いたずらに犠牲者を増やしてしまったのは警察の責任なのではないですか」

「捜査の進捗《しんちょく》状況報告に関しましては、その時の状況に適《かな》った、極めて妥当な判断がその都度下されたものと信じております」

「そればかりではない。捜査本部は、犯人を逮捕するまでその公式発表をする意思がなかった——などという噂《うわさ》まで流れている」

「え。何を言っているんですか、きみは」

「それが急に公式発表に及んだのは何か政治的配慮が働いたからではないのか。別の問題を糊塗《こと》するための態《てい》のいいバーターだったと。多くの報道関係者の意見は、その感触で一致している。この際、その真偽についても伺いたい」

「いや。真偽と言われても、だね」

「実際、青鹿事件とはまったく別個の凶悪事件が発生しているにもかかわらず、通常の報道規制の常識を逸脱した隠蔽《いんぺい》工作が当局によって行われているという話まである。どうなんですか」

「もちろん。まったく根も葉もない、でたらめであります」

「ほんとうにでたらめですか」別の記者が声を上げた。「我々は、市内で独り暮らしをしていた刑事巡査官が殺害されたという確かな筋からの情報を得ています。しかし未《いま》だに報道される気配がないばかりか、遺族がその筋から不当な黙秘強要をされたという話まで聞こえてきている。もしこれが事実ならば言語道断」

「そうだそうだ」別の記者が椅子《いす》から立ち上がった。「そのことと、さっきのバーター疑惑との関連を取り沙汰《ざた》されても仕方ないぞ。ちゃんと答えろ。いったい、どうなっているんだ」

「まことに遺憾ながら。これをもちまして会見を終了させていただきます。では」

＊

「……凶器のナイフの柄から検出された指紋が、光門《みつかど》のものと一致しました」鹿又《かのまた》は書類をめくって、「その他、活井《いくい》家の居間のガラス戸や玄関などからも光門の指紋が検出されている。前者は外側に残留していたことから侵入する際に、後者は内側に残留していたことから逃走する際に、それぞれ付着したものと考えられます。時間的に見まして、どうやら彼は、私と落合《おちあい》の訪問と入れ替わりに活井家に忍び込んだ。ガムテープの残骸《ざんがい》が現場に残されていたことや、被害者の手首や口の周囲に糊《のり》が付着していることなどから、光門はガムテープで活井明子《あきこ》さんの自由を奪った上で、彼女を刺殺したものと見られます」

「当初の被害者の夫である活井氏の態度が不審だったため、彼が犯人かとも思われたのですが」落合が補足する。「どうやら妻が惨殺される現場を目撃したことで一時的に錯乱しているようです。被害者から引き離そうとすると暴れて泣いたりしまして――」

「泣く」城田《しろた》は首を傾《かし》げた。「というのは？」

「文字通りの意味です。はらはらと。涙を流したそうなんです。妻と一緒にいさせてくれと。ようやく被害者から引き離した後も、妻を返してくれと。そう嘆願しているらしいのです」

「とにかく様子が尋常ではない」鹿又が説明を引き取った。「被害者は殺害後、服を脱がされて、いわゆるボディタイツというものを着せられていた。下半身だけでなく全身を包み込むタイプのもので着衣したまま性交できるよう局部の部分が最初から開いている。大人の玩《おも》具《ちゃ》の類《たぐ》いです。この布地に刺創がなかったことから、また現場にあった被害者のものとおぼしき上衣に刺創と血痕《けっこん》が残されていたことなどから、被害者がボディタイツを着せられたのは殺害後と思われるのですが、どうやら夫の活井氏が着せたらしい。通報者の話によると、彼は発見時、被害者の死体と性行為に及んでいたといいますし」

「……活井氏は、いま？」

「病院に収容されています。発見当時、活井家の風呂場のバスタブには水が溢《あふ》れていまして。活井氏によると妻を風呂に入れてやるためだというのですが、しかし溜《た》まっていたのは湯ではなくて水でした。お湯だったのが冷めたというのではなくて。最初から」

「どういうことです」

「判りません。精神科の医師の話によると、どうも妻が惨殺された現実を必死で否定し逃避しようとしているのではないかと。それが妻の死体を水風呂に入れようとしたり性交するなどの常軌を逸した行為となって表れているのではないかと。いずれにしろ活井氏には当分の間、療養が必要だとのことです」

「ところで、光門の足取りですが」

「まったく摑《つか》めていません。家族や知人に連絡を取っている様子もない。実家や知人宅に出入りしている形跡も認められない。潜伏先さえ不明なのです。実に巧妙に逃げている」

「こういう言い方はあれですが」落合は溜め息をついた。「我々は光門のことを少し見くびっていたのかもしれない。同調される向きも多いと拝察しますが、彼が有能な警察官だとは、お世辞にも思えなかった。従って逃走が判明しても、すぐに捕まえられるという慢心があったのではないか。それが慢性的な油断に繫《つな》がり、対策が後手後手に回った——そんな反省をさせられます」

「彼は警察官としてよりも、犯罪者としての適性の方が高かったのかもしれません。いささか不謹慎な言い方ですが」

「いいえ。警視。まさにその認識こそ現在の我々に必要なものだと思います。意識していないかもしれないが、我々はどうしても光門のことを元同僚という目で見ている。しかも、あまり有能ではなかった元同僚です。そこには身内意識があり、また、見くびる気持ちがある。繰り返しますが、自覚の有無はともかくとして。だから気持ちを切り換えなければいけない。奴《やつ》は確かに無能な警察官だったかもしれない。しかし犯罪者としては稀有《けう》な資質と才能を持っている。その証拠に奴は、もう四人も殺している。五人目、そして六人目を狙《ねら》ってくるのは必至です」

「次は去川《さりかわ》さん本人を──」

「あるいは、改めて警視を狙ってくるかもしれません」

「去川さんのお嬢さんを狙ってきたという点に関して、どう思いますか」

「そこに奴の犯罪者としての狡猾《こうかつ》さが窺《うかが》えます。奴は先《ま》ず淡海《おうみ》を襲い、事態の認識が浸透する前に津村《つむら》さんを襲った。そして鳥越《とりごえ》さんを。しかし警視を狙って失敗した後、すぐに方向転換をした。標的本人ではなく、その身内を狙うという。特に去川さんがお嬢さん思いであることは署内でも有名でしたから──」

「お嬢さんの結婚式の写真を、わざわざ持ってきて見せてくださったくらいですからね。みなさんにばかりでなく、私にまで」

「ですから、本人を狙う以上に効果的だと踏んだのでしょう。実際、奴の思惑は当たり過ぎるほどに当たった」

「去川さんのことですが――」城田は一同を見回す間、口をつぐんだ。「ご本人から、青鹿事件の捜査には今後も参加する、しかし光門の一件からは外して欲しいとの申し出がありました。むろん公式には我々は光門の一件からは最初から外されていたわけですが。犠牲者が一般市民にまで及んだことで解決のためには上層部も、もうなりふり構っていられない状況にある。だからこそ我々にも捜査に参加するよう正式の通達がありました。それはいい。しかし去川さんに関しては私はまだ迷っています。この際、みなさんのお考えを聞かせてください。去川さんの申し出を、どうするべきでしょう？」

「確かに去川さんが捜査に携わることには無理があります」鹿又は、こめかみを押さえて、「どうしても冷静にはなれないでしょうし。らしくない過激な手段にも訴えかねない。去川さんはご自分で、そのことがよく判っているのでしょう。だからこそ自分を外して欲しいと訴えた。適正かつ冷静な判断だと思います。ただし実際問題としては、さっき言いましたように、光門の方が去川さんを放っておいてはくれない。いつ襲われてもおかしくない現状を鑑みれば、ご自身の一存で、あるいは我々の判断で、単純に外れるの外れないのという問題ではないのではないか、と」

「よく判りました。去川さんが出ていらっしゃったら、また話し合います。ところで光門の件に関しては、さきほどの当麻課長の記者会見を見てもお判りの通り、未だに公表する意思がないらしい。警察官ばかりではなく一般市民である活井明子さんが犠牲になったにもかかわらず。安易な発想で選択した隠蔽工作は大き過ぎる代償を生みました。これなら最初から光門の不祥事と逃走をさっさと公表していた方が、どんなにましだったことか。それもこれも光門のことを見くびっていたからです。彼なんかすぐに捕まえられると。その結果がこれです。組織というものの愚かさを見せつけられました。さて。下宅由紀殺害事件に関してですが」

「結論としては小美山妙子《おみやまたえこ》、他田祐子、そして生地薫《おちかおる》に続く四番目の犠牲者であることは疑い得ない状況です」落合は書類をめくった。「殺害方法。殺害直後に衣類を剝《は》ぎ、遺棄するまでの間、仰向けに寝かせた姿勢で長時間放置している点。そして被害者の靴下を持ち去っている点まで。何から何まで同じです。ただし下宅由紀事件にはひとつだけ、先の三件とは大きな相違がある。それは服装です。下宅由紀は犯人に襲われた際、制服ではなく私服を着ていた。これは青鹿女子学園が高等部三年生の自習のみの登校をとりやめて卒業式まで自宅待機をさせる措置をしたためです。下宅由紀は木曜日の昼頃、食事をしにゆくといって自宅を出たまま行方不明になった。従って学生鞄《かばん》なども彼女は持っていなかった。さて。重要なのはここからでして。今回の下宅由紀殺害事件によって明らかになった点がある。それは、犯人は、被害者たちを制服で見分けていたわけではない、という事実です。おそらく先の三人の犠牲者の場合も。これまでは、特に青鹿女子の生徒を狙った無差別殺人の可能性も検討されてきましたが、今回それはちがっていたことがはっきりした。仮に犯人がこれまで通りの手順で犯行に及んだのだとしたら、私服姿の下宅由紀に声をかけて車に乗せた筈《はず》です。つまり犯人は、被害者が制服を着ていなくても彼女の顔を知っていた。そしておそらく、被害者たちにとっても犯人とは見知らぬ人物ではなかったと。そう考えられる」

「つまり」城田は二度、頷《うなず》いた。「占野《しめの》が犯人である可能性が高くなったわけですね」

「それに関してですが」林《はやし》が挙手をした。「ひとつ疑問があります。仮に被害者たちと犯人とが顔見知りだったとします。犯人は、あるいは下宅由紀の個人的な動向を知り得る立場にいた人物かもしれない。しかし彼女の家族から話を聞いてみますと、木曜日、彼女が外出したのは本来は予定にはなかったことなのですが」

「もう少し詳しくお願いします」

「下宅由紀は木曜日の朝、市内に住む従姉《いとこ》から電話をもらった。その従姉はその日、成人式に出た後、友人たちと一緒に食事をする予定だった。ところが女友だちのひとりが急病で参加できなくなったので、男女の数を合わせるために来ないかと従妹の下宅由紀を誘った。両親によると下宅由紀は当初一日じゅう家にいると言っていたのが、その電話を受けて予定が変わった。つまり、もし従姉からの誘いの電話がなかったら彼女は外出することはなく、従って凶行にも遭わなかったことになる。問題は、犯人には下宅由紀のその日の行動は予測できなかった筈だということです。なぜなら、それは下宅由紀本人にとっても予定外の行動だったのだから。もし仮に彼女が本来の予定通り外出せずにいたら、犯人はいったいどうするつもりだったのでしょう？」

「犯人は彼女の予定は知らなかったが、彼女の自宅の様子を窺っていたのではないでしょうか。すると下宅由紀が出てきたので、さりげなく車で近づき偶然を装って声をかける。彼女が食事をしにゆくという話になって、それじゃ送っていってあげようと彼女を車に乗せた――」

「経緯はそういうことだと思います。しかし、さっきも言ったように、下宅由紀がその日、必ず外出するとは犯人には予測できなかった筈です。むしろ青鹿事件が同一犯人による連続殺人と発表された直後のこと、外出を控えたとしても全然不思議ではありません。その場合、犯人はどうするつもりだったのでしょう。まさか一日じゅう、張り込むつもりだったとでも――」

「こんなふうには考えられませんか」城田は腕組みをした。「非常に悲観的な見方ですが。犯人がこれから襲う予定の標的は、まだ複数いるのではないか――と」

「つまり犯人は、これからまだ何人も殺すつもりだということですか。無作為に」

「いえ。無作為にではありません。おそらく犯人は何か基準を持っている筈です。犠牲者は誰《だれ》でもいいというわけではない。特定の生徒たちでなくてはいけないという理由が何かある筈です。その標的の数は最初から決まっていた。何人かは判りませんが、便宜的に例えば、十人殺すつもりだとします。だとすると木曜日の段階では下宅由紀も含めて、まだ七人も標的候補がいたことになる。つまり犯人は、その七人ならば誰から殺してもいい。たまたま先ず下宅由紀の自宅を偵察にいったら、たまたま彼女が出てきた。だから彼女に声をかけ犯行に及んだ——そういう考え方です」

「それは興味深い指摘です」鹿又は身を乗り出して、「これまで考えもしませんでしたが、小美山妙子や他田祐子なども、その順番に殺さなくてはいけないわけではなかったのかもしれない。つまり犯行日、たまたま被害者が独りで下校していたからチャンスができたと。犯人にとって犠牲者となる標的は決まっているのだけれども、別に誰から殺さなければいけないという事情はない。その日にチャンスができた生徒から順番に襲う——あり得ることだと思います」

「となると」落合は眉根《まゆね》を揉《も》んだ。「五番目、六番目の犯行が確実に起きる——そういう理屈になる」

「いまのところ、その可能性を否定できるだけの材料はない。そこで考えなければいけないのは、犯人はいったいどういう基準で被害者を選んでいるのかという問題です。さっきも言いましたが、無作為とは思えません。その証拠に、殺されているのは全員、青鹿女子学園の生徒であり、しかも四人とも卒業を間近に控えた高等部三年生の生徒です。これは決して偶然ではない。何らかの作為が働いていることはまちがいありません。しかし問題は、では青鹿の生徒で高三ならば誰でもいいのか、それとも、その中でも犯人には何か明確な選別基準があるのか、ということです。被害者たちを繋ぐ環《わ》は存在するのか。存在するのならば突き止めなければなりません──林さん。お願いします」

「先日、こういう話になったんです。小美山。他田。そして生地──お気づきかもしれませんが、被害者たちの名前はすべて〝オ〟で始まる苗字《みょうじ》ばかりなんです。そして今回。オロシヤ──何と、やはり〝オ〟で始まる苗字の生徒が襲われてしまいました」

「もはや偶然とは思えない」落合は唸《うな》った。「三人目までならばともかく」

「そこで青鹿女子学園の生徒で〝オ〟で始まる苗字の者はどれだけいるのか調べてみました。中等部・高等部合わせた数字こそ全体の一割以上ありましたが、高等部三年生に限った場合、学年内で約四パーセント。人数にして総勢十名です。つまり、犯人が無作為に被害者を選んだ結果たまたまその全員が〝オ〟で始まる苗字が揃ってしまった、などということは、絶対にあり得ないとは言わないまでも、確率的には極めて低い」

「これが法則である可能性は高い。雲を掴むような話ですが、〝オ〟で始まる苗字の高等部三年生の生徒をリストアップして彼女たちを重点的に身辺警護するのも、決して無駄ではないと思います。ただ、しかし……〝オ〟で始まる苗字に何の意味があるのでしょう？　何の意味もない単なる犯人のこだわり——と言ってしまえば多分その通りなのでしょうが」

「何だろう。〝オ〟で始まる名前、か。判りませんね。こだわりとおっしゃいますが、そんなことにこだわる理由など想像もつきません。例えば被害者たちの容姿というか、身体的特徴にこだわるというのならば、まだ話は判るのですが」

「そういえば、まだつきつめた議論をしていませんでしたが、これまでの被害者たちの容姿に共通点がある、というふうに感じられた方は？」

数人が首を横に振った。

「性格的にもそうですが、容姿的にも四人の被害者たちに共通点はない——そう断じてもいいようですね」

「やはりこれは」落合は鉛筆で机を叩《たた》いた。「何を検討するにしても、靴下の件とワンセットにして考えなければいけないのでは？」

「ワンセットというと。靴下の一件が共通項に関連している、というのですか。しかし、黒いタイツや白いソックスなど、その種類に一貫性は認められないようですが」

「しかし全員が例外なく持ち去られている以上、これはまちがいなく共通項です。となれば、警視のおっしゃる選別基準を考えるにあたって、これは無視できないファクターではないでしょうか。例えば、これはあくまでも例えばですが、さきほどの〝オ〟で始まる名前という点でいうと、犯人は〝オ〟で始まる名前の女の子が穿《は》いている靴下に、余人の窺い知れぬ執着を抱いている人間なのかもしれない」

「もう少し詳しくお願いします」

「以前、私の知り合いが、ショートカットでタータンチェックのスカートを穿いている女の子を見ると、自分でも理由が判らないのだが、例外なく興奮してしまうという話をしていたことがある。他人には理解できない変態趣味ですが、この犯人も同じなのではないでしょうか。つまり組み合わせです。靴下と、そして何かが組み合わさると自制心が効かなくなる。もちろん、性的行為に及んでいない以上、欲情するといっても目的は靴下だけで。そしてそれを奪う副産物として相手を殺してしまう、と」

「その何かが、例えば〝オ〟で始まる名前なのではないか、ということですか」

「繰り返しますが、これはあくまでも例えばです。しかし、靴下と何かの組み合わせで犯人にスイッチが入るというのは、選別基準としては、あり得るのではないかと。ですから、この季節に靴下を穿いていない者などまずいないことを承知で敢《あ》えていうのですが、この犯人は素足の女性は最初から狙わない、と」

「細かいことを指摘するようですが、もしそうだとすれば犯人は、青鹿女子学園の学校指定のタイツやソックスに対してこだわりを持っているということになりますね。そうでなければ被害者たちが青鹿の生徒に集中する筈はないし」

「いや。そうとは限りません。種類は問わず、とにかく靴下と、それから何かの組み合わせでスイッチが入る。その際とりあえず対象は身近なところで見つくろったのかもしれない。例えば、自分の教え子たちとか」

「占野のことですが、最後の足取りと見られているのが月曜日の朝、事務の寿谷《すや》洋子《ようこ》さんに掛かってきた電話です。その後、彼の足取りは、ぷっつりと途切れている。活井家の住所を問い合わせていたということですが。鹿又さん。生前の明子さんの証言によると、占野は活井宅には現れていないのでしょう?」

「そういう話でした。実際、月曜日といえば、明子さんのお姑《しゅうとめ》さんが急死された日で。それ以降、活井家は取り込み中だったわけですから。たとえ占野が訪ねてきたとしても相手にしている余裕なぞなかったのではないかと」

「あの」林が挙手をした。「占野ですが、彼が小美山妙子を殺害するのは理解できます。両者はお互いを嫌っていたようですし。課長が指摘していたように、彼女に対する占野の態度は、時に大人げないという表現には収まりきらないほど過激だったこともあるとか。ですから、こんな言い方は何ですけれど、彼が小美山妙子を殺すのは全然変ではない。他田祐子にしても、小美山妙子ほどではないにせよ、占野は、いけすかない娘という印象を抱いていたようで、これもまあ、理解できるとは言いませんが、了解範囲かもしれない。しかし生地薫については、占野はあまり知らなかったようだし、下宅由紀に至っては一度も授業を持ったことがない。となると動機が判らなくなってしまう」

「おいおい。だから今は、個人的な動機を問題にしても意味はないのではないか、という議論をしているわけだろ？」落合が口を挟んだ。「極論をすれば動機なんてものは最初からない、その代わり犯人独特の論理による選別基準が何かあるのではないか、という話をしているんじゃないか」

「それは判っています。でも、選別基準というのは、何ていうのか、占野という男のキャラクターに相応《ふさわ》しくないような気がするんですよね」

「どういうことでしょうか」城田は、何かを言いかけた落合を制して、「もう少し詳しくお願いします」

「仮に占野が犯人だとしますと、彼はまず、何が心理的きっかけになったのかはともかく、普段から嫌っていた小美山妙子を殺した。あとの三件の犯行は、第一の犯行によって何らかの道がついてしまったからか。あるいは、存外早く自分に疑惑の眼が向きそうになったため同一犯人による無差別殺人を装うことで己れの犯行を糊塗しようとしたからか。この、どちらかだと思うんです。彼のキャラクターからして。しかし実際の事件を見てみますと、私にはどうも、このどちらも当て嵌《は》まらないように思えて仕方がないんです」

「つまり林さんは、占野は犯人ではないのではないか、ということが言いたいのですか」

「端的に言えばそういうことです。この事件は全体的に、何というのか」林は眉をひそめて一同を見回した。「冷静――そう。何だか極めて冷静にことを運んでいるような印象がある。なぜそう考えるのかと言いますと、死体の発見現場は、いまのところ〈市民公園〉、そして知事公舎の裏に限られていますよね。いずれも、夜間はともかく、昼間はひと通りも多く、早期に発見されやすい場所です。つまり犯人は、被害者たちの死体を遺棄するに当たって己れの犯行を隠蔽しようなどという意志はまったくない。そして毎回、殺し方や死体の遺棄の仕方など、何かの苦行のように様式をきっちり守っている。まるで……何ていうのか、まるで、私たちに向かって、筋道立てて捜査をしてみろ、そうすれば自分が何者であるか、ちゃんと判る筈だと。そう言っているかのような錯覚にすら陥ります」

「社会に挑戦している、ということですか」

「いえ。そういう露悪的なセンスとは、またちょっとちがうと思うんです。そうではなくて、この犯人は、そうですね、まるで何かのノルマをこなしているみたいに犯行に及んでいる——そんな印象が拭《ぬぐ》えないのです」

「ノルマ……ですか」城田は腕組みをした。「ノルマ、ねえ」

「選別基準があるというのは多分、その通りだと思うんです。でも、それによって理性を吹き飛ばして狂気が暴走するスイッチが入るとか、そういう見方は私、正直いって、あまり納得できない。むしろこの犯人は、もっと冷静に、そして淡々と犯行に及んでいる。そんな感じがして仕方がないんですが……」林は言葉を途切らせた。首を竦《すく》める。「——すみません。想像ばかりでものを言ってしまって」

「とにかく」城田は組んでいた腕をほどいた。「さしあたって青鹿女子学園高等部三年生の中で、〝オ〟で始まる生徒をリストアップしておきました。ご覧になってください」

生徒名簿のコピーが回された。岡村麻美、尾崎雅子、小野由香里、大石幸子、大塚あや子、大須賀千鶴の六名。住所、保護者の氏名などが一緒に記載されている。

「さきほど言いましたように、高等部三年生の中で〝オ〟で始まる苗字の生徒は十一名。そのうち四名の被害者たちを除いた残りの六名が、彼女たちです。確証があるわけではありませんが、犯人が、この六名のうちの誰かを狙ってくる可能性に備え、これから重点的な身辺警護に入りますので。どうかよろしく」

「あの……高等部三年生以外の学年にいる〃オ〃で始まる生徒については？」

「そうですね。決してないがしろにするわけではありませんが」城田は溜め息をついた。

「何しろ該当者が百名以上いますので」

＊

「――すみませんね」去川は濡《ぬ》れた白髪を拭《ふ》きながら、「自宅にまで押しかけてきて」

「いいえ。僕は別にいいけど」纏向《まきむく》は頭を掻《か》いた。髪に寝癖がついている。「でも。何かお役に立てるのかな」

「最初は学校の方へ行ってみたんだが。マスコミ関係者が群れていて、とても入れない。電話をしても繋がらない。電話取材がひっきりなしなんでしょう」

「さもありなん。四人もの生徒が殺されてしまった。おまけに犯人は占野くんだというではないですか」

「まだ断定されたわけでは」

「そうですか？　週刊誌もテレビのワイドショーも、そんなふうに伝えているみたいだけど」

「ところで纒向さん。昔の学校関係の資料とかは残されていませんか」

「私物と一緒に持ちかえったものも幾つかあるけど。資料といっても、どういう？」

「例えば俗に言うエンマ帳。あれは通常、保管しておくものなんですか」

「いや。年度が変わったら新しいものが支給されます。でも一年間で使い切るということは、あんまりない。新しいのを支給されても前年度のものをそのまま使っているひとも、けっこういましたよ。僕もそうだった」

「でも、いずれは使い古されるわけでしょ。そういうものは、どうしているんです」

「ほんとうは学年主任か教科主任か、とにかく責任者が、きちんと処分したかどうかを確認しなければいけない規定があるらしいんだけど。そんなことしてなかったな。各自が自分で処理してましたよ。適当に」

「しかし成績や出席状況の記録は？」

「それはまた別の形で保管するんです。きちんとファイルして金庫に。エンマ帳は基本的に年度ごとに捨てられる」

「でも、ただゴミ箱に捨てたりしてはいけないわけでしょ」

「もちろん。考査の結果とか出席状況とか個人情報が記載されているわけだから。普通のゴミには出せません。ページを丸ごと裁断するか。あるいは燃やすかする」

「でも、それを責任者がきちんと確認していないのなら、もしかして古いエンマ帳が残っていることもあるのでは」

「まあ。絶対ないとは言えない」

「纒向さんはどうです。例えば、いまの高三が中等部一年生の年のものは、どうされました」

「ええと。そういえば燃やしたという記憶はないな。裁断したんだっけ」

「探してみていただけませんか」

「ちょっと待ってください」

纒向は奥の洋室に去川を招き入れる。収納から段ボール箱を取り出した。

「昔、学校で使ってたものは全部この中に放り込んである。でも未整理で——」

「拝見しても、よろしいですか」

「どうぞ。お茶でも入れましょうか」

「おかまいなく」

去川は段ボール箱の中味を順番に出してゆく。社会科の教科書。参考書。プリント類。証明用写真。生徒の寄せ書き色紙。

「……ありませんね。エンマ帳は」

「じゃ、やっぱり裁断したんだな」

去川はコンピュータのプリントアウトの束を取り出した。「――これは？」

「あれれ。そんなものが残ってたのか」

「何ですか、これは」

「定期考査や臨時の小テストなどの点を入力したものです。これで各人の得点平均値を出す」

「コンピュータでテストの得点を計算しているんですか」

「ええ、何しろ一クラス四十人もいるから。昔は担任が自分でいちいち計算しなければいけなかったそうだけど。最近は全部これ。入力すればいいだけだから楽です。クラスの平均点や落第点の生徒氏名も一発で出るし」

「おや。これは」去川はプリントアウトを指で示した。「他田祐子の名前がある。ここに」

「ほんとだ。ええと。〈中一纏向ホーム〉とありますね。五年前のやつだ。へえ。よく残ってたなあ。ほんとはこれもエンマ帳と一緒に裁断処分しなければいけなかったのに」

「これは出席番号順に並んでいるんですか」

「ええ。アイウエオ順です」

「他田祐子は4番で――全部で四十五人か。他のクラスのものは？」

「当時授業を受け持っていたクラスの分は一緒に束になっている筈ですよ。入力はテストを採点した教諭がやるわけだから。ええと——ほら。ここにある」

「〈中一佐竹《さたけ》ホーム〉……これは下宅由紀のクラスだ」

「そうですね。これは〈浅沼《あさぬま》ホーム〉か。小美山妙子がいる」

「……あとは?」

「ないですね。この年、僕が授業を受け持っていたのは、この三クラスだけだから」

「纏向さん。当時の中等部一年生の全生徒のリストが見てみたいんだが。そういう名簿みたいなものはありませんか」

「えーと。あ。そういえば、卒業アルバムがあったかも——」

「え。卒業アルバム? しかし彼女たちは、まだ卒業していないでしょ」

「中等部課程を終了すると卒業式があるんです。それで中学校卒業、義務教育修了という形になって。ごくたまにですが、そこから他の高校へ進学する者もいたりする」

「なるほど。卒業アルバム、か。ぜひ見てみたいんだが」

「どこへ仕舞ったかな。ここじゃなかったと思うんで。ちょっとお待ちください」

別室へ引っ込んだ纏向は、しばらくして戻ってきた。「ありましたよ。どうぞ」

「失礼」

去川はアルバムをめくる。クラス写真や行事ごとのスナップなどが続いた後、一番最後に名簿が記載されている。教職員と、その年度の卒業生の名前と住所が。

「これもアイウエオ順ですか」

「そうです。名簿はクラス別ですね」

「おや」アルバムの間から、コンピュータのプリントアウトがすべり落ちた。「これは？」

「なんでこんなところに挟んでおいたんだろ。これは彼女たちが中等部一年生の年の、クラス別の出席簿ですよ。ほら。〈中一纒向ホーム〉とか、あるでしょ。入学式で新入生の名前を呼ぶために使ったものじゃないかな。それを、その学年の卒業アルバムに挟んでおくなんて。僕もけっこう感傷的だったのかしら」

「これもアイウエオ順だが。アルバムの名簿とは顔ぶれがちがいますね」

「それはそうですよ。一年生の年と卒業時の三年生の年ではクラス編成がちがいますから」

「お借りしてもいいですか。この呼名リストと、それからアルバム」

「別にかまいませんが」

電子音。去川のポケットベルだ。

「失礼。電話をお借りします」

「どうぞ」

番号を押した。「――去川ですが」

「大変です」城田の声だった。「たったいま病院から連絡がありました。活井正孝《まさたか》がいなくなったそうです」

＊

活井家の周囲には立入禁止のテープが張り巡らされている。

レインコートを着た人影が現れた。雨がフードを叩いている。周囲を窺う。

立入禁止テープをくぐった。玄関の扉に手をかける。開かない。

ガレージの方に回った。上がり口は雨戸で塞《ふさ》がれている。

人影は戸袋のすぐ横の雨戸の上部を叩いた。雨戸を動かそうとする。動かない。場所を変えて、もう一度叩いた。内側にある古い木製の閂《かんぬき》が、その衝撃で落ちて外れる。

雨戸を開いた。土足のまま縁側に上がる。

居間を抜ける。廊下に出た。

寝室の襖《ふすま》を開ける。畳が黒く染まっている。

押し入れを覗《のぞ》いておいてから居間に戻る。電灯をつけた。

縁側の衣装戸棚。扉に手をかける。セルビデオのケースが並んでいる。

〈ジューシイ・レッグ〉というタイトル。ケースを手に取る。若い女性の写真が貼《は》られている。パンティストッキングだけを穿いた全裸。

人影は別のケースを取った。〈美脚妄想〉というタイトルが付いている。ミニスカートを穿いた女性の下半身の写真。

人影はビデオテープを指さして数えた。千六百二十七本。全て女性の脚を素材として強調したタイトル。そして写真が貼られている。

衣装戸棚の底の引き出しを開けた。袋詰めにされた未開封の女性用ストッキングや網タイツ、ガーターベルト、ボディタイツなどが並べられている。色分けされて。白二十着あった。

人影はテープを一本手に取った。テレビに接続されたビデオデッキに入れる。再生した。

エイトビートの音楽。下着姿の女性が画面に現れる。髪を掻き上げる。乳房を持ち上げる。黒いストッキングを穿いた腿《もも》を撫《な》で上げる。それらの仕種《しぐさ》を交互に繰り返す。

画面に男が現れた。ブリーフ一枚。女の前にひざまずく。女は男の顔面、胸、そして股間《こかん》へと爪先《つまさき》をすべらせてゆく。

人影は立ち上がった。画面に眼を据えたまま。テーブルの上の灰皿を取る。テレビのブラウン管めがけて放り投げた。

破砕音。破裂音。白い煙が吹き出る。

壊れたテレビの下でビデオデッキはまだ動いている。テープを引き抜く。壁に向かって放り投げた。

縁側に戻る。戸棚に並べてあるテープを引きずり出した。ケースから引き抜く。カセットの外装を外す。テープを引きずり出す。外装を外してはテープを引きずり出した。引きちぎる。丸めては放り投げる。

テープを引きずり出そうとした手が紙袋を摑んだ。人影の動きが止まる。

紙袋を逆さにした。中からビニール袋がすべり出てくる。

人影は身を屈《かが》めた。ビニール袋を拾い上げる。中にあったものを指でつまみ出す。

使用済の、黒いタイツ。白いソックス。足の裏が黒ずんでいる。

人影はタイツとソックスをビニール袋に戻す。コートのポケットに突っ込んだ。

縁側のガラス戸を開ける。

トタン屋根を叩く雨の音。

人影は縁側から下りた。ガレージの中のセダンのドアに手をかける。ロックが掛かっている。

ガレージの隅に置いてあるレンチを拾った。角の部分を窓の一点に集中させ、殴りつける。ガラスが割れた。手を突っ込んでロックを外す。内部を覗き込む。

助手席のシートを見る。床を見る。グローブボックスを開ける。

灰皿を引き出した。

吸い口に口紅がついた吸殻。四つある。

ドアを開けたまま縁側に戻った。居間の炬燵《こたつ》の上に置いてあるタバコの箱を手に取る。

人影はタバコの箱とライターを背広のポケットに入れた。家の土間に下りる。

奥の靴箱。ガソリンタンクがある。人影はタンクを手に取った。液体が揺れる音。

ガソリンタンクを持って居間に上がった。縁側から下りる。

トタン屋根を叩く雨の音。セダンの内部にガソリンを撒《ま》く。

縁側に戻る。ガソリンを垂らしたまま。

衣装戸棚。ビデオテープの残骸。未開封のストッキング。居間の畳。居間を出た。廊下。

寝室。ガムテープを張った押し入れ。順番にガソリンをかけてゆく。

空になったタンクを放り出した。外へ出る。タバコを一本抜き出すと口に咥《くわ》えた。火をつける。ガレージに放り投げる。

人影は走った。雨がフードに降りかかる。背後で、燃焼される空気の音が尾を曳《ひ》く。

炎が走る。ガソリンの上を。

炎。

セダンに引火。

爆発。

*

午後九時三十分。

知事公舎の裏の河川敷で若い女性の他殺死体が発見されたとの一報が入った。

被害者は全裸で、彼女のものと思われる衣類はランニングコートの傍《そば》のゴミ箱に押し込まれていた。身元を示すものは現場からは発見されていない。ほぼ同時刻、市内に住む加賀林《かがばやし》という夫婦から、高校三年生の娘が帰宅しない、という知らせが入る。

*

午後十時。市内の雑居ビルの裏路地に男性が倒れているのを通行人が発見し警察に通報した。救急車が駈《か》けつけたが、男性は既に全身打撲で死亡していた。

雑居ビルの階段の踊り場には、その男性のものと思われる靴が並べられていた。遺書の類いは見つかっていない。

男性の上着から出てきた運転免許証には『活井正孝』と記されていた。

一月十七日（土曜日）

「――被害者の名前は加賀林恭子《かがばやしきょうこ》。青鹿《おうが》女子学園高等部三年生です」落合《おちあい》は肩を落とした。林《はやし》、そして城田《しろた》を盗み見る間、口をつぐむ。「さきほどから説明しているように、死体や現場の状況はこれまでの四件とほぼ同じ。ゴミ箱から発見された衣類が私服であった点は下宅《おろしゃ》由紀《ゆき》のケースと同じ。従って五番目の犠牲者と考えてまちがいないでしょう。ただ、相違点がないわけではない。まず被害者の死亡推定時刻。これまでは午後一時から三時までの間というのが主でしたが、今回初めて、昨日の午後五時から六時の間という検視結果が出ました。死体発見が早かったため、かなり正確な所見と思われます。司法解剖の結果が出れば、より細かい時刻の推定も可能かと。そして今回の最大の相違点ですが。実は被害者の自宅に、昨日の午後三時頃、男性の声で電話が掛かってきている。男性は警察の者であると名乗り、青鹿事件のことで話を聞きたいのだが加賀林恭子は在宅かと訊《き》いたそうなんですが……」

「その電話を掛けたのは」去川《さりかわ》は挙手をした。立ち上がる。「私だ」

「え」

「青鹿事件のことで話を聞きたいと言ったのはもちろん口実で、ほんとうは、加賀林恭子が次の犠牲者として狙《ねら》われるのではないかという危惧《きぐ》から彼女の安否を確認する意味合いで掛けた」

　会議室が、ざわめきに包まれる。

「え……」落合は鹿又《かのまた》と顔を見合わせた。「ええっ？」

「残念ながら、その時ちょうど加賀林恭子は友人宅に赴いていて留守でした」去川は城田の方を向いた。「今にして思えば、お嬢さんが狙われる可能性があると保護者に対して警告するべきでした。いたずらに不安を煽《あお》るべきではないと自重したのが悔やまれます。もちろん、加賀林恭子が五番目の犠牲者になるという予測の根拠に、いささか自信がなかったせいもあるのですが——」

「しかし」城田は息を吸って、「こうなった以上、去川さんの予測は当たっていたわけです。その根拠を説明してください」

「狙われている女子高生とは、青鹿女子の高等部三年生で、その中でも苗字《みょうじ》が〝イ〟で始まる生徒ではないかという仮説が先日出たそうですが。この考え方は実は、かなり核心を衝《つ》いている」

「え。でも」林は城田と顔を見合わせる。「今回の犠牲者の苗字は、加賀林ですよ。〝オ〟で始まる名前ではありません」

去川はコピーを回した。「これは被害者たちが青鹿女子学園に入学した際、入学式の呼名に使われたリストの写しです。六クラス、全部が揃《そろ》っている。見て判《わか》るように、生徒の名前はアイウエオ順に並んでいる。同時にこれは出席番号順でもある。中等部一年生の年、一番目の被害者の小美山妙子《おみやまたえこ》は〈浅沼《あさぬま》ホーム〉、二番目の他田祐子《おさだゆうこ》は〈纒向《まきむく》ホーム〉、三番目の生《お》地薫《ちかおる》は〈広尾《ひろお》ホーム〉、四番目の下宅由紀は〈佐竹《さたけ》ホーム〉、そして五番目の被害者である加賀林恭子は〈中《なか》ホーム〉――それぞれの被害者たちには、ある共通点があるのだが。判りますか」

コピーをめくる音。

低い囁《ささや》き声。

城田が呟《つぶや》いた。

「出席番号……ですか」

「え？」落合がコピーを見なおす。「出席番号、というと」

「全員が、それぞれのクラスの4番なのです」

「4番……？」

「苗字が〝オ〟で始まる者が多かった理由とは、どうやらここにあったようですね。出席番号はアイウエオ順だから――」

「これに気がついた私は、もしかして次の被害者は加賀林恭子か、あるいは〈西村《にしむら》ホーム〉の出席番号４番、上県静《かみあがたしずか》なのではないかと考えました。そこで加賀林恭子と上県静の自宅へそれぞれ連絡を入れてみた。残念ながら両方とも不在だった。加賀林恭子は、さっき言った通り友人宅へ遊びにいっているという話でした。上県家の方は留守電になっていて誰《だれ》も出なかった。上県家の方には実際に赴いてみたのだが、近所のひとに聞いた話によると、どうやら娘の卒業式の前に家族で旅行に出かけているらしい」

「気がつかなかったな、これは」落合は鹿又の耳もとで囁いた。「俺《おれ》たちの見た名簿は地区別だったんだもの」

「では――」城田はコピーを指ではじいた。「上県静が旅行から戻ってきたら、今度は彼女が狙われる、と？」

「こうなった以上、可能性は高い。だが、とりあえずこの町に不在の間は、上県静の方は安全だろうと思えました。そうなると加賀林恭子の方が俄然《がぜん》心配になる。独断ではありましたが、私は加賀林家に向かい様子を見ることにしました。あるいは犯人が帰宅してきた彼女に接触することもあり得ると。しかし残念ながら加賀林恭子が帰宅することは、ついになかった。あるいは私が張り込む前に既に帰宅しているかもしれないという希望も抱いていたのですが――」

「上県静ですが、どこへ旅行しているのです。ご存じですか」

「近所のひとが連絡先を預かっていました。家族が帰宅するのは、明後日の予定だとか」

「即刻、上県静の身辺警護に入るよう手配をしなければ。旅先から帰ってくるところを狙われる可能性もありますからね」

「本人と、その家族にこのことは？」

「説明せざるを得ないでしょう。すぐに私が連絡します。旅先の地元警察の協力も仰がなければなりませんし」

「しかし」鹿又はコピーを掲げて、「犯人が次の犯行に於《お》いて、もし、この出席番号の法則性を無視したら……」

「もちろん。その可能性もある。予断は許されません」

「あの……」林は去川を見た。「ということは、上県静以降はもう犠牲者は出ない——と。そう考えてもいいんでしょうか？　一学年には六クラスしかないわけだから。出席番号４番だった生徒は彼女で打ち止めになる」

「いや」城田は去川から林に視線を移す。「判らないでしょう。それは。もし犯人が犯行を続けることを優先したら、別の法則を打ち出してくるかもしれない」

「しかし」鹿又は首を傾《かし》げた。「しかし、五年前にそれぞれのクラスで出席番号が４番だった——そのことが犯人にとって、いったいどういう意味があるんでしょう？」

＊

「みんなの前では、ちょっと」去川は椅子《いす》に座ったまま。「言いにくかったものでして」

「何か、そんな感じはしておりました」城田は去川の隣りの椅子に移る。会議室には、ふたりしかいない。「出席番号４番が何を意味するかも、ご存じなのですね」

去川は頷《うなず》く。「結論から言えば、事件はもう終結しました」

「え」

「従って、上県静の身辺警護も不要です」

「しかし、どうしてそれが判ります」

「犯人が死んでしまったから」

「犯人とは誰のことです」

「それは私の口からは言いにくい。しかし言わないわけにはいかない。公式には城田さんが解明したという形にしていただけますか」

「それは別にかまいませんが」

「仮に出席番号４番という共通点に意味があるとすれば、それが五年前の学年である以上、五年前の事件がポイントとなる筈《はず》だ。そもそも五年前の事件に全ての発端があると言ってもいい」

「健王部佳人《たけるべよしと》の変死事件ですね」

「彼が手に握りしめていた『他田祐子』の名前。あれが全ての発端だ。もし仮に、あれが私の想像通り、五年前の中等部一年生の年度末試験の英語テストの一部であるならば、どこかにその答案用紙の本体があることになる」

「氏名の部分だけが千切れ落ちた本体ですね」

「犯人は、その答案用紙の本体を持っている人物である——私は、そう考えたのです」

「どういうことです」

「ここに生徒氏名の部分だけが欠けている答案用紙があるとする。この答案用紙は、いったい誰のものなのか。それを知るためには、いったいどうすればいいだろう」

「生徒氏名の部分が欠けていても、本体が残っていれば簡単に判ります。ホーム名や出席番号を書く欄は本体に残っているのだから。それを見れば誰の答案なのかはすぐに判明する」

「そう。ただし、あくまでも、それらの項目が書かれていれば、の話だ」

「書かれていなかった、というのですか」

「書かれていなかった。お忘れでないと思いますが、いま問題にしている答案用紙とは、教師に提出されて採点される正規のものではない。あくまでも復習用のものだということだ。従って、問題をもう一度解くにしても、あとの記入欄は不用のものです。書かずにいても不思議はない」

「しかし現に、他田祐子は自分の名前を書いたわけですよね。つまり本番の雰囲気を再現する意図があったわけです。ならば、全ての記入事項を書いておいてから問題を解きなおしたとしても、おかしくないでしょう」

「多分、出席番号と名前は書いたのだろう。しかしクラス名は書かなかった」

「どうして、そんなことが判るのです」

「担任の名前です」

「担任の名前……？」

「纒向という漢字。それは当時中学一年生だった他田にとって書きづらい字だった。復習用のそれにわざわざ書く気にはならないほどに」

「なるほど。では他田祐子がクラス名だけを書かなかったとしましょう。結果としてその答案用紙は、氏名の部分が千切れたことによって、中等部一年生で出席番号4番の誰か、までは判るが、どのクラスの生徒かは判らない——そういう代物になってしまった」

「ここからはまったく何の根拠もない想像でものを言うことになる。といっても、犯人が誰かに関しては物的証拠がないでもない」

「物的証拠、ですって？」

「名前が欠けた答案用紙だが。健王部佳人は、他田祐子の復習用答案用紙を、いったいどうやって手に入れたのか」

「でも彼が持っていたのは、氏名の部分だけだったのでしょ？」

「いや。そもそも彼は完全な形で答案用紙を手に入れていたのです。それが、ある事情によって氏名の部分だけ彼の手の中に残ることになった。詳しい経緯はおいおい説明してゆきますが。問題は最初に彼がどうやって、完全な形の答案用紙を手に入れたか、だ」

「それは、いろいろ考えられるでしょう。例えば他田祐子は、復習が終わった後、その答案を捨てたのかもしれない。正規のものではないから採点されるわけではないし。持っていても仕方がないですからね。それを、たまたまゴミ箱を漁《あさ》っていた健王部が拾った、とか」

「具体的にどういう経緯で、他田祐子が健王部と知り合ったのかは判らない。おそらく健王部が、いつもの調子で一方的に彼女に話しかけたのでしょう。最初はまともに相手にしなかった他田祐子だったが、話を聞いているうちに、ふと魔がさしてしまった——」

「魔がさした？」

「健王部は女子生徒たちの悩み事などを聞き出すのが好きだったらしい。あるいは、何か悩みでもあるのかと訊いた彼に、他田祐子は、英語で初めて満点を取れないことになりそうだ、と洩《も》らしたのかもしれない。何度も言うようだが、ふたりの間で具体的にどういうやりとりがあったのかは、両者とも死んでいる以上、想像を逞《たくま》しくするしかありません。だが、おそらく、採点される前に答案用紙をすり替えればいい——そんな話になったのだろうと思う」

「答案をすり替える……」

「提出されている正規の答案は九十八点のものだった。それが判っていた他田祐子は余りの答案用紙を先生にもらって復習する。今度はミスをしていない。満点の自信がある。これを既に提出されている答案とすり替えることができれば——他田祐子は、そんな誘惑にかられた。あるいは健王部が一方的に提案したことだったのかもしれない。自分が答案をすり替えてきてやると。そう言われて彼女は、半信半疑のまま手渡したのかもしれない。そこら辺りの詳細は謎《なぞ》ですが」

「すり替えるって。でも、そんなことができるのですか？」

「教諭は学校もしくは自宅で採点する。学校は人目につきすぎるが、その教諭の自宅ならば、こっそり忍び込んで答案用紙をすり替えておくこともできる。健王部はそう考えたのでしょう。だが彼が英語教諭の自宅の住所を知っていたとは考えにくいから、これは他田祐子が彼に教えたと解釈するべきだ」

「待ってください。おっしゃりたいことは判ります。しかし、もしほんとうに他田祐子が本気で答案用紙をすり替えるつもりだったのだとしたら、問題の偽答案用紙に所属しているクラス名を記入しなかったのは、おかしい。完璧《かんぺき》を期するつもりなら、クラス名もきちんと記入してから健王部に手渡した筈では？」

「いや。そうではありません。実は他田祐子は英語の答案を全部保管していた。母親に見せてもらったのですが、中一の年の答案用紙はほとんどクラス名の記入欄が空白だった。一度担任の名前をカタカナで書いたら、ちゃんと漢字で書けと叱《しか》られた。それに反発した彼女は以後、クラス名は空白のまま答案用紙を提出するようになった。当然その年度末試験も同じだったでしょう。従って、むしろ書いていない方が自然な形だったというわけです。実際、そんなふうにクラス名を書かない生徒というのは他にもけっこういたらしい」

「その自然な形になった偽物の答案用紙を受け取った健王部佳人は、すり替えにいったというのですか。受け持ちの英語教諭、すなわち活井《いくい》——いえ、去川明子《あきこ》さんの自宅へ？」

「当時、結婚前の明子は自宅に住んでいた。健王部は二階の彼女の部屋に忍び込もうとしたのでしょう。そしておそらく、そこで娘と鉢合わせしてしまった。当時まだ私は再婚していなかった。家には娘独りしかいなかった。娘も驚いただろうが、健王部も驚いた。具体的にどういう経過だったのかは判らないが。悪い想像をすれば、明子は健王部を二階の自分の部屋の窓から突き落としてしまったのかもしれない」

「明子さんが、ですか。どうして、そんなふうにお考えに？」

「もし仮に健王部が死亡したのが純然たる事故だったのだとしたら、明子はそのことを隠さなかった筈だからです。しかし突き落としてしまった。過剰防衛のような形だったのではないかと想像される。健王部はおそらく庭石に激突して死亡した。明子は困ったでしょう。私が早く帰宅していれば私に相談していたかもしれない。しかし私が帰宅する前に、当時から我が家に出入りしていた活井が現れた」

「ご主人ですね」

「活井は車を持っていた。黒いセダンです。その車に積んで健王部の死体を処分してきてやる――明子にそう提案したのでしょう。だが、その代わりに自分と結婚してくれ――そんな卑劣な交換条件を出したのではないか。いまにして思えば、活井のことをそれほど好ましく思っていなかった筈の明子が、いきなり彼との結婚を決意したのは、裏でそういう取り引きがなされていたからだとすれば、ようやく納得がいく」

「では活井は健王部の死体を車で運び、そして隠したのですか。マンホールに」

「発見が早ければ、死体検分により余所《よそ》から運ばれてきたものとすぐに判ったかもしれない。

しかし四ヵ月余りも経過していたため、結局事故死という結論が出てしまった」

「死体を処分する際に活井は、健王部が持っていた答案用紙をもぎとったのですね。その結果、偶然にも『他田祐子』の名前の部分だけが健王部の手の中に残った——なるほど。そういう経緯だった、と」

「他田祐子が、どの程度、本気で健王部の首尾を期待していたのかは判らない。ただ、テストが終わった直後に佐竹教諭に余った答案用紙をもらいにいっているということは、自分がイージーミスを犯したことを彼女は、その時点で知っていた筈だ。それが、いざ答案を返してもらった時に満点ではなかったことをひどく口惜《くや》しがったというのは、あるいは、けっこう真剣に期待していた証拠なのかもしれない。現に彼女の母親によると、九十八点の答案を持ってかえった他田祐子はひどく怒っていたそうです。騙《だま》された、と言って」

「騙された……つまり、答案をすり替えると約束したのに、それを果たしてくれなかった健王部に騙された、と?」

「そう解釈するのが自然でしょう」

「では、もしかしたら他田祐子は、健王部が死んだことも知らなかった?」

「多分。なにしろ相手は見知らぬ路上生活者だった。健王部という名前すら最後まで知らないままだったでしょう。いつも〈市民公園〉に出没していた筈の彼の姿が、急に見られなくなっても、気にする者は誰もいなかった」

「明子さんと活井の手元には、生徒氏名だけが抜けた英語の答案が残った。それを見て健王部の意図が何だったのかに気づいたのでしょうか」

「気づいたのでしょう。問題の偽の答案用紙を見た娘は当然不審に思い、採点するために持ちかえっていた正規の答案の束を確認した。三クラス分。もしかしたら健王部がそこから抜き取ったかもしれないと思って。しかし一枚も抜き取られた様子はない。ということは、問題の答案用紙は彼が持ち込んだものであり、その目的がすり替えにあったと推論するのは、それほどむつかしくなかった。生徒の誰かがこの男を唆《そその》かして不正を働こうとしたのだと。氏名が欠けてはいるが、その生徒とは自分が英語を受け持っている三クラスの出席番号４番である三人のうちの誰かだ、と」

「そこまでは判りました。しかし、そのことが今回の事件といったい、どのように繋《つな》がるというのです？」

「さっきも言ったが、娘との結婚に関しては活井の方が積極的だった。明子は彼と結婚なんかしたくなかった。しかし、そういう形で弱みを握られてしまったため嫌とは言えなくなった。仕事を辞めることも彼女にとっては不本意だった。しかも年度末になって急に報告すると学校に迷惑をかけることになる。親の欲目かもしれないが明子はそんな非常識な人間ではありませんでした。以前から彼との結婚を望んでいたのだとすれば、もっと早めに報告していた筈です。それが、すべて活井に脅されての行動だったとすれば納得がいく」

「なるほど」

「そうやってむりやり明子と結婚した活井だったが、その後、娘に失望してしまった」

「失望、といいますと」

「具体的には判りません。しかし、この前初めて知ったのだが、娘は活井に家庭内暴力を受けていたらしい」

「それは聞いています。お嬢さんの身体《からだ》には無数のアザがあったと。光門《みつかど》の仕業ではなく、もっと以前から日常的に暴力を受けていたのだろうという話だったのですが――」

「娘の何がそんなに気に入らなかったのか私には判らない。それなら、さっさと別れてくれればよかったのに。あるいは世間体を気にしたのか。しかも奴《やつ》は娘と別れようとしなかったばかりか、結婚するきっかけをつくった健王部と、偽の答案用紙の持ち主に対して逆恨みをした」

「逆恨み？」

「つまり、あの答案用紙すり替えの件さえなければ、明子を脅す材料はできなかったわけだから、彼女と結婚する羽目になったのは健王部とその女子生徒が悪い、と」

「そんな無茶な」

「無茶な男だったのです。そして身勝手な」

「それで、出席番号4番の生徒を探そうと思い立ったわけですか」

「最初はね。しかし奴は結局、その生徒を特定せずに4番の牛徒を全員、殺そうと決めた。どうせならば趣味と実益を兼ねようと」

「趣味？」

「活井は女性の脚に異常な執着を示す嗜好《しこう》の持ち主だった。この前、自宅を調べてみたら、その類《たぐ》いのビデオや、ストッキングが腐るほどコレクションされていた。しかも――」

「しかも？」

「黒いタイツや白いソックスも隠してあった。それも使用済の。確認したら青鹿女子の学校指定のものだった」

「それは……まさか？」

「事件の戦利品としか考えられません。残念ながらコレクションは昨日の火事で灰になってしまったが。幸い証拠品のタイツとソックスは事前に私が持ち出しています」

「……去川さんが？」

「活井家の火事は放火だったとか」

「ガソリンが撒《ま》かれていたらしいですね」

「活井の仕業でしょう」

「何のためにそんなことを？」

「証拠を隠滅したかったのでしょう」

「タイツとソックスをですか。そのために自宅を丸ごと？」

「そればかりではない。奴の狙いは自分の車だった。奴は被害者たちの遺体を運ぶのに自分のセダンを使っていた。もしセダンが詳しく調べられることになったら被害者の血痕《けっこん》や毛髪が発見されるかもしれない。だから処分しなければいけなかった。しかし車だけ燃やすと却って不審を買うかもしれない。奴はそう用心した。そこで家全体を燃やしてしまった。家への放火が目的であるかのように見せかけて」

「いうところの趣味と実益を兼ねた犯行を隠蔽《いんぺい》するために、ですか」

「思うに奴は明子と性的に不一致だった。明子が奴の性癖を受け入れた筈はない。だから奴は怒って娘に乱暴したのかもしれない。とにかく欲求不満になった活井は、女子高生を襲ってその靴下を奪うことを計画する。その際、どうせならば、あの答案用紙の持ち主かもしれない連中を標的に選ぼうと考えた」

「すると結局、基本的には標的は誰でもよかったというわけですか」

「ほんとうに問題の答案用紙の持ち主かもしれない女子生徒たちに絞るつもりがあったならば、明子が英語を受け持っていた三人だけで済んでいた筈です。しかし奴は既に三人目の犠牲者として生地薫、すなわち明子ではなく佐竹教諭が受け持っていた生徒を殺している。基本的に無差別殺人だった証拠です」

「活井が犯人だとすると、しかし犯行時刻は勤務中だったことになりますが」

「彼はいまでも外回りの営業をやっている。その途中で女子生徒たちに言葉巧みに声をかけ、そして車に乗せて犯行に及んだ。夜を待って死体を遺棄するまでの間、助手席に死体を乗せたまま奴はあちこちを回っていたわけです」

「……活井は営業に自分のセダンを使っていたのですか」

「当然でしょう。でなければ、そもそも健王部佳人の死体を運べなかったことになる」

「靴下を奪うことが目的だと言いましたね。では彼は彼女たちを殺すつもりはなかったのでしょうか。少なくとも最初は？」

「それは判りません。さっき言ったように、彼の本来の目的は女性の脚であり、それを包む靴下だった。それさえ奪えばいいという気持ちだったことはあり得る。現実問題としては、それで済まなかったわけですが。小美山妙子を殺してしまった後は、すっかり道がついてしまった」

「なるほど……」

「そして昨日、加賀林恭子を殺した後、飛び降り自殺をした。おそらく奴も、私がそうしたのと同じように、両方の家に探りを入れていた。上県家は旅行中だと知った彼は、加賀林恭子を最後の犠牲者として選び、自らの命を絶つことで全てを締めくくったのです」

「彼は病院から逃げ出して加賀林恭子を襲った。そのため犯行時刻が、これまでのものよりも遅い夕方になってしまった、というわけですか」

「まさしく」

「去川さん。お話はよく判りました。しかし、活井正孝《まさたか》犯人説は、私の胸に仕舞っておくことにします」

「え」立ち上がりかけていた去川の動きが止まった。「なぜ?」

「活井は犯人ではあり得ないからです」

「何を言っているんですか」

「いいえ、正確に言いなおしましょう。もしかしたら彼は最初の四人を殺したのかもしれない。それを否定できる材料はいまのところありません。しかし加賀林恭子だけは別です。活井正孝に彼女が殺せた筈はない」

「ど……どうして」

「さきほどの会議では、直接関係があるとは思われなかったので報告しませんでしたが、活井が飛び降りたのは、実は昨日の午後四時頃だと見られているのです」

「え？」

「発見されたのは夜になってからでした。しかし死後数時間経過しているらしいことや、その後、午後四時前後に付近の住人が激しい落下音を聞いていると報告されたことなどから、活井が飛び降り自殺をしたのは午後三時から四時までの間である——そう見られているのです」

「三時から……四時」

「発見されるまでに時間がかかったのは、彼が転落した位置が歩道から死角に入っていたからです。発見者の通行人は、たまたま用を足しにその死角へ入ってゆき、活井の死体に遭遇した。さて。説明せずともお判りですね？　加賀林恭子の死亡推定時刻は午後五時から六時。司法解剖の所見はこれからにしても、極端に大きくずれることはまずない。つより、活井正孝には加賀林恭子を殺すことは、物理的に不可能だったのです」

「し……しかし。しかし——」

「まだ問題はある。車です。活井正孝が営業のためにセダンを使っていると言いましたね。どうしてそんなふうに思われたのかは知りませんが、事実はそうではありません。彼は原付のカブを使っていたのです」

「カブ？　ど、どうして、そうだと……」

「偶然なんですが、林さんと落合さんが〈生地米穀店〉を訪れた彼と顔を合わせているのです」

「〈生地米穀店〉……？」

「生地薫の自宅です。活井の方は林さんと落合さんの顔を知らなかったので挨拶《あいさつ》はしなかったが、ふたりは活井正孝の顔をよく知っている。私たちはみんな知っています。お嬢さんの結婚式の写真を見せていただきましたから。去川さん、あなたに。ふたりによると、活井はカブに乗っていたそうです。まちがいありません」

「カブ……いや。そんな筈はない。奴は車を使っていた筈だ。そうでなければ、そもそも健王部佳人の死体を運べなかったことになる」

「それはまた事情がちがいます。彼が健王部佳人の死体を運んだと断定できるわけではありませんが、仮にそうだとしておきましょう。その場合、彼は営業の途中カブで去川さんのお宅に寄った。独りでいた明子さんは彼に助けを求める。事情を知った活井は自宅へセダンを取りにゆく——それでいいわけです」

「だったら青鹿事件の方も、それと同じ要領でやったんだ」

「いいえ。そんな筈はありません」

「どうして断言できる」

「生地薫が殺された日を憶《おも》い出してください」

「生地薫が……？」

「月曜日です。その日、去川さんと鹿又さんは青鹿女子に向かう途中の明子さんと遭遇している。そうでしたよね？」

「そんなこと……鹿又が？」

「ええ。彼に聞きました。ついでに言えば、活井正孝の吝嗇癖《りんしょく》のため、明子さんがお嫁入りの時に持っていった車を処分されてしまったことを、あなたがこぼしていたとも聞いている。やはり鹿又さんから」

「な、なぜ、そんなことまで」

「彼は、去川さん、あなたのことを心配していたのです。何だか判らないが様子がおかしいと。それを聞いて私も心配になった。だから、ここ数日のあなたの行動を鹿又さんに事細かに教えてもらったのです。話を元に戻します。私が何を言いたいのか、お判りでしょ？　活井家には車は一台しかなかった。問題の黒のセダンです。そして月曜日の午後、それは明子さんが使っていた。他ならぬ去川さん、あなた自身がその眼で目撃された事実です。つまり、活井正孝が使えたのは営業用のカブだけ。従って、彼は生地薫の死体をその車で運んだりはしていないのです」

「そんな……だが」

「まさか、カブで死体を運んだとでもおっしゃるつもりですか？　確かに荷台にうまく座らせれば運ぶことはできるかもしれない。でも、だとすると死斑《しはん》の状況は所見と一致しないものになっていた筈です。お判りですね。活井正孝は犯人ではあり得ません」

「しかし……しかし、それならなぜ、活井は自殺を？」

「判りません。でも想像するに、明子さんの死が相当ショックだったのでしょう」

「そんな」去川は喘《あえ》いだ。「そんなばかな」

「彼が明子さんに暴力を振るっていたことは事実です。しかし同時に、明子さんのことを愛していたこともまた、まぎれもない事実です。歪《ゆが》んだ形にしろ、ね。彼は錯乱しながらも、明子さんの死体から離れようとしなかった。一緒にいさせてくれと。泣いて嘆願したそうです。むりやり離そうとしたら暴れたとも聞いている」

「活井が……？」

「しかし彼は明子さんを失ってしまった。彼女が死んだからというよりも、彼女からむりやり引き離されたから。彼は絶望したのでしょう。自殺の原因は他に考えようがありません」

「そんな……ばかな……そんな」

「去川さん」

「そんな……」

「活井家が放火された。その直前、何とも幸運な偶然で去川さんが証拠品を持ち出していた——そのことは誰にも言わない方がいいと思います。あ。それから」

城田は去川の腕を押さえた。

去川は振り返った。その眼《め》は城田を見てはいない。城田は手を差し出した。

「上県静の身辺警護は必要ないというのは多分、その通りだと思います。でも、さきほどの上県静の連絡先。渡しておいてください。それから、纏向氏から借り受けたとさっきおっしゃっていた、被害者たちの顔写真と住所が載っている卒業アルバムも——両方とも、去川さんには、もう不要のものでしょ？」

＊

午後五時。山道を走行中の乗用車が、ガードレールの切れた箇所で崖《がけ》から転落するという事故が起きた。幸い傾斜が緩やかで車体が雑木林に引っかかったため運転手は無傷で救出された。

車体が引き上げられる際、雑木林に遺棄された腐乱死体が発見された。男性で頭部と顔面が陥没している。死後、四、五日が経過していると推定された。

一月十八日（日曜日）

去川家《さりかわ》には鯨幕が張りめぐらされている。

向かいの更地に張った受付用テントを雨が叩《たた》いている。その下に葬儀社の腕章を付けた若い男女が立っている。

玄関前に慶子《けいこ》が佇《たたず》んでいる。その横で当麻《とうま》が彼女に傘をさしかけている。黒い着物と黒いスーツ姿で、ふたりは弔問客に頭を下げている。

当麻は腕時計を見た。「……遅いな」呟《つぶや》いて前の道を見た。

「昨夜から帰っていないのよ」慶子は赤く腫《は》れた眼尻《めじり》にハンカチを押し当てた。「何をしているのかしら、いったい」

「忙しいんだろ」もう一度腕時計を見ようとして眼を上げた。「いろいろと……な」

受付テントの下に城田理会《しろたりえ》が立っていた。黒いスーツを着ている。彼に目礼してくる。当麻も無言で彼女に頷《うなず》き返した。

「いろいろって？」当麻を見上げる慶子の語尾が掠《かす》れた。「どういうこと？　まさか仕事？　なんで仕事なんかしているの。なんだって、こんな日に……よりによって、こんな日に」

「あいつにしてみれば」慶子の肩に手を置いた。耳もとで囁《ささや》く。「仕事をしているくらいが、ちょうどいいのかもしれん。これ以上、辛《つら》いことはないんだ。だから――」

「ええ。ええ。それで気がまぎれるのなら、いいことかもしれないけれど……兄さん」

「ん」

「私……どうすればいいの？」

「どうすれば、とは？」

「自信がない」涙がこぼれ落ちる。「あのひとを慰めてあげられる自信がない」

「おまえだけじゃない。誰《だれ》にだって無理だ。そんなことは。とにかく――とにかく、いまは、そっとしておいてやるしかない」

「明子《あきこ》さんじゃなくて……」

「ん？」

「代わってあげたらよかった。私が」

「詮《せん》ないことを言うな」

「真剣にそう思うのよ。その方が……その方が、どんなに気楽だったことか」

「まあ……な」当麻は溜《た》め息をついた。「まさかとは思うが。どこかで首でもくっているんじゃないかと。それが心配で――」

「やめてちょうだい」

「すまん」

「私だって、それが不安なのよ。あのひと……あのひと、そのまさかを実行してしまうんじゃないか、と」

＊

鹿又《かのまた》は耳にイヤホンを嵌《は》めている。傘を持ち上げると周囲を見回した。

背後を窺《うかが》いつつ、城田に歩み寄る。

城田は当麻と慶子に視線を据えたまま、「――異常は？」

「いまのところは――」

「家の中は？」

「林《はやし》たちが入っていますが。大丈夫のようです。現れますかね。光門《みつかど》は」

「どうでしょう」城田は傘をさした。テントから離れる。「あるいは彼も、去川さんの行方が判《わか》らずに探しているかもしれない。だとすれば、お嬢さんの葬儀には必ず姿を現すだろうと踏んで。今頃どこからか、ここを監視しているのかも」

「それとも」鹿又は城田に続いた。「警視の方を先に狙《ねら》ってくるやもしれません」

「どちらにせよ」城田は歩きながら、道端に列になって停《と》められている弔問客たちの乗用車を一台一台、横眼で見てゆく。「ここに光門が現れる確率は高い、ということです」

「そうですね」

「上県静《かみあがたしずか》の身辺警護は？」

「万全です」

「彼女が狙われることは、多分もうないとは思いますが。やはり気になります。去川さんの行方が判らないだけに」

「それは」鹿又の足が止まった。「それは……どういう意味です？」

「端的にいえば」城田は足を止めた。傘を持ち上げて鹿又を振り返る。「事件はもう終わった、という意味です」

「え。し、しかし……」

「犯人は、もう死んでいるのですから」

鹿又は城田の視線を追った。城田は去川家を見つめている。

「まさか……」

鹿又は口をつぐんだ。乗用車が停まって喪服を着た男女が下りてくる。傘をさして、ふたりの傍《わき》をすり抜けてゆく。

鹿又は傘を持ちなおした。「——まさか、明子さんが……？」

城田は頷いた。眼は去川家に据えたまま。

「しかし……なぜ？」

城田は、去川の答案用紙と出席番号4番に関する仮説を鹿又に教えた。「——というわけです。でも去川さんのこの説明には嘘《うそ》がある。お判りですね」

「つまり……答案用紙をすり替えようとした生徒に対して復讐《ふくしゅう》したという人物は、活井正孝《いくいまさたか》ではなく、明子さんだった、と？」

城田は頷いた。

「去川さんが活井家で見つけたというタイツやソックスも、ほんとうは明子さんが持ち去っていたものだったのか。しかし……生徒に対する復讐というのは、どういう意味です？」

「明子さんは活井との生活に耐えられなくなっていた。日常的に暴力を受けて。変態的な性戯を強要されて。いっそ死にたいくらいの思いだった。いえ、実際に死のうとしたこともあったのではないかしら。加えて教師としての職業を奪われた不条理感。義母の看病に明け暮れる閉塞感《へいそくかん》。そして絶望。そんな不本意で悲劇的な結婚をしなければならなくなったのは、あの答案用紙のせい。ひとりの心ない生徒が健王部佳人《たけるべよしと》を唆《そそのか》しさえしなければ、自分はもっと幸せになれていたのにと。自分が歩むべき人生は、こんな苦しみに満ちたものじゃなかった筈《はず》──そう思うと許せなくなった」

「しかし、それにしても、どうして五年も経《た》ったいまになって⁉」

「それまでは、どんなに復讐の衝動にかられようとも何とか理性を保っていられた。でも、とうとう年が明けてしまった。彼女たちが学校にとどまる最後の年が。高等部を卒業すると生徒たちは大学や就職のため全国に散ってゆく。その前に。その前に何としてもと。そう思い立ったのね。だからこそ、この時期に犯行に及んだ」

「でも、何の関係もない生徒たちまで巻き添えにする必要がほんとうにあったのですか。すり替えを意図した問題の生徒の氏名を何とか割り出せなかったのでしょうか」

「できなかったのね。問題の答案用紙の筆跡は、よくある丸っこいものだったから。とても特定できなかった」

「しかしですよ、すり替えられようとしていた偽の答案用紙は百点満点の内容だったのでしょ。だったら、いつも百点を取れそうな生徒はひとりしかいなかったわけだから、その点から推定することも可能だったのでは。現に小美山妙子《おみやまたえこ》などは英語が不得手だったらしいし」

「明子さんの立場になって考えてみれば、不得手な生徒だからこそ、よけいに魔がさしたのかもしれないという可能性も当然、検討しなければいけなかった。だから無理だった。とても。特定なんて。それならばいっそ、該当する生徒たちをみんな殺せばいい──と」

「無茶苦茶だ」

「明子さんは、それくらい追い詰められていたのです。活井正孝に。いっそ彼を殺そうかと思ったこともあったのでしょうけれど。夫が殺されたら妻である自分が疑われると用心したのね。刑事の娘だけに」

「明子さんは最初から活井正孝に罪を被《かぶ》せる意図があったのですか。そのために、わざわざ被害者たちの靴下を――？」

「結果的にはそんな形になったけど。当初はそんな意図はなかったのではないかしら。被害者たちを裸にしたのは多分、犯人は男だというイメージを植えつけるためだった筈。では、なぜそんな偽装が必要だったのか。明子さんは最初から続けて犯行を重ねるつもりだったから。犯人は男というイメージさえつくっておけば、女である自分は、偶然を装って声をかけても次の被害者に警戒されないで済む――そんな計算をしたのでしょう」

「それに彼女はもと教師だ。被害者たちとも面識があった。変な事件が起きていて物騒だから送っていってあげる――明子さんがそう言えば、被害者たちは何の疑いもなく彼女の車に乗り込んだ。そういうことですか」

「明子さんは、被害者たちを裸にするだけでは、もうひとつ押しが弱いと思ったのでしょう。できれば性的暴行の痕跡《こんせき》を残しておくのが一番いい。でも女の自分にはそれができない。そこで夫の性癖を憶《おも》い出した。脚に執着する嗜《し》好《こう》のある男が被害者たちの靴下を持ち去った──そういうイメージができ上がれば、男の犯行という印象が強調されて、その後の犯行がスムーズに行えるという狙いで」

「待ってください。もしその仮説が正しいのだとしたら、明子さんは己れの不幸を招いた張本人である生徒さえ殺せば、それでよかった筈じゃないですか。なるほど、最初は誰なのか特定ができないから、出席番号4番の三人を全部を殺すつもりだった。しかし仇《おさ》田《だ》祐《ゆう》子《こ》が殺された時点で、健王部の一件が蒸し返された。つまり明子さんにも、自分が捜し求めていた標的は他田祐子であった事実がはっきり判った筈ですよね。彼女の目的はそこで達成された。そこで犯行を止めてもよかった筈だ。なのにどうして第三、第四の犯行を重ねたのです。しかも三番目の生《お》地《ち》薫《かおる》は、探し求めている生徒の条件に該当すらしないと、はっきり知っていた筈なのに」

「おそらく五年前の因縁に誰かが気がついたら困ると思ったのね。もしかしたら誰かが気づくかもしれないと。だから自分が授業を受け持っていなかった生徒、すなわち生地薫も殺すことでカモフラージュを試みた」

「三番目は、それで説明がつくかもしれない。しかし、それならば下《おろ》宅《しや》由《ゆ》紀《き》まで殺す必要はなかった筈です」

「殺さずにはいられなくなっていたのです。その頃にはもう。明子さんは、夫の暴力による心の傷を、誰かを殺すことでしか癒《いや》せなくなっていた。きっとアルコールのように。明子さんは依存症になっていた」

「しかし、明子さん本人は加賀林恭子《かがばやしきょうこ》を殺すことは不可能だった。彼女が殺されるよりも前に本人が光門に殺されていたのだから」

「ですから、明子さんの犯行を引き継いだ人物がいたのです」

「誰です」

「もう想像はついているでしょう?」

「しかし、それは何の根――」

「いま鹿又さんの頭に浮かんだ想像が、きっと当たっています」

「去川さん……なんですか」鹿又の手から傘が落ちた。舗装《ほそう》されていない道。「あの、去川さんが……そんな……そんなことを」

「そう考えられるからこそ警戒しなければいけないのです。上県静の周辺を」

「そんな。でも」雨に濡《ぬ》れながら、城田に詰め寄った。「でも、なぜです。なぜ去川さんは明子さんの犯行を引き継いだのです」

「明子さんの仕業であるという事実を揉《も》み消したかったから」

「それだけのために……？」

「もちろん、それだけならば加賀林恭子を殺す必要はなかったと思います。他に何か、やり方があったでしょう。そうではなく、去川さんの主な目的は活井に復讐をすることだった」

「活井に？」

「去川さんは活井正孝に全ての罪を被せようとしたのです。去川さんにとって全ての悲劇の元凶は彼だった。少なくとも去川さんはそう信じていた筈です。だから加賀林恭子を殺した。すべての罪を活井正孝に被せるために。同じ殺し方。そして同じように靴下を持ち去っておく。被害者たちの靴下が全て持ち去られているという共通点は捜査官しか知らない秘匿《ひとく》事項でした。従って、加賀林恭子の靴下さえ持ち去っておけば自動的に先の四件と同じ犯人の仕業と断定される。逆に言えば、加賀林恭子の事件さえ活井の仕業ということにしてしまえば、あとの罪も全て彼に被せられる。去川さんは、そう判断した」

「そんな……」

「その時点で、去川さんはもう正常ではなかった。通常ならば絶対にやらないような馬鹿な真似《まね》をしてしまったのが、その証拠です」

「馬鹿な真似？」

「去川さんは活井家に放火した。活井が証拠である黒のセダンを処分しようとしたという状況を捏造《ねつぞう》するために。でも、去川さんのほんとうの目的は別にあった。そのために家を焼いてしまわなければならなかったのです」

「別の目的？」

「占野《しめの》の殺害現場を消してしまうこと」

「え？」

「昨夜、山道の雑木林で発見された身元不明の男性の死体。あれは占野だと思います」

「確かに、もしかして占野ではないのかという意見も一応出てはいますが……し、しかし、裏づけは、まだ——」

「私は、占野を殺したのは明子さんだと考えている。理由は占野が彼女の犯行だと気づいたからなのかもしれない。だから口を封じた。おそらく彼女を脅迫する目的で彼が自宅を突発的に訪れてきたため、やむなくその場で殺さざるを得なかったのでしょう」

「そういえば、占野は寿谷洋子《すやようこ》に明子さんの住所を問い合わせている……では彼はやはり、明子さんに会いにいっていた？」

「そして彼女に殺された。悪い想像をすれば、占野の死体を現場から運び出したのは去川さんなのかもしれない」

「え」

「家の中で殺したのだとすれば死体を車に乗せ、どこかへ処分するのは明子さん独りでは困難だった筈。誰かに助けを求めたと考えるべきでしょう。多分、男性に。そして明子さんが絶対の信頼を寄せていた男性といえば、この世にひとりしかいない」

　鹿又は呻《うめ》いた。「まさか」顎《あご》から雨粒がしたたり落ちる。「まさか……占野が殺されたのは、月曜日のことなのでは？」

「死後、四、五日経過しているという話ですから、その可能性はあると思います」

「あの日、民生委員の奥久氏《おくひさ》に話を聞いているところにポケットベルが鳴って。去川さんは、どこかへ行ってしまった。その夜、まったく連絡が取れなかった。そして翌日、一睡もしていないみたいな赤い眼をした去川さんが現場に現れた。明子さんのお姑《しゅうとめ》さんが急死したから、という話だったんですが……」

「あるいは、そのお姑さんの死にも明子さんか、それとも去川さん本人がかかわっているのかもしれない」

「なんですって」

「もし自宅で占野を殺したのだとすれば、寝たきりのお姑さんにそのことを気づかれない筈はないでしょ。それで仕方なく口封じをした——考え過ぎかしら？」

「それは何をお考えになろうと警視の自由です。でも納得できない。例えば去川さんが証拠隠滅のために放火したとおっしゃいましたが、活井家は、明子さんが惨殺された際に既に現場検証をされているじゃありませんか。その際、占野にせよ他の誰にせよ、別の殺人事件が起きているという証拠は発見されなかった。だったら無理して放火なんかする必要はなかったのでは」

「去川さんは不安だったのね。明子さんが殺されたのと占野が殺されたのは多分別々の部屋。だから一応家じゅう調べたとはいえ占野殺しに関する痕跡は出てこなかった。しかし、いずれは占野の死体も見つかるかもしれないし、もしそうなったら、どんな展開が待っているかは予測できない。そう心配した去川さんは、自分の仕業とばれる危険も顧みずに、現場である活井家を焼いてしまうことにしたのです」

「らしくないですね。確かに。もしそれがほんとうだとすればだが。去川さんともあろうひとが。短絡的な」

「活井家に火をつけたのは、そんな合理的な理由ばかりでもなかったのでしょうね。多分。心情的な理由の方が大きかった。あの家は去川さんにとって大切な娘の自由と幸せを奪った牢獄《ろうごく》だったのだから。建っていること自体が許せなかった。だから焼いた。その上で、憎い活井正孝に全ての罪を被せようと謀った」

「被せようと謀ったということは、実際には活井の犯行ではなかった。それを去川さんは知っていたという理屈になります。逆に言えば、明子さんの犯行であると。確信していたことになる。そうでなければ加賀林恭子を殺すなんて極端な手段にまで訴えた筈はない」

「ええ。まさしく、その通りだと思います」

「しかしですよ。活井家からタイツが発見されただけでは、それが明子さんの犯行なのか活井の犯行なのかは区別できない。そうでしょ。では去川さんは、いったいどうやって、活井ではなくて明子さんの犯行だと確信できたのです」

「去川さんが、明子さんの犯行に気づいたのは多分、占野の死体を処分してくれるよう頼まれた時だった。つまり月曜日です。民生委員の奥久氏宅にいた去川さんのポケットベルが鳴った時間帯から推測して、それは明子さんが占野を殺害した直後だった。ということは、生地薫の死体を、まだ〈市民公園〉に遺棄しにゆく前だった。明子さんは、活井家の何所《どこ》かに生地薫の死体を隠した」

「もしかして、去川さんは、それを……？」

城田は頷いた。「見てしまったのでしょう。しかし、その場で娘を問い詰めたりしている余裕はなかった。何しろ眼の前には占野の死体がある。そして、さっきも言ったことですが、この同じ日にお姑さんが急死したというのは、やはり偶然とは思えない。占野殺し、そして死体処理の算段などを知られてしまったため、やむなく口封じをしたのです。それも、おそらく去川さんの手で」

「どうしてそうだと判ります。もしかしたら明子さんの方なのかも……」

「なぜなら去川さんは生地薫の死体のことで娘を追及していないと考えられるからです。追及していれば明子さんだって下宅由紀殺しは思いとどまっていたでしょう。去川さんが明子さんを追及できなかったのは、それだけ混乱していたからです。問題が占野の死体処理だけだったならば、あるいは、その気力も湧《わ》いていたかもしれない。しかし、愛する娘のためとはいえ、自ら殺人を犯したことで、すっかり惑乱してしまっていた。尋常ではなくなっていたのです」

「では明子さんは、去川さんが生地薫の死体を目撃してしまったことに――」

「気づいていなかったでしょう」

「すると、翌日、去川さんの眼が赤かったのは……」

「一睡もしなかったからです。占野の死体処理やお姑さんの口封じに加担した罪悪感からばかりではない。娘が一連の青鹿《おうが》事件の犯人であることを知ってしまったからだった。去川さんの様子がおかしくなったのは、まさに、この時からでした。らしくない単独行動が目立ち始めたのは、必死になっていたからです。明子さんの動機を探るために。なぜ、かつての教え子たちを殺さなければいけないのか、その理由を知るために」

「しかし……探り当てる前に明子さんは光門に殺されてしまった」

「だからこそ去川さんは、明子さんの動機を突き止め、その犯行を隠匿すると同時に、活井に全ての罪を被せる必要があった。活井が病院に収容されたままだったから動きがとれなかったでしょう。しかし不運にも、ちょうどその時、活井が病院からいなくなったという知らせが入った。その知らせを入れたのは……この私。タイミングが悪かった。活井さえ、おとなしく病院に収容されていれば、全てはまたちがう展開を見せていたで――」

城田は言葉を途切らせた。口を開けている鹿又の視線を追って振り返る。

去川が、そこにいた。歩み寄ってきている。傘もささずに。白髪を額に貼《は》りつかせて。

「去川さ……」

路地から黒い人影が飛び出してきた。去川に体当たりする。

光門だった。去川の腹に埋め込んだナイフを抜く。再び腹を刺した。

去川の膝《ひざ》が崩れ落ちる。

「光門っ」

鹿又は駈《か》け出した。

光門はナイフを抜いて振り返った。走ってくる鹿又に笑いかける。走り出した。

「待てっ」

「救急車っ」城田は傘を投げ出した。泥の中に倒れ込んだ去川を助け起こしながら、受付テントに向かって叫ぶ。「救急車を呼んで。はやくっ」

「警視……」去川は血の泡を噴く。「すみませんでした……」

「喋《しゃべ》ってはいけません」

「私が」咳《せ》き込んだ。「私が、やったんです」

「判っています。判っているから、もう喋らないで」

「加賀林恭子を……占野も殺されている……私が死体を」

「判ってます」

「奴は錯乱していた。濡れ衣《ぎぬ》を着せられて自暴自棄になって。乱暴されそうになったため、はずみで殺してしまったと。明子は助けを求めてきた」

「ええ。ええ。それも判っています。だから――」

「それだけではない。私は明子の義母を殺してしまった。占野のことを知られてしまったから。筆談で活井に告げ口されるかもしれなかった。だから。占野の死体を遺棄しにゆく前に、喉《のど》のチューブを外して……」

「もう喋らないでください」城田は首を横に振った。「お願いです」

雨の中を慶子や当麻たちが駈け寄ってくる。

「あの時……私は止めるべきだった。何があっても。明子を止めるべきだったのに。しかし、できなかった。どうすることも。生地薫の死体が眼の前にあったのに。あのガレージの……」

去川の首が垂れた。

「去川さん」彼の体重が城田をして泥の中に膝をつかせた。「しっかりして」

「幸せに……」

してやれなかった——掠れた空気の音が喉から洩《も》れる。

去川は動かなくなった。

＊

鹿又は光門を追っている。

「待て」

背中に飛びついた。

光門は前向きに、よろめく。ふたり一緒に泥の中に転倒した。

「おとなしくしろ」

鹿又の動きが止まる。立ち上がった。

光門は立ち上がらない。身体《からだ》を丸めたまま呻いている彼を雨粒が叩いている。

「おい……」鹿又は距離を取って彼の顔を覗《のぞ》き込んだ。「光門？」

光門は自分が握っていたナイフの刃を腹の下に敷き込んでいた。

「なんで、だ」

呻いた。

泥が鮮血に染まってゆく。痙攣《けいれん》。

赤い色が雨水に溶け、丸くうねり、そして透明色に流されてゆく。

「なんで……俺《おれ》が」

本作品は純然たるフィクションであり、登場する人物・団体等は全て架空のものであることをお断わりしておきます。

著者

解説

吉野仁

殺す。こいつ、絶対に許せない。殺してやる。

あなたは、そんな激情にかられた覚えがあるだろうか。もちろん、実際に殺人を犯したという人はほぼ皆無にちがいない。だが、殺意を抱《いだ》くこと自体は決して珍しくはないはずだ。

本作『殺す』は、残虐で異様な連続殺人とその驚愕《きょうがく》の真相をめぐる本格ミステリである。同時に、警察官を主役とした警察小説でもあり、また現代社会の病理ともいえる一面を鋭く切り取り、容赦なく暴いてみせた作品でもある。

そして、これまで西澤保彦作品を数多く読んできた読者ならば、たちまち作者ならではの設定や展開が随所に盛り込まれていることに気がつくだろう。単に主人公らが事件を調べ、犯人を指摘し解決するような型通りの探偵小説ではない。むしろ、ジャンルの枠におさまらない話の運び方だったり、細部にわたって凝った部分や独特のフェティシズムがうかがえたりする。これぞ西澤作品の特質だ。本作はそんな魅力や面白さにあふれているのである。

物語は、ある年の一月九日金曜日からはじまる。〈市民公園〉で防水シートに包まれた女性の全裸死体が発見された。去川警部補は、光門、淡海らと現場を検証していった。被害者は小美山《おみやま》妙子、青鹿女子学園の高等部三年生。現場に残された生徒手帳には〈占野ホーム〉と書かれていた。性的暴行や強盗目的などの痕跡はなかった。

去川らは青鹿女子学園へと向かい、捜査をすすめた。じつは去川の娘である明子は以前、その学校で教師をつとめていたのだ。だが、有力な手がかりは得られなかった。そして翌日の一月十日土曜日、同じ学校の生徒の全裸死体が別な場所で発見された……。

と、すでに本文を読み終えた読者は、こうした前半部分の要約をあらためて奇異に思うかも知れない。あらすじでは分からない重要な要素が物語の開始からそこかしこにちらばっているからだ。

たとえば、冒頭の一文。

「……もしかしたら」それまで黙っていた光門が呟いた。「幸せなのかな、このほうが」

女子高生の死体を見ながら、現場にいた刑事のひとりである光門が「もしかしたら（死んだほうが）幸せなのかな」と呟《つぶや》く。なんとも常識はずれな言葉である。たいていのミステリに登場する警察官ならば、まずは若くして命を失った女子高生を心の底から悼んでみせるはずだ。かりに熱血型の刑事が登場するテレビドラマなら「絶対に犯人をつきとめて無念を晴らしてやる。それがおれの使命だ」と意気込む場面かもしれない。

にもかかわらず、本作の第一声で語られるのは、あたかも「殺されたほうが幸せかもしれない」という言葉。これを受け、そのあと去川と光門の間で次のような科白《せりふ》がやりとりされている。

「首を絞められて殺されたのが、どうして幸せなんだ」

「だって」光門が笑った。「もう一生懸命生きていかなくてもいいじゃないですか」

すなわち、一生懸命生きることは不幸である、と述べているのだ。がんばって生きることを否定している。もう辛《つら》い思いをしなくていい、ということなのだろう。

多くのミステリ小説では、殺人事件が起こり、人が殺され、主人公がその謎を解き、被害者の無念が晴らされる、という構造を自明の倫理として含み、展開しているはず。だが、なんと本作では、よりによって「殺されてよかった」と述べる人物が警官として冒頭から登場しているのである。極論すると、彼女を殺した犯人は正しいことをしたという意味にも考えられる。こんなミステリがあるだろうか。

もっともこの光門という刑事のおかしな言動は、その後ますますエスカレートしていく。たいした仕事はなにもせずにさぼってばかり。にもかかわらず、それを指摘され非難されると喰ってかかり、自分勝手な文句を周囲にむかって吐き捨てる。まるで子供だ。

おそらく読者の誰もがこの光門という人物に共感を抱くことはないだろう。なにかある種の若者の典型のような幼児性人物として描かれている。

かつて新人類と呼ばれた世代が社会に出た際、その自己中心的な考えやあまりに常識はずれな言動がとりざたされたことがあった。だが、いまやモンスターペアレンツや異常なクレーマーなど、世代を問わず従来のものさしからはずれた大人はいたるところに存在する。

彼らは、どこまでも自分が正しいと信じて疑わない。となれば間違っているのは自分以外の他人である。しかし当然それでは世間が許さず、周囲から糾弾されるばかり。一方、本人は本人で真面目に一生懸命生きている（つもり）なのだ。そこに軋轢《あつれき》が生じ、どんどん大きくなるばかり。たしかにそれでは人生が苦痛だろう。こういうタイプの人間が追いつめられると、殺人をおかしてしまうのかもしれない。正しいのは自分。存在すべきは自分。ならば消えるのは相手のほう。自分がどこまでも正しいという身勝手な主張を確かなものにするには、相手を抹殺すればいい。そういう思考の持ち主がいてもおかしくない。

本作の凄《すご》みは、なによりこうした現代における幼児性エゴイズムの病理を徹底して描いているところにある。無残に人を殺す犯人のみならず、子供を教育する側の教師や事件を捜査する側の警察官のなかにもこうしたタイプの人間は少なくない。いまや誰もがその病いに冒されているといっても過言ではないほどだ。おそらく自由主義や資本主義が発達し、豊かな社会になったことや核家族化が進んだことなども関係しているのだろう。もちろん学校および学校教育が生み出した歪《ゆが》みも大きく関わっているにちがいない。

本作では、教師や警官ばかりでなく、女子高校生たちの残酷さにも触れている。ある教師が次のように語る場面があった。

「子供で集団。しかも女の子ばかり。身も蓋もない言い方をすれば、最悪の条件が揃っている。同年輩の男の子の視線から解放されている状態というものが、如何に彼女たちを奔放かつ自堕落にさせ得るか、実際に目撃すると、それは恐ろしいものがあります。お断りしておきますが、ひとりひとりはみんないい娘たちなんです。基本的にはね。個人レベルで残酷なわけではない。ちゃんと子供なりに思いやりも持っている。だけど、それが集団となると話がちがってくる」

学校、教室という特殊な空間で生まれる負の心理や尋常でない行動などをしっかりと捉えているのだ。本作にかぎらず西澤作品では、思春期を生きる多感な少年少女たちの日常と隠れた心理、および裏の姿を克明に捉えた傑作ミステリが少なくない。

それはすなわちステレオタイプな人物を安易に登場させない、ということなのだろう。少年少女にかぎらず、大人たちも同様だ。西澤作品では、安っぽいドラマに出てくるような典型をなぞった教師や警官はひとりも出てこない。みなどこか病んでいたり歪んでいたりする大人たち。作者は、単なる役割ではなく、あくまで生身の人間としてしっかりとキャラクターを描いているのである。だからこそ、現実にはめったに起こらないようなタイプの凶悪事件を描いていたとしても、生々しいドラマとして身に迫ってくるのだ。

そのほか、連続殺人の被害者となる女子生徒の名が、小美山、他田《おさだ》、生地《おち》、丁宅《おうしゃ》という風に珍しい読みの苗字が揃っているのも西澤保彦ならではのこだわりである。本作にかぎらずなぜか作者はルビなしでは読めない名前に異様なほど執着しているようなのだ。

最後にくりかえすが、本作は意外な犯人とその異常な犯行の真相をめぐる本格ミステリであると同時に、城田理会警視をトップに捜査がおこなわれる警察小説でもある。

じつは本年刊行予定の『彼女はもういない』（幻冬舎）では、城田理会がふたたび登場し、残虐な連続殺人を捜査するのだ。犯人は女性を拉致し強姦してその模様を撮影した後に絞殺しブルーシートにくるんで遺棄していく。しかも暴行の様子を映したDVDを関係者に送りつけるという異常な犯罪。もちろんこの長編も一筋縄ではいかない凝ったつくりに仕上がっている。あらかじめ犯人は明かされている倒叙タイプのミステリながら、なぜそんな犯行を重ねるのか、大きな謎となっているのである。さらに、スティービー・ワンダーの名曲がテーマソングのように登場するなど、作者ならではの徹底したこだわりや巧みな演出が随所に見られる。こちらもぜひ手にとっていただきたい。

西澤保彦作品の凄さは、すべてにわたって容赦しないことだ、とあらためて強く感じ入るだろう。

――文芸評論家

この作品は一九九八年七月『猟死の果て』として立風書房より単行本として刊行され、二〇〇〇年十二月ハルキ文庫に所収されたものを改題したものです。

幻冬舎文庫

●好評既刊
依存
西澤保彦

大学の指導教授の家に招かれた千暁は教授の新しい若い妻を見て青ざめた。「あの人はぼくの実の母なんだ。ぼくには彼女に殺された双子の兄がいた」衝撃の告白で幕を開ける愛と欲望の犯罪劇。

●好評既刊
黒の貴婦人
西澤保彦

大学の仲間四人組が飲み屋でいつも姿を見かける〈白の貴婦人〉と絶品の限定・鯖寿司との不思議な関係を推理した表題作「黒の貴婦人」ほか、本格ミステリにして、ほろ苦い青春小説、珠玉の短編集。

●好評既刊
彼女が死んだ夜
西澤保彦

アメリカ行きの前夜、女子大生ハコちゃんが家に帰ると部屋に女の死体が！　動顛した彼女が自分に気がある同級生に「捨ててきて」と強要したことから大事件に発展……。匠千暁、最初の事件。

●好評既刊
仔羊たちの聖夜
西澤保彦

クリスマスイヴの夜、一人の女がマンション最上階から転落死した。偶然、現場に遭遇した匠と高瀬。状況は自殺だが、五年前も同じ場所で転落死があった。一年後、三たび事件が。傑作ミステリ！

●好評既刊
スコッチ・ゲーム
西澤保彦

高校女子寮で高瀬千帆は、同室で同性の恋人・恵の惨殺を知る。容疑者は恵と噂された教師。彼は奇妙なアリバイを主張。二日後、さらに隣室の生徒が殺害。匠千暁の推理が冴える本格ミステリ！

幻冬舎文庫

●好評既刊
収穫祭(上)(下)
西澤保彦

一九八二年夏。嵐で孤立した村で被害者十四名の大量惨殺が発生。凶器は、鎌。生き残ったのは三人の中学生。時を間歇したさらなる連続殺人。二十五年後、全貌を現した殺人絵巻の暗黒の果て。

●最新刊
双子の悪魔
相場英雄

大和新聞の菊田に、ある企業へのTOB（株式公開買い付け）情報が入るが、金融ブローカーの罠だった。魔の手はネットを通じて個人の資産にも……。マネー犯罪の深部をえぐる経済ミステリ！

●最新刊
もっとミステリなふたり
誰が疑問符を付けたか？
太田忠司

超美人だが県警の鉄の女の異名をとる京堂景子警部補は難事件を数々解決。だが実際は彼女の夫でイラストレーターの新太郎の名推理によるものだった。甘い夫婦があざやかに解く8つの怪事件。

●最新刊
不連続の世界
恩田　陸

夜行列車の旅の途中、友人は言った。「俺さ、おまえの奥さんは、もうこの世にいないと思う。おまえが殺したから」――『月の裏側』の塚崎多聞、再登場！　これが恩田陸版トラベルミステリー！

●最新刊
審理炎上
加茂隆康

弁護士・水戸のもとへ事故死した夫の巨額の損害賠償を求める妻が訪れる。弁護を引き受ける水戸だが、やがて妻に大殺害の疑いがかかり……。巨大損保の闇を暴く、迫真のリーガル・サスペンス。

幻冬舎文庫

●最新刊
悪夢のクローゼット
木下半太

野球部のエース長尾虎之助が、学園のマドンナみな美先生と、彼女の寝室で〝これから〟という時に、突然の来客。クローゼットに押し込められた虎之助は、扉の隙間から殺人の瞬間を見てしまう！

●最新刊
赤い糸
吉来駿作

古い家の地下室で、体に赤い糸を巻きつける儀式。この秘密が漏れた時、死へのカウントダウンが！助かるには、自分の体の一部を切断する他ない!?ホラーサスペンス大賞受賞作家の青春ホラー。

●最新刊
想い事。
Cocco

勝手に持ち出したママの傘の事、愛することがすべてだった頃に出会った人の事……。なくしたものは戻らないけど、それを想う事で明日へと繋がっていける。歌手Coccoによる写真エッセイ。

●最新刊
完全男子抹殺ゲーム
佐藤シエラ

学園の美少年集団〝チームD〟。彼らに思いを寄せる亜佐美は、リーダーの暴言に傷つき、校舎の屋上から飛び降りようとする。止めに入った美佐とともに転落。チームD全員への復讐を始める――。

●最新刊
完全女子抹殺ゲーム
佐藤シエラ

アイドルグループ、〝ドリームギャルズ〟のメンバーが共同生活を送る合宿所がある日、何者かに乗っ取られる。生還できるのは一人。少女たちは生き残りを懸けたバトルを始める――。

幻冬舎文庫

●最新刊
探偵ザンティピーの仏心
小路幸也

NYに住むザンティピーは数カ国語を操る名探偵。ボストンのスパの社長から、北海道で温泉経営を学ぶ娘のボディガードの依頼を受ける。だがその途中、何者かに襲われ、彼は気を失ってしまった。

●最新刊
道徳不要　俺ひとり
白川　道

茶番のごとき政治、ダイナミズムをなくした経済、進化とともに失われた人情……。修羅の道を歩んできた無頼派作家が冷徹に見定める、現代社会の腐敗とは？　抜群の切れ味を誇る痛快エッセイ！

●最新刊
明日の話はしない
永嶋恵美

難病で入退院を繰り返す小学生、オカマのホームレス、レジ打ちで糊口をしのぐ26歳の元OLの三人が主人公の三話が、最終話で一つになるとき、運命は限りなく暴走する。超絶のミステリ！

●最新刊
驚愕　仮面警官Ⅳ
弐藤水流

ひき逃げで死んだ恋人の復讐のため人を殺しながらも現職刑事として犯人を追い続ける南條は、ある日その真相を、彼女の実父が知っているのではないかと疑念を抱く。果たして、真実は!?

●最新刊
天帝のはしたなき果実
古野まほろ

勁草館高校の吹奏楽部に所属する古野まほろ。コンクール優勝へ向け練習に励む中、級友の斬首死体が発見される。犯人は誰なのか？　青春×SF×幻想が盛り込まれた異形の本格ミステリ小説。

殺《ころ》す

西澤保彦《にしざわやすひこ》

平成23年10月15日　初版発行

発行人――石原正康
編集人――永島賞二
発行所――株式会社幻冬舎
〒151-0051東京都渋谷区千駄ヶ谷4-9-7
電話　03(5411)6222(営業)
　　　03(5411)6211(編集)
振替00120-8-767643
印刷・製本―中央精版印刷株式会社
装丁者――高橋雅之

幻冬舎文庫

ISBN978-4-344-41751-9　C0193　に-8-8